元曲小百科

黎孟德 著

巴蜀书社

图书在版编目(CIP)数据

元曲小百科/黎孟德著.—成都:巴蜀书社,
2020.11(重印)
(国学小百科书系)
ISBN 978－7－5531－1111－7

Ⅰ.①元… Ⅱ.①黎… Ⅲ.①元曲—青少年读物
Ⅳ.①I222.9

中国版本图书馆 CIP 数据核字(2019)第 033082 号

元曲小百科

黎孟德　著

策划组稿	施　维
责任编辑	张照华　张　曦
装帧设计	南京私书坊文化传播有限公司
出　版	巴蜀书社
	成都市槐树街 2 号　邮编:610031
	总编室电话:(028)86259397
网　址	www.bsbook.com
发　行	巴蜀书社
	发行科电话:(028)86259422　86259423
经　销	新华书店
印　刷	三河市同力彩印有限公司
	电话:(0316)3531288
版　次	2019 年 3 月第 2 版
印　次	2020 年 11 月第 3 次印刷
成品尺寸	152mm×215mm
印　张	17.75
字　数	355 千
书　号	ISBN 978－7－5531－1111－7
定　价	39.00 元

本书若有印装质量问题,请与工厂联系调换

目　录

元代的历史与文化

如果说唐诗是浩瀚无垠的大海，宋词是奔流不息的大河，那么，元曲就是山间琤琤琮琮、曲折蜿蜒的溪流；如果说唐诗是国色天香的牡丹，宋词是清丽出尘的白莲，那么，元曲就是漫山遍野的矢车菊。它没有丝毫的装腔作势，而是通通俗俗，平易近人。因为通俗，它曾经受到元代朝野上下乃至山野村夫、贩夫走卒的喜爱，成为有元一代最具有代表性的文学艺术体裁之一，而与唐诗、宋词分庭抗礼，各领风骚。

但也是因为其"俗"，散曲地位不及诗词，一般文学史对它的介绍不多，评价不高，学术界对之关注程度不够，或者说，普及的工作做得不如唐诗、宋词，所以很多人对它的熟悉程度远不及唐诗、宋词。

但是，如果你平心静气地去读一读那些千古传诵、脍炙人口的散曲作品，你就会发现，其高处是不在唐诗、宋词之下的，而且，它更通俗易懂，与你离得更近。郑振铎在《中国俗文学史》中说：

> 他们（指元曲）绝对不是粗鄙恶俗的俚曲，他们不是出于未经文学修养者的手笔，他们里有极多乃是最好的抒情诗人们的杰作。他们乃是经过琢磨的美玉，乃是经过披拣的黄金。

在这里，我们先来读两首元人散曲，你一定会被它们的美所迷醉。

〔双调·沉醉东风〕
关汉卿

咫尺的天南地北，霎时间月缺花飞。手执着饯行杯，眼阁着别离泪。刚道得声保重将息，痛煞煞教人舍不得，好去者，望前程万里。

〔越调·天净沙〕
秋思
马致远

枯藤老树昏鸦，小桥流水人家，古道西风瘦马。夕阳西下，断肠人在天涯。

元人散曲中，像这样的作品还很多，虽然其歌法也基本失传了，但读起来一样的朗朗上口，听起来一样的扣人心弦。

元史简述

蒙古族本来是我国东北一带的游牧民族，在公元12世纪左右逐渐强大起来。当他们的天才领袖铁木真出现的时候，蒙古族就注定要从一个被压迫的弱小民族，变成一个纵横欧、亚的强大民族。

1206年，也就是南宋宁宗开禧二年，铁木真在斡难河畔举行的忽里勒台（大聚会）上被推举为蒙古大汗，号成吉思汗（意思是大多数人的强有力的皇帝），建立了大蒙古国。

蒙古和宋一样，本来也是受金人的欺负的，当它强大起来以后，又正赶上金朝走向衰弱，所以在灭了西夏以后，就约宋一起对付金。这时，铁木真已经去世，由他的第三个儿子窝阔台（元太宗）继位。1234年（宋理宗端平元年），金亡。蒙古人并没有履行与南宋签订的条约，而是挥师南下，把南宋作为下一个进攻的目标。

1251年，铁木真的孙儿蒙哥（元宪宗）继位，开始大举攻宋。南宋朝廷被奸相贾似道专权，对内谎称胜利，朝内依然是一派歌舞升平、纸醉金迷。而各地的军民，却与蒙古大军进行着殊死的斗争，蒙哥本人也死于合州（今重庆市合川区）钓鱼城城下。

1260年（宋理宗景定元年），蒙哥的弟弟忽必烈（元世祖）继位。1271年（元世祖至元八年）正式建国，取《易经》"大哉乾元"之意，号"大元"，建都大都（今北京），然后大举南下，分兵三路进逼南宋都城临安。终于在1279年（至元十六年）灭宋。与此同时，蒙古大军又西征欧洲，占领了东欧大片土地，再东征朝鲜，南下吐蕃（今西藏），成为当时世界上疆域最广、势力最大的横跨欧、亚的大帝国。这个大一统的帝国，结束了南宋以来几个政权同时存在而各行其是的混乱局面，给经济的繁荣和文化的复苏提供了有利的条件。元朝时期，联系欧、亚的道路通畅了，西方的宗教、文化等都陆续传入中国，而我国的罗盘、火药、印刷术等也传入欧洲，为世界文化作出了卓越的贡献。

蒙古是游牧民族，在征服各国的时候，采取的是残酷的杀戮政策，稍加反抗，即遭屠城。史载，两河、山东数千里，人民被杀几尽，金帛、子女、牛、马、羊皆被席卷而去。庐舍尽焚，城郭丘墟。即胡祗遹《民间疾苦状》所说的"财货子女则入于军营，壮士巨族则殄于锋刃，一县叛则一县荡为灰烬，一州叛则一州莽为丘墟"（见《紫山先生大全集》）。

元朝统治者把各族人民分为四等：蒙古人、色目人（西域各族人和西夏人）、汉人（包括北中国汉人、契丹人、女真人、高丽人等）、南人（南中国的汉人）。蒙古人最贵，其次是色目人，汉人已经很贱，而南人因抵抗最烈，被视为最下等之人。汉人和南人很少担任高级行政官吏的，更不可能参与军机。汉人和南人不许藏兵器，不许田猎，不许习武，不许养马，不许聚众祠祷、祈神、赛社，不许集市买卖，夜间戒严，不许点灯。蒙古人、色目人杀死汉人、南人，仅判出征。汉人、南人杀死蒙古人或色目人，则是死罪。这种民族歧视政策是终元之世都没有改变的。

元朝统治初期，对经济的破坏也是很大的。蒙古人是游牧民族，不重视农业生产，让大量的土地荒芜。立国之初，蒙古贵族别达等就曾建议说："汉人无补于国，可悉空其人，以为牧地。"幸好成吉思汗没有采纳这个建议，但是，这种情况在全国范围内还是大量存在的。元人赵天麟在上书元世祖的时候就说："今王公大人之家，或占民田近千顷，不耕不稼，谓之草场，专放孳畜。"（《续文献通考》卷一《田赋》）两宋以来已经高度发达的农业和手工业遭到极大破坏。

但是，元代统治者也很快认识到发展经济的重要意义，所以，在统一全国以后，忽必烈就多次颁发禁令，严禁军队和豪强圈地扰民，破坏农业生产，同时将荒地分给无田的农民，兴修水利，蠲免赋税，使农业生产一度得到恢复，社会也逐步安定。

元蒙统治者也试图以中原文化来补充其统治，如兴办学校，以儒家的"四书""五经"为教科书，封孔子为"大成至圣文宣王"，确立程朱理学的地位等等，但都仅仅流于形式，而且儒学的影响力呈日益下降之势。一方面元代诸帝的汉文化水平都不太高。虽然忽必烈比较重视汉文化，尤其是儒学，后来的仁宗、文宗和顺帝的汉文化水平都较之前诸帝为高，但是，毕竟不能和唐、宋时期相比。尤其是读书人的地位极低，待遇极差，很大程度遏制了文化的发展。

元代对宗教的崇奉是远在儒学之上的。中原地区本土的道教，包括全真教、太一教、正一天师教，还有藏传佛教在元代都大行其道，各地道观寺庙极多，僧、道人士在元代都享有较高的地位。据《新元史·释老传》记载，佛教徒公开参预政治活动，八思巴被封为国师，"其弟子之号司空、司徒，封国公者前后相望，怙势恣睢，气焰熏灼，为害不可胜言"。西方的基督教、伊斯兰教、犹太教、祆教（即拜火教）等也都得到传播。其实元代统治者是懂得利用这些哲学和宗教信仰来帮助其统治的。元仁宗就曾经说："明心见性，佛教为深；修身治国，儒、道为切。"（《元史·仁宗纪》）

程朱理学以"存天理，灭人欲"为宗旨，南宋后期已经受到很多人的责难，元代思想远较前代解放，对程朱理学的抵触情绪就更大一些。元人王恽在《上世祖皇帝论故事书》中就指出，宣扬礼教"终无分寸之效者，徒具虚名而已"。

这种多元化的思想信仰，既是思想解放的一种标志，也造成信仰一定程度的混乱。

儒学的地位不太高，表现在元代的读书人地位是很低的。

封建社会的读书人，自隋、唐以后，科举几乎是唯一的出路。虽然能够考中举人、进士的毕竟是极少数人，但是所有人都有一个追求的目标。元代立国以后，五十余年不开科举，后来也是时断时续，几乎所有的文人一下子都失去了方向，平日赖以进取的诗词文章，现在变得一钱不值。读书人的地位一下子降到了最低点。元代把人分为十等，即一官、二吏、三僧、四道、五医、六工、七匠、八娼、九儒、十丐。见于南宋遗民谢枋得《送方伯载归三山序》。《序》中有这样一段话："滑稽之雄，以儒为戏曰：'我大元典制，人有十等，一官二吏……先之者贵之也；七匠八娼九儒十丐，后之者贱之也。吾人岂在娼之下丐之上者乎？'"虽然是滑稽之语，但未必没有根据。南宋另一个遗民郑思肖在《心史》中也说："鞑法：一官、二吏、三僧、四道、五医、六工、七猎、八民、九儒、十丐，各有所统辖。"只不过把"匠"换成了"猎"，把"娼"换成了"民"。"儒"的地位是一点都没有提高的。现在有的人认为没有这样的等级划分。

元代统治者采取民族高压和民族歧视政策，对汉人和南人进行残酷的镇压和盘剥。元代统治者的生活是极其奢侈腐化的，他们对农业生产不重视，而官府横征暴敛，百姓卖儿卖女，流离失所。因此，从元朝建国之初，各地大大小小的起义反抗就没有中断过。元代末年，终于爆发了以刘福通为首的红巾起义，推翻了元朝的统治。

元代的文化

元代的经济不是很发达，但文化却比较繁荣，只不过是形式和内容都与它之前的唐、宋，它之后的明、清不同而已。

元代文化有两大特色，一是通俗化，一是多元化。

元代的诗、词、散文不及唐、宋，经学与小说不及明、清。

但如果因此就认为元代文化也不及唐、宋、明、清，就大错特错了。元代自有自己的文化，只不过内容和形式都与前代后世不同而已。正像我们不能让小提琴琴王海飞兹去与李斯特比钢琴，让姚明去和罗纳尔多比足球一样，他们的所长不同，但都同样达到了那一个领域的巅峰。

汉高祖刘邦取得天下以后，很看不起儒学和儒生。陆贾常常在他面前提到《诗》《书》，刘邦就骂他说："乃公居马上而得之，安事《诗》《书》！"陆贾回答说："居马上得之，宁可以马上治之乎？"刘邦因此醒悟。元朝统治者的江山也是"马上得之"的，大概他们相信也能够"马上治之"，所以有元一代，并没有什么官方思想，更没有思想禁锢。他们既崇儒，也崇佛、道，还包括蒙古人本身崇奉的萨满教，甚至来自西方的一些宗教。元人行动不自由，言论却是非常自由的。我们去看一看元杂剧和散曲，其中许多东西，放在其他的时代是行不通，甚至会招致大祸的。比如明代，在《大明律·禁止搬做杂剧律令》中，就明文规定禁止在舞台上装扮历代帝王后妃、先圣先贤的形象，只准搬演那些神仙道扮、义夫节妇、孝子顺孙。明、清两代的文字狱，更是骇人听闻。元代没有这些禁令，也很少听说有人因文字得罪的，尽管许多元人的诗文、杂剧、散曲斗争性很强。

这种环境是有利于文化事业的发展的。

从宋代开始，商业的发达、都市经济的繁荣，造成了通俗的市民文化的兴盛。传统的诗词，尤其是文人的制作，哪怕就是宋代前期柳永等人的作品，仍然是和真正的民间艺术有很大区别的。所以一般的普通民众所喜爱的，并非诗词歌赋，在他们眼中，这些东西都是高高在上的雅化了的艺术，他们真正喜欢的，是通俗化的东西。我们试看一看宋代勾栏瓦肆中的表演，其形式多至数十种，其中歌唱形式的就有唱赚、陶真、鼓板、小唱、弹唱因缘、唱京词、诸宫调、唱耍令、唱《拨不断》等，就连"叫声"（市场上叫卖东西的声音），只要唱得好听，都可以拿来表演，但就是没有吟唱诗词的。

勾栏瓦肆的表演，在元代仍然继续着。而戏剧，包括北方的杂剧和南方的南戏，成为这一时期文艺演出的主流，这也表现出中国文学从抒情、咏物、言志、赠别等向叙事性文学的发展。

元代文化是中国文化由雅化到俗化的过渡。宋代城市经济的繁荣，市民阶层的壮大，引起了为他们服务的通俗文化的大发展。在宋代的勾栏瓦肆和酒肆茶楼乃至被称为路歧人的艺人的街头表演，其形式和内容，都是十足通俗大众化的。

元代大书法赵孟頫的书法，走的就是通俗化的道路。他是将晋人的"韵"、唐人的"法"、宋人的"意"等审美理想变为尚"态"。他的字，如果只从间架结构来看，堪称古今第一。一般人的审美趣味，是注重表象的，因此有人称他的字是"俗书""奴书"，但在明、清两代，尤其是清代，影响却极大，学习赵字的人很多，原因之一，就是它没有装腔作势的姿态，而有端庄流丽的秀美。赵字的这种特色实用价值极高。清钱泳《书学》说它"施之翰牍，无出其右"。包世臣《艺舟双楫》说它"其所以盛行数百年者，徒以便经生胥吏故耳"。"施之翰牍"就是用它来写往来的书信文书。"经生"即抄写经书的人；"胥吏"即公门中的文案人员。

元代文化的多元化，表现在传统的诗词歌赋、歌舞书画、园林建筑、金玉陶瓷等都得到继承和发展，从内容到形式又有许多变化，加入了蒙古等民族的审美趣味，甚至吸收了欧、亚等其他地区和民族的艺术精华，同时，还表现在新的艺术形式的出现。

元代最具代表性的新艺术形式是戏剧和散曲。

作为文学四大形式散文、诗歌、小说、戏剧之一的戏剧艺术，西方在古希腊时期就已经非常发达，已经出现了埃斯库罗斯、索福克勒斯和欧里庇得斯三大悲剧作家。从现代考古发掘出的古希腊、罗马的圆形剧场，可以推想当时戏剧演出的场面是非常宏大的。印度的戏剧产生于公元前8世纪，公元一、二世纪时期的佛教诗人和戏剧家马鸣的剧本残卷流传至今。但是在中国，戏剧的产生比较晚，虽然有的研究者认为先秦时期的"优孟衣冠"、汉代的"东海黄公"等已经具备一些戏剧的因素，但是真正意义上的戏剧，还是在宋代才出现的。宋、金时期的院本和杂剧，可以看作是最早的戏剧，但数量较少，质量还不太高。

元代是中国戏剧的高峰期之一，无论是杂剧还是南戏，都产生了许多伟大的作家和作品，其演出情况更是遍及城乡，几乎融入了所有元人的生活之中，成就之高、影响之大，是前所未有的。

另一种新的艺术形式也在元代诞生了，那就是"曲"。它是广义的诗，但较诗词更为自由，它使用的语言是通俗的，甚至就是民众的口头语言，它的曲调，大多来自民间的小曲和民歌，是元代通俗文学的代表之一。

散曲，是元代的通俗歌曲。词在南宋后期，已经因为过分地雅化而走向了僵死，许多曲谱的失传，使词逐渐成为案头文学。词越做越雅，格律越来越严，而离普通的民众也就越远了。兴起于民间的散曲，以其清新活泼的形式和贴近生活的内容，取代了词而成为元代各种场合的主要演唱形式。

元代的文化，也有一些取得了举世瞩目的成就，除了戏剧和散曲以外，成就最大的是书画艺术。

北宋时期，苏轼、黄庭坚、米芾等人都是天纵英才，其书法纵横捭阖，以意为之，取得了很大的成就。但过分地重意轻法，使书法走入一种脱离传统的道路，南宋一代没有出现过大的书家，就是这种原因造成的。元代赵孟頫提出复归晋人法度，使书法重新走上健康发展的道路，他本人也是与二王、颜、柳、欧、褚和"宋四家"齐名的大书法家。此外，鲜于枢、康里巎巎等，都是一流的书法名家。元代的绘画，尤其是山水画，达到了空前的高度，被明、清两代画家追捧不已的"元四家"黄公望、倪瓒、王蒙、吴镇，达到了中国古代山水画的顶峰。

元曲简述

什么是元曲

说到元曲，我们马上就会遇到一个问题。唐诗和宋词的界定非常明确，唐诗有古体，有近体，但都是诗；宋词有小令、中调、长调，但都是词。元曲就不一样了。广义地讲，它包括了盛行于元代的杂剧和散曲。狭义地讲，它指的是杂剧。比如臧晋叔的《元曲选》和隋树森的《元曲选外编》，所选的全是杂剧。而我们平常所说的，与唐诗、宋词并称为"一代之文学"的，一般是指散曲。

杂剧和散曲，有非常密切的联系。

戏剧和散曲的区别，在于戏剧在唱腔之外，还有科、白。"科"指动作表演，"白"指念白，也就是现代戏剧所说的唱、念、做、打。如果去掉科、白，剩下的唱腔部分就和曲没有多大区别了，就像现在我们在许多晚会看到戏剧演员西装革履或长裙曳地清唱某一戏剧唱段一样。明朱权《太和正音谱》在"乐府"的"格例"中所举的小令，有些出于"散套"，有些就出于杂剧。但是，杂剧和散曲毕竟属于完全不同的两个艺术门类——一是戏剧，一是歌曲，或者说是广义的诗。

我们在这里所要介绍的"元曲"，是指元代的散曲，包括小令和套数，而不包括杂剧。

散曲的产生

唐代是诗歌的时代，但是，普通老百姓喜欢的，或者换句话说，他们能够听懂的，不是那些古、近体的诗歌，而是《竹枝》《柳枝》《渔歌》《采莲》《采菱》《插田歌》，是踏摇娘、参军戏、拔头、大面、兰陵王、曲子词乃至变文。宋代的老百姓，喜欢的也不是那些文人抒情言志和雅化了的词作，而是柳永一类的作者所写的"俗体词"。但是他们更喜欢的，还是在勾栏瓦肆中表演的那些小唱、陶真、叫声、唱赚、嘌唱、鼓子词、诸宫调等。

唐诗的歌法，到宋代已经基本失传了。词到宋末，很多都已经不可歌了。一方面，是文人创作过分雅化，丧失了词的通俗性和生活化特色，已经远离了广大民众，成为少数文人雅士案头的玩物。一方面，是旧谱的零落。宋张炎《西子慢·序》就说："吴梦窗自制此曲，余喜其声调妍雅，久欲述之而未能。甲午春，寓罗江，与罗景良野游江上，绿阴芳草，景况离离，因填此解，惜旧谱零落，不能倚声而歌也。"张炎作此曲时，距吴文英不过三四十年，已感叹"旧谱零落，不能倚声而歌"，其余就可想而知了。再加上宋末元初的战乱，旧谱的散失更厉害。就是可歌之词，大多已经传唱数百年之久，早已没有新鲜感了。

但是，在民间，那些所谓不能登大雅之堂的"俚曲"，即如今天所说的乡土歌曲、民间歌舞，却是生意盎然、久传不衰。它们不断地为文人的创作和各种形式的歌舞戏曲提供着取之不竭的养料。唐崔令钦《教坊记》记载的教坊曲中，有许多明显是出自民间的小曲，比如《迎春花》《摘得新》《恨无媒》《墙头花》《卧沙堆》《煮羊头》《剪春罗》《牧羊怨》《一捻盐》《劫家鸡》《杨下采桑》《唐四姐》《麻婆子》《山花子》《拾麦子》《采桑》《沙碛子》《镇西子》《北庭子》《醉胡子》《西国朝天》《赞普子》《蕃将子》等。它们显然既不同于唐诗，也不同于宋词，而是带有民间色彩和其他民族特色的新的艺术形式。教坊所奏，不过是这一类曲目中极少的一部分。唐代的参军戏、踏摇娘、大曲、法曲，宋代的带有戏剧色彩和曲艺形式的院本、陶真、唱赚、鼓子词、诸宫调等，已经从其中汲取了大量的营养。

当诗和词都已经走向衰亡的时候，统治者和文人雅士又把眼光投向民间，到民歌中去寻找新的形式，去汲取新鲜的养料，创造新的艺术形式。他们所寻找的，就是这些自唐代以来不断发展着的"俚曲"和由这些"俚曲"派生出来的包括唱词在内的艺术形式，比如诸宫调、唱赚、陶真、鼓子词、院本等。在此基础上，逐渐形成一种新的艺术体裁——散曲。散曲中的许多曲牌，如《货郎儿》《蔓青菜》《豆叶黄》《十棒鼓》《村里迓古》《鲍老儿》《山石榴》等，一望而知是出于民间的。

宋、元时期，戏剧和散曲都已经得到高度发展。在北方，是杂剧和北曲，在南方，则是南戏和南曲。元代前期，杂剧和北曲居于统治地位，南戏在元代后期发展迅速，但元代散曲却一直以北曲为主，南曲的地位一直不高。

散曲产生的另一个重要原因，则是词无论是语言还是曲调，都不符合蒙古人的欣赏口味。

蒙古族是生长在北方的民族，北方的语言、音乐、戏剧、曲艺等都与南方有很大的不同，审美趣味和审美习惯也有很大的不同。比如现在的北方人，喜欢京剧、评剧、梆子、大鼓、单弦等，

元曲简述

但他们一般不会喜欢广东的粤剧、福建的莆仙戏，粤语和闽南话让他们听不懂，而那种带有很重南音色彩的曲调也不符合他们的审美习惯。反之也是。尤其是在推广普通话之前，好多南方人也听不懂北方话，当然更谈不上欣赏北方的艺术了。在北方，新的艺术形式杂剧和散曲已经逐渐成熟，它们都是采用北方语言，汲取北方民歌、小曲等的因素形成的。

词所用的语言，是唐、宋以来一直流行的南方语言系统，与蒙古人习用的北方语系区别很大，与"胡乐"不能很好相配。而南方的曲调，也为蒙古人所不喜欢。

明王世贞《艺苑卮言》说："曲者词之变。自金、元入主中国，所用胡乐，嘈杂凄紧，缓急之间，词不能按，乃更为新声以媚之。"他所说的"新声"，就是散曲。

明徐渭《南词叙录》说："今之北曲，盖辽、金北鄙杀伐之音，壮伟狠戾，武夫马上之歌，流入中原，遂为民间日用。宋词既不可被管弦，南人亦遂尚此，上下风靡，浅俗可嗤。然其九宫二十一调，尤唐、宋之遗也。特其止于三声，而四声亡灭耳。"

王世贞的说法，是金、元人的歌词，宋词的曲调不能与之相配，所以"更为新声以媚之"。徐渭的说法，则是北曲本身就已经存在，是北方民族所喜闻乐见的艺术形式，随着金、元人的军事胜利和政权的建立而流入中原，渐渐被中原人民所接受。虽然他对北曲（即散曲）有一些偏见，如说它是"北鄙杀伐之音，壮伟狠戾"，"浅俗可嗤"，但大抵是符合事实的。至于他说到的"九宫二十一调"的问题，"三声""四声"的问题，是元曲的艺术特色，我们在后面将会谈到。

散曲的结构

散曲是元代新兴的一种诗歌形式，它既是来自民间的俚歌俗曲，又与词有非常密切的关系，词和散曲有许多牌名完全相同，而且格律形式也基本一样。如《醉花阴》《喜迁莺》《贺圣朝》《菩萨蛮》《念奴娇》《八声甘州》《忆王孙》《满庭芳》《贺新郎》《减字木兰花》《青玉案》《鱼游春水》《南乡子》等，都既是词牌又是曲牌。

散曲虽然来自民间，比诗词通俗得多，但是真正出自民间或下层文人之手的作品，和文人雅士的制作还是有很大区别的，尤其是后期散曲向雅化，也就是诗词化方向发展以后，这两种风格的区别也就越大。

因此，在散曲的类型划分上，就出现过一些不同的方法。最具代表性的，是燕南芝庵提出的三分法和杨朝英提出的两分法。

燕南芝庵是第一个对散曲进行分类的学者。他在《唱论》中提出把散曲划分为乐府、小令、套数三类的"三分法"。按照他的标准，"成文章曰乐府，有'尾声'名套数，时行小令唤叶儿"。又说"套数当有乐府气味，乐府不可似套数"。这种划分的方法，标准本身就是混乱的。按有无文章（即文采）来划分，是以风格为标准；按有无"尾声"即是否是一个完整的套曲形式来划分，则是按照形式来划分。也就是说，按照雅与俗的标准，散曲有乐府和非乐府（包括俗的小令和套数）两类。而且他还主张"套数当有乐府气味"，也就是说，套数要尽量向雅的标准靠拢。而"乐府不可似套数"，即乐府不可以俗。燕南芝庵大概是元后期人，在散曲已经向雅化发展的时期，提出这样的理论是不奇怪的。

元曲后期散曲家、散曲理论家杨朝英，是第一个编辑元曲的人，他的《乐府新编阳春白雪》是我国历史上第一部元曲选集。他在选编作品时，就受燕南芝庵的影响，所以把苏轼的《念奴娇》、辛弃疾的《摸鱼儿》、柳永的《雨霖铃》等所谓"宋、金十大乐"都选进去了。

杨朝英后来认识到这种分法的不妥，提出只按形式把元散曲划分为小令和套数两大类，单支小曲（包括带过曲）一律划入"小令"；同宫调的一组套曲（也就是有"尾声"的）一律划入套数，不问文俚，不管雅俗。杨朝英在选编第二本元曲选本《朝野新声太平乐府》的时候，就不再选入苏轼、辛弃疾等人的词作。这种划分的方法，一直被沿用到现在，现在的曲家和文学史都仍然采用这种分法。

杨朝英还解决了一个问题，就是我们在前面说到过的，广义的元曲，是包括元杂剧和散曲的。杂剧中大量使用的套数和散曲的套数非常相似。钟嗣成的《太和正音谱》就是把剧套和散套混杂在一起介绍的。杨朝英的两个选本，明确区分剧套和散套，只选散套而不选剧套，这是非常正确的，对后人影响极大。

我们这里介绍元散曲，所使用的就是杨朝英提出的标准，把散曲分为小令和套数两大类。

小令，又叫"叶儿"，是指单支小曲。这些小曲大多来自民间和诗词。小令一般都是单片；每一个曲牌有规定的句数和基本字数，所谓基本字数，是因为散曲可以加衬字；一般是句句押韵，当然也有少数例外。

小令又有小令、重头、带过曲、集曲四种形式。

小令 指单支小曲。这是元曲中最简单但也是最习见、数量最多的一种形式。小令每支独立，一韵到底（也有少数不句句入韵的），相当于诗的一首、词的一阕。每支小令都有曲牌（也就是曲调），如同词牌（也叫词调）一样。各调有不同的字数、句法、平仄、韵脚，即所谓"句式定格"。这些曲调分属于不同的宫调，北曲有十二宫调，南曲有九宫十三调。《九宫大成南北词宫谱》所收北曲曲牌有五百八十一个，南曲则有一千五百一十三个。

句句入韵的例子：

〔双调·清江引〕

有感

乔 吉

相思瘦因人间阻，只隔墙儿住。笔尖和露珠，花瓣题诗句，倩衔泥燕儿将过去。

不句句入韵的例子：

〔中吕·喜春来〕（首句"奏"字不入韵）

马致远

宫商律吕随时奏，散虑焚香理素琴，人和神悦在佳音。不关心，玉漏滴残淋。

重头 又叫"联章"，见于北曲，指同一曲调的反复或连缀，数量不限，可以换韵，正因为此，所以不能算一个套数。往往用来描述同一件事，或者叙述一个较长的故事，一两支单曲是不可能完成的。这种情况在宋词中已经出现。如欧阳修有十首《采桑子》咏颍州瘦西湖；赵令畤有十二首《商调蝶恋花》述元稹《莺莺传》故事等。元曲中这种情况很多。比如张可久有四首〔中吕·卖花声〕《四时乐兴》，分咏春、夏、秋、冬四时景色：

春

远村，近村，烟霭都遮尽。阴阴林树晓未分，时听黄鹂韵。竹杖芒鞋，行穿花径，约渔樵共赏春。日新，又新，是老子山林兴。

夏

自酌，自歌，自把新诗和。人间甲子一任他，壶里乾坤大。流水当门，青山围座，每日家叫三十声闲快活。就着这绿蓑，醉呵，向云锦乡中卧。

秋

此花，甚佳，淡秋色东篱下。人间凡卉不似他，倒傲得风霜怕。玉蕊珑葱，琼枝低压，雪香春何足夸。美煞，爱煞，端的是觑一觑千金价。

冬

此杯，莫推，雪片儿云间卧。火炉头上酒自煨，直吃的醺醺醉。不避风寒，将诗寻觅，笑襄阳老子痴。近着这刿溪，夜里，险冻的来不得。

带过曲　见于北曲，即连用两首或三首（一般不超过三首）宫调相同而旋律恰能衔接的曲调，合成一首新曲。这种组合并不是随意的，而是有一定的条件，即上面所提到了"同一宫调"和"旋律恰能衔接"。它常用"带""带过""过""兼"等字将几个曲牌连在一起，其组合有一定规律，不能随便搭配，常见的有〔雁儿落带得胜令〕〔沽美酒带太平令〕〔骂玉郎带感皇恩采茶歌〕〔十二月带过尧民歌〕〔哪吒令带过鹊踏枝寄生草〕〔齐天乐带过红衫儿〕〔快活三带过朝天子四换头〕等。比如：

〔南吕·骂玉郎带感皇恩采茶歌〕

鏖兵

无名氏

牛羊犹恐他惊散，我子索手不住紧遮拦。恰才见枪刀军马无边岸，吓的我无人处走，走到浅草里听，听罢也向高阜处偷睛看。

〔感皇恩〕吸力力振动地户天关，吓的我扑扑的胆战心寒。那枪忽地早刺中彪躯，那刀亨地掘倒战马，那汉扑地抢下征鞍。俺牛羊散失，你可甚人马平安。把一座介休县，生扭做枉死城，却翻做鬼门关。

〔采茶歌〕败残军受魔障，得胜将马奔顽，子见他歪刺刺赶过饮牛湾。荡的那卒律律红尘遮望眼，振的这滴溜溜红叶落空山。

集曲　又名犯调，见于南曲。集曲是摘取各调的零句而合成一个新调，另外起一新名。例如〔醉罗歌〕是摘取〔醉扶归〕〔皂罗袍〕〔排歌〕三调各数句而成，〔金络索〕是集〔金梧桐〕

〔东瓯令〕〔针线箱〕〔解三酲〕〔懒画眉〕〔寄生子〕各数句而成，〔七犯玲珑〕集七调，〔巫山十二峰〕集十二调，还有多至集三十调的。这种方法，已见于宋词。如《四犯剪梅花》（又名《三犯锦园春》），就是由《解连环》第七、八句，《醉蓬莱》第四、五句，《雪狮子》第六、七句，《醉蓬莱》第九、十句连缀而成的。《江月晃重山》，上、下片上三句《西江月》，下二句《小重山》。此外，还有《三犯渡江云》《小镇西犯》《六丑》《四犯令》《尾犯》《玲珑四犯》《倒犯》《花犯》《八犯玉交枝》等。

套数　是较为复杂，也是较为宏大的结构，它吸收宋大曲、转踏、诸宫调等联套的方法，把同一宫调的最少二支以上的曲子连缀起来，一韵到底，中途不能换韵。一般套数都有"尾"，但也有少数不用"尾"的。

套数也有三种形式。

北套　即北曲中的套数。一般都有比较固定的组合形式，比如正宫中的〔端正好〕，常与〔滚绣球〕〔倘秀才〕〔叨叨令〕连用；仙吕宫常以〔赏花时〕〔点绛唇〕〔穿窗月〕〔寄生草〕〔元和令〕连用。

南套　即南曲中的套数。一般以引子、过曲和尾声三部分组成。

南北合套　这种形式的套数最早出现在元代末年，把宫调相同的南北两种曲调交错使用，有一定格式。

散曲的艺术特色

散曲的语系

元代散曲，是以北曲为主体的，虽然在元代后期，南曲也有一定的发展，但是，已经深受北曲的影响，所以，元代散曲的特点，是以北曲为主的。

中国的语言很复杂，不仅有古今之分、文言白话之分、文体之分，还受地域影响。中国幅员辽阔，各地都有自己的方言土语，相互之间差异很大，形成不同的语系。如果按最简单的划分，可以分为北方语系和南方语系两个大类。

古诗词所用语言和韵，属南方语系，分平、上、去、入四声。又分为平、仄两个大类。平只有平声一部，仄包括上、去、入三部。其中最有特色的是入声字。这一类字在发音的时候，有一个阻塞的字尾，比如"乌"字和"屋"字，现在读音都为"wū"，但是在古语中，"屋"字后面有一个不发音，但是必须做出口型的"k"，阻塞了气流，使"屋"字只能发出一个很短促的音，所以在古语中，"乌"和"屋"是读音完全不同的两个字。"乌"字是平声字，"屋"字是入声字。古代的入声字，就是在读音后面有一个"k""t""n""ng"一类阻塞气流的口型，使之只能发出短促的音的字。

但是在北方语系中，这样的发音是没有的，也就是说，北方语系中没有入声字。那些入声字，都根据它们的音调（如同今天普通话的一、二、三、四声）归入了平、上、去三声。古代北方语系的发音，与今天的普通话已经非常近似，也分为一、二、三、四声，不过，那个时候不这样叫。而叫作阴平、阳平、上、去。这样，仍然是四声。只不过入声消失，而平声分为阴、阳两部。

散曲的用韵

元曲的用韵，不再使用诗韵和词韵，而是声母相同甚至相近的字即可押韵，而且平、仄通押。

诗、词的用韵是非常严格的。尤其是近体诗，不同韵部的字，哪怕在我们看来读音是完全一样的，也不能通押，比如"一东"和"二冬"两个韵部的字，不能通押。词放得宽一些，但仍然比较严格。而元曲则不同，只要是韵母相同的字，都可能通押。

诗、词的用韵平、仄区分严格，近体诗只能押平声韵，词则视词牌规定而定，规定押平声的则不能押仄声，规定押仄声的则不能押平声，更不能平、仄混押。而曲的用韵则没有这么严格，有时平、仄可以通押。

诗、词都规定不能重韵，即同一个字不能两次出现在韵脚上。但是曲没有这样的规定，同一个字可以多次使用在韵脚上。

元周德清根据当时的语音和元曲实际用韵的情况，编成《中原音韵》一书，成为制曲用韵的标准。《中原音韵》把曲词里常用作韵脚的五千八百六十六个字，按字的读音进行分类，编成一个曲韵韵谱。韵谱分为十九韵，即：东钟、江阳、支思、齐微、鱼模、皆来、真文、寒山、桓欢、先天、萧豪、歌戈、家麻、车遮、庚青、尤侯、侵寻、监咸、廉纤。每一个韵里面又分为平声阴，平声阳，入声作平声阳、上声，入声作上声、去声，入声作去声等类。每一类里面以"每空是一音"的体例，分别列出同音字组，共计一千五百八十六组。这个韵谱的读音和归类，已经和今天普通话的读音相近，与现代诗韵所用的"十三辙"也十分接近了。

散曲的衬字

近体诗和词的格式是严格固定的。比如五绝，五字一句，全诗四句，七绝，七字一句，全诗四句，不能多也不能少。每一个词牌（包括变体，或叫"又一体"），句数、字数等也有严格的规定，也是一个字也不能多，一个字也不能少。

散曲也有曲牌，对句数、字数等也有规定，但是，它允许在其中增加"衬字"。这些衬字，可以是有实际意思的，以补原曲的不足，也可以是没有实际意思，只起到增加音乐美感和曲调完善的作用的字。这样，同一个曲牌的散曲，有时候就显得长短和结构有很大的区别。

最早提出"衬字"说的，是周德清。他在《中原音韵》中说："每病今之乐府……有增衬字作者……有板行逢双不对，衬字尤多，文律俱谬。"他举例说："〔塞鸿秋〕末句本七字，有云：'今日个病恹恹刚写下两个相思字。'却十四字矣。"从本来应该是七个字的句子，变成十四字，也就是说，加入了七个"衬字"，但是，要找出哪七个字是"衬字"，却有点困难，也就是说，所谓的"衬字"，其实已经成为句中不可分割的一部分。

试比较下面两首〔南吕·一枝花〕的〔尾〕：

> 我是个蒸不烂、煮不熟、捶不扁、炒不爆、响当当一粒铜豌豆；恁子弟每谁教你钻入他锄不断、斫不下、解不开、顿不脱、慢腾腾千层锦套头。我玩的是梁园月，饮的是东京酒，赏的是洛阳花，攀的是章台柳。我也会围棋，会蹴鞠，会打围，会插科，会歌舞，会吹弹，会

咽作，会吟诗，会双陆，你便是落了我牙，歪了我嘴，瘸了我腿，折了我手，天赐与我这几般儿歹症候，尚兀自不肯休！则除是阎王亲自唤，神鬼自来勾，三魂归地府，七魄丧冥幽，天哪，那其间才不向烟花路儿上走！

——关汉卿《不伏老》

岩阿禅窟鸣金磬，波底龙官漾水精。夜气清，酒力醒，宝篆销，玉漏鸣。笑归来仿佛二更，煞强似踏雪寻梅灞桥冷。

——张可久《湖上晚归》

同一曲牌，差别竟是如此之大。原因就是关汉卿在曲中加入了大量的"衬字"。

散曲的宫调

元曲是要演唱的，因此，每一个曲牌，也就包含了一个曲调。这和词是非常相似的。

古人以宫、商、角、徵、羽五声表示唱名（即没有固定音高，只有相对音高的一组音，相当于西方音乐的1、2、3、5、6）。再加上变徵和变宫，就构成七声音阶。

古人又以黄钟、大吕、太簇、夹钟、姑洗、中吕、蕤宾、林钟、夷则、南吕、无射、应钟表示十二律，相当于现代音乐所说的有绝对音高的"音名"，即西方音乐中的C、#C、D、#D、E、F、#F、G、#G、A、#A、B。

在理论上，七个唱名都可以作为一个调的主音，它们的音高又可以分别与十二个音名相同，比如以"1"为主音，可以有1 =

C、1＝D……以"$\underset{.}{6}$"做主音，可以有$\underset{.}{6}$＝e、$\underset{.}{6}$＝f……这样，一共可以得到八十四个调式。如果换成中国传统音乐术语，则可以有宫调式、商调式、角调式、徵调式、羽调式，加上变徵、变宫两个调式，一共是七个调式，再把它们与十二律相配，如宫音相当于黄钟，即为黄钟宫；宫音相当于大吕，则为大吕宫；商音相当于夷则，则为夷则商；角音相当于无射，则为无射角，以此类推，同样可以得到八十四个调式。但在实际使用中，许多调式都没有用到。

古代音乐有雅乐和俗乐两个系统，不仅内容不同，表现形式、使用乐器、旋律结构等等都不相同，而且连音高标准和调式名称都不相同。我们上面说的是雅乐系统的名称，在俗乐（即燕乐）系统中，称谓完全不同。比如在宋代燕乐系统中，黄钟宫叫"正宫调"，夹钟商叫"双调"，黄钟羽叫"般涉调"，无射商叫"越调"等。

在燕乐系统中，以宫音为主音的调被称作"宫"，以商、角、徵、羽等为主音的调统称为"调"，合称"宫调"。元杂剧所用，实际上只有五个宫，即：正宫、中吕宫、南吕宫、仙吕宫、黄钟宫。四个调，即：双调、商调、越调、大石调。全称"五宫四调"。散曲所用的宫调要多一些，明王世贞《曲藻》引何良俊的话说："北为之曲，以九宫统之。九宫之外，别有道宫、高平、般涉三调。"他所说的"九宫"，就是上面所说的"五宫四调"。加上道宫、高平、般涉三调，一共十二个调。这样，我们就明白什么叫〔般涉调·耍孩儿〕〔南吕·一枝花〕了。

散曲中还有一种情况，即同名的曲牌，所用的宫调不同，实际上是完全不同的两个曲牌了。比如〔正宫·端正好〕和〔仙吕·端正好〕是不同的；〔双调·水仙子〕和〔商调·水仙子〕是不同的。

为什么要使用不同的宫调呢？这里涉及音乐中不同调式、不同调性所表现的感情色彩不同的问题。比如现代音乐中所说的大调式（一般为"1"调式）和小调式（一般为"6"调式）所表现的感情色彩就有很大的区别。大调式一般宽广、雄壮、庄严、昂扬，趋近于阳刚之美；而小调一般优美、抒情、柔婉、恬静，趋近于阴柔之美。即使同为大调式，不同的调，也有不同的感情色彩，我们常说 C 大调、D 大调、G 大调，或者 c 小调、e 小调、f 小调等，所表现的感情色彩是不完全一样的。作曲家在进行创作时，会根据所要表现的感情选用不同的调和调式。

这个道理古人也懂，他们在实践中已经总结出了一套关于调、调式等的相关理论，其中就包括感情色彩。元燕南芝庵在《唱论》中说：

大凡声音，各应于律吕，分于六宫十一调，共计十七宫调：

仙吕调唱，清新绵邈。　南吕宫唱，感叹伤悲。

中吕宫唱，高下闪赚。　黄钟宫唱，富贵缠绵。

正宫唱，惆怅雄壮。　　道宫唱，飘逸清幽。

大石唱，风流蕴藉。　　小石唱，旖旎妩媚。

高平唱，条物滉漾。　　般涉唱，拾掇坑堑。

歇指唱，急并虚歇。　　商角唱，悲伤宛转。

双调唱，健捷激袅。　　商调唱，凄怆怨慕。

角调唱，呜咽悠扬。　　宫调唱，典雅沉重。

越调唱，陶写冷笑。

虽然有一些表述我们还不能完全明白它的意思，比如"高下闪赚""急并虚歇"，但仍然可以看出，它们所指的都是不同的感情表现。

散曲的语言

古人说"诗庄，词媚，曲俗"，如果不绝对地看，还是很有道理的。曲的俗，不仅在内容，在音乐，也在语言。

诗和词的语言可雅可俗，以唐诗论，李白、杜甫等人的诗歌语言是雅的，而王梵志的诗歌语言却非常通俗。以宋词论，周邦彦、姜夔、吴文英、王沂孙等人的词，语言是雅的，而"敦煌曲子词"、柳永等人部分词作的语言却是俗的。但是曲不同，它的语言只能是通俗的，甚至就是以口语入曲。比如卢挚的〔南吕·金字经〕《宿邯郸驿》：

梦中邯郸道，又来走这遭。须不是山人索价高。时自嘲，虚名无处逃。谁惊觉，晓霜侵鬓毛。

再比如赵禹圭〔双调·风入松〕《忆旧》：

忆前日席上泛流霞，正遇着宿世冤家。自从见了心牵挂，心儿里撇他不下。梦儿里常常见他，就不的半星儿话。

即使是元代后期作家向雅化方向发展，其雅化程度也远远不如诗、词。

散曲的对仗

诗和词都有对仗，比如律诗，要求颔联（二联）和颈联（三联）必须对仗。有些词牌也规定其中一些地方要对仗，比如《浣溪沙》，下阕第一二句要对仗。

曲也有对仗。周德清《中原音韵》说"逢双必对，自然之理，人皆知之"。又说有"扇面对""重叠对""救尾对""合璧对""连璧对""鼎足对""联珠对""隔句对""鸾凤和鸣对""燕逐飞花对"等。

一般来说，曲的对偶绝大部分和诗一样，是偶句对，即上、下两句成对。如：

> 黄芦岸白萍渡口
>
> 绿杨堤红蓼滩头
>
> ——白朴〔双调·沉醉东风〕《渔夫》

> 海来阔风波内
>
> 山般高尘土中
>
> ——张养浩〔双调·庆东原〕

曲的对仗，有时平仄要求没有诗、词严格。比如：

> 博带峨冠年少郎
>
> 高髻云鬟窈窕娘
>
> ——姚燧〔越调·凭栏人〕

上句的平仄为"平仄平平平仄平"，下句的平仄是"平平平平仄仄平"，几乎完全不对，这在诗词是不允许的。

有一些比较特殊的对仗，虽然在诗、词中也有使用，但是却不多见，而在散曲中却是非常普通的。

鼎足对（燕逐飞花对）

鼎足对是指三句成对，其实就是所谓的"燕逐飞花对"。这种对偶在词中已经出现，比如陆游《诉衷情》下片"胡未灭，鬓先秋，泪空流"，苏轼《行香子》"湖中月，江边柳，陇头云"等，但不多见。这种对在元曲中就太多了。比如：

青苔古木萧萧，苍云秋水迢迢，红叶山斋小小。

——张可久〔越调·天净沙〕

一声梧叶一声秋，一点芭蕉一点愁，三更归梦三更后。

——徐再思〔双调·水仙子〕《夜雨》

六一泉亭上诗成，三五夜花前月明，十四弦指下风生。

——张可久套数〔南吕·一枝花〕《湖上晚归》

连璧对

把"鼎足对"的三句发展为四句，即四句相互成对，就成了"连璧对"。这种对仗方式，在近体诗中是不可能出现的。五律和七律虽然要求颔联（第二联）、颈联（第三联）都要对仗，但是，是第三句（颔联的上句，在律诗中是第三句，下类推）和第四句对，第五句和第六句对，这两联完全独立。按照律诗的平仄要求，第四句和第五句应该是粘而不是对，也就是说，这两句的平仄除韵脚处外，几乎是相同的，所以不能成对。第三句和第五句、第四句和第六句的平仄差不多，也不成对。所以律诗要求颔联和颈联对仗，但都是联中两句自对，而两联之间不形成对仗关系。因为散曲对平仄的要求没有那么高，所以才出现四句相互成对的情况。比如：

> 黄尘万古长安路，折碑三尺邙山墓，西风一叶乌江渡，夕阳十里邯郸树。

> ——无名氏〔正宫·叨叨令〕

> 离匣牛斗寒，到手风云助，插腰奸胆破，出袖鬼神伏。

> ——施惠〔南吕·一枝花〕《咏剑》

隔句对（扇面对）

隔句对，也就是所谓的"扇面对"，即第一句不和第二句对，而是跳过第二句，与第三句成对。而第二句也不与第一句对，而跳过第三句，与第四句成对。其实这种对法，在对联中使用极多。对联中上联无论是多少句，都是与下联对应的句子成对的，其实就是隔句对。比如：

> 大肚能容，容天下难容之事
> 开口便笑，笑世间可笑之人
> ——北京潭柘寺联。此联常书于寺庙天王殿弥勒佛座。

> 笔癠五冢，韦绝三编，信有文章惊海内
> 兰滋九畹，蕙树百亩，空留仙洞号华阳
> ——黎孟德挽恩师屈守元先生联

这一种对仗形式在《诗经》中就已经有了。《小雅·采薇》中"昔我往矣，杨柳依依；今我来思，雨雪霏霏"，就是很工整的隔句对。

以后的诗、词中也经常使用，比如白居易《夜闻筝中弹潇湘送神曲感旧》诗："飘渺巫山女，归来七八年。殷勤湘水曲，留在十三弦。""飘渺巫山女"对"殷勤湘水曲"；"归来七八年"对"留在十三弦"。柳永的《玉蝴蝶》词上片"水风轻，苹花渐老；月露冷，梧叶飘黄"，下片"念双燕，难凭远信；指暮天，空识归航"，都是隔句对。

隔句对在散曲中使用得也比较多。比如：

> 凌歊台畔黄山铺，是三千歌舞亡家处；
> 望夫山下乌江渡，是八千子弟思乡去。
>
> ——薛昂夫〔塞鸿秋〕《凌台怀古》

隔句对有时并不仅限于两句，甚至可以形成多句皆成隔句对的形式。比如：

> 想那人妒青山，愁蹙在眉尖上；泣丹枫，泪滴在香腮上；拔金钗，划损在雕栏上；拖瑶琴，哀诉在冰弦上。

除去句首"想那人"三字，下面四句都是隔句对。

元散曲简史

元散曲的分期

元散曲的分期，有二期说、三期说、四期说几种。现在比较多的说法是二期说。

郑振铎《中国俗文学史》中根据元钟嗣成《录鬼簿》中所记"前辈公卿大夫"，即他写此书时已经去世、他不及见到的作家约四十人划为第一期，时间大约是 1201 年至 1300 年，这是元朝尚未立国至立国之初的一百年。以钟嗣成能见到的所谓"方今才人相知者"四十七人划为第二期，时间大约是 1301 年至 1360 年。以明永乐二十年（1422）贾仲明所编的《续录鬼簿》中所载元散曲家约五十人划为第三期。这些作家大多都是元末明初人，时间大约是 1361 年至 1422 年。

这种划分法有一定的道理，现在有的散曲史也采用这种划分法，它们把由宋、金入元的一批作家活动的时期划为第一期，称为"元初期"，其中就包括元好问、商道、杨果、王和卿、商挺、关汉卿、庾天锡、王恽等名家。又把生于元灭金以后的二三十年间，基本上是北方籍的一批作家活动的时期划为第二期，称为"元前期"，包括马致远、郑光祖、卢挚、姚燧、冯子振、曾端等名家。这一批作家，已经有不少由北南下，生活在南宋故地。元代后期，文化重心南移，一批南方作家崛起于文坛，一批北方作家南下，文化中心从大都（今北京）南移至杭州，元曲的形式和内容都发生了很大的变化，这一时期被划分为第三期，称"元后期"。

这种划分的方法还是比较科学的。

所谓四期说，是近代学者以山西元散曲为例，将元散曲划分为产生期（1220年—1240年）、发展期（1240年—1300年）、高峰期（从1300年—1350年）、衰落期（1350年—1368年）。这种划分法已经引起学术界一定程度的重视。

而所谓二期说，是以元仁宗延祐年间为界，分为前、后两期。现在的文学史一般都采用这种分期法。为了叙述方便，我们也采用二分法对元散曲的内容和艺术特色做一些简单的介绍。

元前期散曲的特色

元前期散曲的创作中心在北方，作家也多是北方人。

元朝的历史是从元世祖忽必烈至元八年（1271）开始的。但是，在此之前的1206年，也就是南宋宁宗开禧二年，成吉思汗就建立了大蒙古国。此后的六十多年的时间，蒙古人不断壮大自己的军事力量，东征西战，文化建设方面还比较薄弱。当时文化的中心，一是南宋，一是金。它们分别代表了南方文化和北方文化两大系统。

北方女真族建立的金朝，曾经一度国力强盛，文化也比较发达。一方面，他们学习中原汉族文化，其诗、词成就都比较高，出现了像元好问这样的大家。另一方面，他们又学习和发展了北方民间文化中的俚歌俗调，使散曲这一新的艺术形式在金末元初诞生。

最早的一批散曲作家，是生长在金、金亡后入元的一些汉族文人，包括元好问、商道、杨果、刘秉忠、关汉卿、王和卿等人。他们经历了宋灭金亡的历史大动荡，但是因为金也不是汉族政权，所以没有南宋文人那样刻骨铭心的亡国之痛。元初统治者虽然采取了一些怀柔政策，征召了一些南宋遗民如赵孟頫等和金的遗民入朝为官，但这仅仅是宋、金遗民中的很少一部分，绝大多数的文人是被排斥在外的。

北方由金入元的散曲家大抵可以分为三类。

第一类是书会才人，他们是社会名流，元初废除科举，断了他们的仕进之路，社会地位一落千丈，他们被抛入社会底层，虽然能够融入下层人民的生活，但对传统和现实有强烈的反叛精神。这类作家以关汉卿、白朴等为代表。第二类是平民胥吏，他们的思想中有一定的矛盾性，既没有完全抛弃名利，又不得不接受处处碰壁的现实，他们对人生和现实的态度明显比第一类作家消极，但又随时在对社会和人生进行着严肃的解剖。这类作家以王和卿、庾天锡等为代表。第三类是达官显贵，他们是汉人中少数在元代仕途比较通达的人，他们对社会现实也有牢骚，但没有那么激愤，作品也相对典雅一些。这类作家以杨果、刘秉忠等为代表。

这一时期的散曲，以忘情世事，逍遥山水的题材为多。

〔中吕·阳春曲〕

白 朴

今朝有酒今朝醉，且尽樽前有限杯，回头沧海又尘飞。日月疾，白发故人稀。

〔双调·快活年〕

盍西村

闲来乘兴访渔樵，寻林泉故交，开怀畅饮两三瓢。
只愿身安乐，笑了还重笑，沉醉倒。

这种"今朝有酒今朝醉""只愿身安乐"的思想，确实代表了金末元初许多人的想法。

当然也不乏愤世嫉俗、感叹身世之作，比如关汉卿的〔南吕·一枝花〕《不伏老》。

元散曲那种多写男女情爱和被称为"谐谑"的调侃风格也有所表现。比如：

〔越调·小桃红〕

杨　果

玉箫声断凤凰楼，憔悴人别后，留得啼痕满罗袖。
去来休。楼前风景浑依旧。当初只恨，无情烟柳，不解系行舟。

〔仙吕·醉中天〕

咏大蝴蝶

王和卿

弹破庄周梦，两翅架东风。三百座名园一采一个空。
难道风流种，唬杀寻芳的蜜蜂。轻轻的飞动，把卖花人扇过桥东。

稍晚一点出现的一批元散曲作家，生活在元灭宋、金以后的二三十年间，以马致远、郑光祖、卢挚、姚燧、冯子振、曾瑞等为代表，他们生活在元代政治比较清明的所谓"治平"时期，又几乎没有亲见元灭宋、金的战争，所以，没有因改朝换代所引起的伤感。仕途的不畅所引起的身世之感和亲眼所见（尤其是一部分南下作家）的社会矛盾和人民大众在高压下的痛苦生活，对他们的创作都产生了一定的影响。他们的创作，和初期作家的区别不太大，但个人身世之感多些，艺术上已经有一点雅化的倾向，成就较初期作家高一些，尤其是被称为"曲状元"的马致远，他的〔天净沙〕《秋思》和套数〔双调·夜行船〕《秋思》，都是元散曲中的名篇。

我们再看看下面两首散曲，可以看到元前期散曲的一些概貌。

〔正宫·鹦鹉曲〕

冯子振

重来京国多时住，恰做了白发伧父。十年枕上家山，负我潇湘烟雨。

〔幺〕断回肠一首《阳关》，早晚马头归去。对吴山结个茅庵，画不尽西湖巧处。

〔双调·殿前欢〕

卢　挚

酒杯浓，一葫芦春色醉山翁，一葫芦酒压花梢重。随我奚童，葫芦干兴不穷。谁人共？一带青山送。乘风列子，列子乘风。

元后期散曲的特色

元后期散曲的创作中心转移到南方，作者多是南方人，或者移居南方的北方人。这一时期的散曲创作有明显变化。元朝立国已经几十年，建国之初那种比较强烈的敌对情绪有些减弱，所以散曲作品中那种对现实不满的作品大为减少，而写景、言情、赠别、怀古、咏物、赠答等题材的作品数量大大增加。另一方面，散曲也与诗词等一样，不可避免地走向逐渐雅化的道路，出现了追求格律严谨、语言典丽、对仗工整、用典自然等形式美的倾向，使散曲由前期的通俗豪放逐渐向典雅清丽的方向发展。

这一时期的代表作家有张可久、乔吉、张养浩、睢景臣、刘时中、贯云石、徐再思等。

元后期散曲的题材范围已经非常广，各类题材的作品中，都有一些艺术性很高的名篇，比如：

〔中吕·卖花声〕

怀古

张可久

美人自刎乌江岸，战火曾烧赤壁山，将军空老玉门关。伤心秦汉，生民涂炭，读书人一声长叹。

这是怀古的名篇。

〔双调·水仙子〕

重观瀑布

乔 吉

天机织罢月梭闲，石壁高垂雪练寒，冰丝带雨悬霄汉，几千年晒未干。露华凉人怯衣单。似白虹饮涧，玉龙下山，晴雪飞滩。

这是咏景的名篇。

〔中吕·红绣鞋〕

贯云石

挨着靠着云窗同坐，偎着抱着月枕双歌，听着数着愁着怕着早四更过。四更过情未足，情未足夜如梭。天那，更闰一更儿妨什么！

这是题情的名篇。

〔双调·水仙子〕

夜雨

徐再思

一声梧叶一声秋，一点芭蕉一点愁，三更归梦三更后。落灯花、棋未收，叹新丰孤馆人留。枕上十年事，江南二老忧，都到心头。

这是抒怀的名篇。

〔中吕·满庭芳〕

耕

赵显宏

耕田看书，一川禾黍，四壁桑榆，庄家也有欢娱处。莫说其余，赛社处王留宰猪，劝农回牛表牵驴。还家去，蓬窗睡足，一品待何如。

这是言志的名篇。

散曲名家

散曲在古代的地位不及诗词，散曲家的地位也就不如诗人、词人，尤其是在读书人受到歧视的元代。

宋人不太重视词，所以一般人的文集都未将词作收入，集为专集的更少，但是，他们常常把词单独编辑，附在诗文集后。清朱彝尊在《词综·发凡》中说："唐、宋以来，作者长短句（即词）每别为一编，不入集中，是以散佚最易。"

散曲被视为民间文学，在正统文人的眼里，始终是下里巴人的东西，元人诗文集中附入成卷散曲的，一部都没有。所以清人辑《全唐诗》收诗尚有四万九千四百零三首，作者二千八百七十三人。近人唐圭璋《全宋词》收词二万余首，作者一千三百三十余人。而近人隋树森所辑《全元散曲》，收小令仅三千八百五十三首，套数四百五十七套，作者不足二百人，远远不能和唐诗、宋词相比。

元代散曲作家，除极少数人外，都是生活在社会底层的文人，正史不为立传，野史笔记所载也不多，所以，许多元散曲家的生平资料相当匮乏，我们只能尽可能地钩沉辑玄，以期提供给大家最为翔实的作者生平和创作情况。

元好问

说元好问是散曲家有一点冤枉，这位金代第一大才子是著名诗人、词人、文艺理论家、史学家。仅现在留存的作品，就有诗一千三百八十余首、词三百八十余首、散文二百五十余篇、小说《续夷坚志》二百零二篇。此外还有不少其他著作，如《锦机》《东坡诗雅》《杜诗学》《诗文自警》《壬辰杂编》《金朝君臣言行录》《南冠录》《集验方》《故物谱》等，而散曲仅六首。但是，虽然只有这六首散曲，它们在散曲史上的意义却很重大。

元好问（1190—1257），字裕之，号遗山，世称遗山先生。山西秀容（今山西忻州）人。他出生在一个世代书香的官宦人家。他的祖先，原为北魏皇室鲜卑族拓跋氏，魏孝文帝汉化改革中，让鲜卑贵族改汉姓，元好问的先祖被赐姓"元"。

他出生后七个月，即过继给他任县令的二叔父元格（元好问称他为陇城府君）。他自幼聪颖，八岁即能诗，被誉为"神童"。二十一岁前，随养父元格转徙于山东、河北、山西、甘肃的县令任上。

三十五岁中博学宏词科，入选翰林院，因不满史馆的冷官生活，很快辞官回豫西登封家中闲居。后被荐举出任镇平、内乡、南阳县令，再调金中央政府任尚书省令史，移家汴京，经历蒙古围城、崔立叛降、汴京城破、被俘囚押、生离死别等噩梦般的生活。金哀宗天兴二年（1233）汴京城破，被蒙古兵俘虏，也结束了他的宦海生涯。

自天兴二年四月被蒙古兵俘虏，押赴聊城羁管软禁，到元太宗窝阔台十年（1238）八月结束羁系生活，他作为囚徒，与家人辗转于山东聊城、冠氏之间达五年之久，恢复自由时，他已经四十九岁了。

元好问有亡国之痛，所以入元以后不愿做官。但是，他对元朝并没有太强的敌对意识。汴京城破之后，元好问即向当时任蒙古国中书令的耶律楚材推荐了五十四个中原秀士，如王若虚、王鹗、杨奂、张德辉、高鸣、李治、刘祁、杜仁杰、张仲经、商挺等，请耶律楚材予以保护和任用。这些人后来在各方面都有建树，十余人《元史》有传。他在元朝生活了二十多年，通过这么多年的观察，他对元朝的看法逐渐发生了变化。尤其对忽必烈重视儒学、大兴学校、实行较利于发展经济文化的政策表示赞赏。元宪宗二年（1252）春夏之间，元好问与好友张德辉一起北上去觐见忽必烈，请求忽必烈为儒教大宗师，忽必烈非常高兴地接受了。他们又提出蠲免儒户的兵赋，忽必烈也答应了。

元好问学问深邃，著述宏富，援引后进，为官清正，在金、元文坛上的地位首屈一指，在当时的名气很大。他的散曲，流传下来的只有六首。但元人散曲流传下来的都不多，除张可久一人有小令八百五十五首、套数九以外，其余作家留下的作品都没有超过二百首，而且在一百首以上的不足十人。这种现象和那些个人诗集收诗动辄就几千上万首的情况完全不能相比。

元好问的散曲不多，但是却告诉我们，金末元初的文人已经对这一新起的文学形式给予了相当的关注，不管是直接向民间的俚曲学习，还是将词逐渐演化为曲，他们都已经开始进行尝试。

元好问的散曲，都是遣兴抒情之作，时时也流露出身逢乱世的悲凉。如〔黄钟·人月圆〕《卜居外家东园》二首之一：

> 玄都观里桃千树，花落水空流。凭君莫问，清泾浊渭，去马来牛。谢公扶病，羊昙挥涕，一醉都休。古今几度，生存华屋，零落山丘。

他的散曲，也有稍微明快一些的。比如四首〔中吕·喜春来〕

《春宴》（录其一）：

> 春盘宜剪三生菜，春燕斜簪七宝钗，春风春酝透人
> 怀。春宴排，齐唱喜春来。

元好问的散曲，尚处在由词向曲转化的过程中，显得雅了一些，但并不如有的人所说的是元散曲"雅化"的信号，而是一种新的艺术形式在初期探索中必然出现的现象。

杨果

杨果（1195—1269），字正卿，号西庵，祁州蒲阴（今河北安国市）人。他是金朝官员入元后做到高官的少数人之一。

杨果早年以教私塾为生。金正大初年考中进士，做过偃师、满城等地的县令。金亡后闲居许昌五年。1238 年，杨奂至河南征课税，听说杨果的大名，于是，起用他为经历，从此入元为官，一直做到参知政事（副宰相，从二品），在入元的汉人中，算是高官了。

杨果性格豁达，风趣诙谐，文章写得很好，尤其长于词曲。他的散曲，今存仅小令十一首、套数五。虽然少，但是大概也可以看作是三个时期所作。

金亡之前，杨果虽然官做得不大，但是心境比较平和，他的〔仙吕·赏花时〕套数中的一部分大概作于此时。如：

> 花点苍苔绣不匀，莺唤垂杨语未真。帘幕絮纷纷，

日长人困，风暖兽烟喷。

〔幺〕一自檀郎共锦衾，再不曾暗掷金钱卜远人。香脸笑生春，旧时衣裉，宽放出二三分。

〔赚煞尾〕调养就旧精神，妆点出娇风韵，将息划损苔墙玉笋。拂掉了香冷妆奁宝鉴尘，舒开系东风两叶眉颦。晓妆新，高绾起乌云。再不管暖日朱帘鹊噪频，从今听鸦鸣不嗔。灯花谁信，一任教子规声啼破海棠魂。

金亡闲居时期，他虽然也有点亡国之痛，但更多的是对前途感到渺茫，有一种很深的失落。他的另一套〔仙吕·赏花时〕：

水到湍头燕尾分，桥据河梁龙背稳。流水绕孤村，残霞隐隐，天际褪残云。

〔幺〕客况凄凄又一春，十载区区已四旬。犹自在红尘，愁眉镇锁，白发又添新。

〔煞尾〕腹中愁，心间闷，九曲柔肠闷损。白日伤神犹自轻，到晚来更关情。唱道则听得玉漏声频，搭伏定鲛绡枕头儿盹。客窗夜永，有谁人存问？二三更睡不得被儿温。

曲中说"客况"，大概就是指寄居异代的感觉。所以才有"腹中愁，心间闷"，"白发又添新"的感叹。

仕元以后，官越做越大，心情也就越来越好，所以在曲中所表现的情绪也越来越愉悦。他的〔越调·小桃红〕八首就是这一时期的作品（录一）：

满城烟水月微茫，人倚兰舟唱。常记相逢若耶上，
隔三湘，碧云望断空惆怅。美人笑道：莲花相似，情短
藕丝长。

杨果的散曲，仍然没有脱离早期散曲作家那种受词的影响而
带有的雅化色彩，但又可以看出他在努力向民间俚曲学习的痕迹。

杜仁杰

杜仁杰（约1201—1283后），元代散曲家。字仲梁，号止轩，
又字善夫。济南长清（今山东济南市西南）人。《录鬼簿》把他列
入"前辈已死名公"。他由金入元，金朝正大中与麻革、张澄隐居
内乡山中。元初，屡被征召不出。性善谑，才学宏博。平生与元
好问相契，有诗文相酬。元好问曾两次向耶律楚材推荐，但他都
"表谢不起"，没有出仕。其子杜元素，任福建闽海道廉访使，由
于子贵，他死后得赠翰林承旨、资善大夫，谥号文穆。

杜仁杰散曲虽传世不多，却有特色，笔触老辣而有谐趣，善
于驾驭丰富活泼的口语。套曲〔般涉调·耍孩儿〕《喻情》，通篇
用歇后语写成，对于了解元代口语甚有价值。最著名的是〔般涉
调·耍孩儿〕《庄家不识勾栏》套曲，描写一个庄户汉秋收后进
城，到勾栏看戏的种种经历。借这个庄户人的口吻，真实地再现
了元代勾栏演戏时剧场、戏台、道具、乐队乃至化装、角色等种
种情况，写得情趣盎然。这个套曲因而成为研究元代戏曲的重要
资料。

杜仁杰的著作，诗集有《善夫先生集》一卷，收入《元诗选》

中。散曲今存套曲三首、小令一首，收入《朝野新声太平乐府》《盛世新声》《雍熙乐府》等集中。

刘秉忠

元世祖至元三年（1266），忽必烈决定在燕京东北修建一座新城，定名"大都"。它就是后来明、清两代的都城，中华人民共和国的首都——北京。大都的设计，是以《周礼·考工记》关于都城建设为指导思想进行规划修建的。元大都城的平面设计，皆以汉统治者建都思想为主导，即前朝、后市、左祖、右社之制。以南北为长达数公里的中轴，街巷规划极有规律，大街宽二十四步，小街宽十二步。除了大小街道之外，还有三百八十四火巷、二十九弄通，颇为壮观。元大都从1267年开始修建，直到1285年才告完工，历时十八年之久。元大都城墙周长二十八公里多，宫殿巍峨，寺庙雄伟，园圃美丽，街道宽敞，规模宏大，规划整齐，奠定了近代北京城的雏形，是当时世界最大的都市之一。

这座伟大的都城的设计者，是汉人刘秉忠。

蒙古国改名为"大元"，也是刘秉忠的主意。他取《易经》"大哉乾元"之意，向忽必烈建议，得到认可。此后又以《易经》"至哉坤元"之意，定元世祖忽必烈年号为"至元"。

其实刘秉忠原来是一个和尚。

刘秉忠（1216—1274），字仲晦，初名侃。邢州（今河北邢台）人。他的曾祖父是辽国邢台节度副使，所以举家居邢台。元灭金后，刘秉忠任邢台节度府令史，但不久就辞官归隐于武夷山，先入道，后从海云禅师游，又改入佛教，法号子聪。元世祖忽必烈即位，注意物色人才，被聘为顾问，改名"秉忠"。他不仅文才出众，精通律历建筑，而且是一位很出色的政治家，深得元世祖信任和喜爱，元初许多重要的典章制度，都出自刘秉忠的手笔。

刘秉忠是诗人，有《藏春集》六卷；也是散曲家，有散曲十二首流传下来。其中，以〔南吕·干荷叶〕八首最为有名。今录二首于下：

干荷叶，色苍苍，老柄风摇荡。减了清香，越添黄。
都因昨夜一场霜，寂寞在秋江上。（其六）

南高峰，北高峰，惨淡烟霞洞。宋高宗，一场空。
吴山依旧酒旗风，两度江南梦。（其八）

第六首，是以干荷叶为喻，感叹自己失意落寞的心情。第八首，则是对宋高宗辛辛苦苦地建立起的南宋王朝必然灭亡的命运表示遗憾。

刘秉忠还有〔双调·蟾宫曲〕四首，分咏春、夏、秋、冬。这本是元人散曲中非常习见的题材，四曲分别以"杜甫游春，散诞逍遥"；"右军观鹅，散诞逍遥"；"赏菊陶潜，散诞逍遥"；"浩然踏雪，散诞逍遥"作结。今举一首：

梧桐一叶初凋，菊绽东篱，佳节登高。金风飒飒，
寒雁呀呀，促织叨叨。满目黄花衰草，一川红叶飘飘，
秋景萧萧。赏菊陶潜，散诞逍遥。

虽然写的是秋景，"满目黄花衰草"，"秋景萧萧"，但是一点

散曲名家

都没有悲凉的情绪，而是像陶渊明"采菊东篱下，悠然见南山"一样，尽情地享受着这大好的秋光。在元代汉族文人中，刘秉忠是少数很好地解决了与蒙古政权的关系、解决了仕与隐的关系的人之一，也是仕途比较畅达的人之一。所以，他不像那些宋、金遗老那样愤嫉，也不像那些欲仕进而无门的失意文人那样满腹牢骚。

刘秉忠的这一类散曲，比前面所引的〔干荷叶〕要雅一些，更接近于词，但是又比词通俗些，语言也要平实得多。这些散曲，都为后人所欣赏，对它们评价很高。

商道

商道（1194—1264 后），字政叔（一作正叔）。曹州济阴（今山东曹县）人。其先本姓殷，避宋宣祖赵弘殷讳，改姓商。他是金末元初的著名散曲家，但生平事迹不详，只知道他是元好问的好朋友，大概在晚年才入翰林国史院，所以钟嗣成《录鬼簿》称之为"学士"。

他的散曲在当时享有盛名，又曾经写过诸宫调《双渐小卿》，当时有名妓赵真真、杨玉娥即以善唱此调而闻名，可惜已经失传了。他的散曲现在仅存小令四首、套数八、残套一。

商道的小令仅存〔越调·天净沙〕四首，是一组咏梅词。写得比较雅，还没有完全脱出词的影响，如：

> 寒梅清秀谁知，霜禽翠羽同期。潇洒寒塘月淡，暗香幽意，一枝雪里偏宜。

不仅语言较雅，也是文人雅士孤芳自赏的情怀。

但是他的套数就不同了。

他的套数八首，全是以青楼妓女的生活为题材创作的。在曲中，很真实地记载了妓女的生活和痛苦的心情，既描述了她们的悲惨命运和屈辱的人生，也描述了她们对自由、对幸福婚姻的向往。比如〔南吕·一枝花〕《叹秀英》：

> 钗横金凤偏，髻乱香云鬈，早是身是名染沉疴。自想前缘，结下何因果。今生遭折磨，流落在娼门，一旦把身躯点污。
>
> 〔梁州第七〕生把俺殃及做顶老，为妓路划地波波。忍耻包羞排场上坐。念诗执板，打和开呵。随高逐下，送故迎新。身心受尽摧挫，奈恶业姻缘好家风俏无些个。纠搣丁走踢飞拳，老妖精缚手缠脚，拣挣勤到下锹镢。甚娘，过活。每朝分外说不尽无廉耻，颠狂相爱左。应有的私房贴了汉子，恣意淫讹。
>
> 〔赚煞〕禽唇撮口由闲可，殴面枭头甚罪过，圣长里厮搭抹。倒把人看舌头厮缴络，气杀人呵。唱道晓夜评薄，待嫁人时要财定囤图课，惊心碎唬胆破。只为你没情肠五奴虔婆，毒害相扶持得残病了我。

商道是站在受欺压、受凌辱的妓女的立场来描写的，对这些生活在社会最底层、人生最惨痛的青楼女子寄予了无限的同情。

商挺

商挺，字孟卿，一作梦卿，晚年自号左山老人。曹州济阴（今山东曹县）人。他的父亲是散曲家商道的哥哥，名衡，字平叔，金崇庆进士，正大末官秦蓝总帅府经历，后被元兵劫持劝降，不屈而死。商挺金末曾北上依附赵天锡，与元好问、杨奂交游。严实居东平，聘他为几个儿子的老师，后辟经历，出为曹州判官。杨惟中宣抚关中，商挺跟从他，为郎中。第二年，升宣抚副使。中统元年（1260）为陕西、四川宣抚副使。元世祖忽必烈闻其名，征召为京兆宣抚使郎中，至元元年（1264），入拜参知政事。六年（1269），同佥枢密院事，累迁枢密副使。后因事系狱，不久放出。二十五年（1288）卒，年七十九。《元史》有传。

商挺工诗善书，尤长隶书。有诗千余篇。所作散曲今存小令十首，明朱权《太和正音谱》将其列于"词林英杰"一百五十人之中。

商挺的散曲，有一部分仍保持了词的韵味，语言比较典雅，套用前人陈句不少，但却没有多少新意，这是金末元初文人写作散曲的通病。比如〔双调·潘妃曲〕咏春、夏、秋、冬，就有此病：

> 绿柳青青和风荡，桃李争先放。紫燕忙，队队衔泥戏雕梁。柳丝黄，堪画在帏屏上。（咏春）

散曲不应该是这样的风格的，它的语言应该更接近民间，更为通俗，甚至"鄙俚"。元初的散曲作家也都在努力学习这种风格。商挺的另一首〔双调·潘妃曲〕就在意趣和语言上就都表现出了元散曲的"本色"：

> 目断妆楼夕阳外，鬼病恹恹害。恨不该，止不过泪满旱莲腮。骂你个不良才，莫不少下你相思债。

商挺的散曲作品中，像这样的还有好几首。这种世俗化的生活场景和口语化的语言，说明了商挺散曲的成功。

白朴

在元代文人中，白朴的名气是非常大的，他与关（汉卿）、马（致远）、郑（光祖）合称"元曲四大家"。但这里所说的"元曲"，指的是杂剧。白朴的杂剧《梧桐雨》《墙头马上》都是元杂剧中的精品。

在元代，杂剧作家无一例外地也是散曲家，因为杂剧中的唱段，实际上就是散曲中的套数。但散曲家不一定是杂剧作家。

白朴（1226—约1306），原名恒，字仁甫，后改名朴，字太素，号兰谷。祖籍隩州（今山西河曲附近），后徙居真定（今河北正定县），晚岁寓居金陵（今南京市）。他出生在一个官宦之家，父亲白华在金朝官至枢密院判，和著名文人元好问是通家之好。

白朴很小的时候，就遇到了蒙古人和金的战争。蒙古大军包围汴梁，父亲不得已抛下家人，随金哀宗北走归德。金哀宗天兴二年（1233）汴梁被蒙古大军攻破，白朴姐弟和母亲失散，幸好元好问尚在城中，收留了白朴姐弟，带着他们流寓聊城。有一次，白朴染了瘟疫，命在旦夕。元好问把他抱在怀里六日六夜，终于把他从死神手中夺回来。元好问还亲自教白朴读书，使他受到极为良好的教育。

白朴的父亲先投了南宋，南宋亡后北投元朝，依附于镇守真定的史天泽。元好问路过真定，将白朴姐弟送还白华，父子失散多年，得以团聚。此后，元好问为修金史，经常到大都，也就到真定看望和教导白朴，曾有诗夸赞白朴说："元白通家旧，诸郎独汝贤。"

白朴自小受蒙古人之害，母亲也因此散失，这是白朴心灵上难以平复的创伤，所以他对元朝没有多大好感，更不愿意在元朝为官，一生以亡国遗民自居。

元世祖中统二年（1261），白朴三十六岁。这年四月，元世祖命各路宣抚使举文学才识可以从考者，准备任用。史天泽推荐了白朴，但白朴谢绝了，并在这一年弃家南游。

他先到汉口，再入九江，四十一岁时曾北返真定，路经汴京。此后，再度南下，往来于九江与洞庭之间，一路所见，都是昔日的繁华之地，如今的伤心之处，兵火洗劫，暴力统治，更激起他对元朝统治者的怨恨。元世祖至元十七年（1280），他在金陵定居下来，"从诸遗老放情山水间，日以诗酒优游，用示雅态，以忘天下。诗词篇翰，在在有之"（王博文《天籁集·序》）。从此，主要在江南的杭州、扬州一带游历，八十一岁时，还重游扬州。此后，他的行踪就无从寻觅了。

白朴交游甚广，与游者大多是当世名流，其中就有著名的散曲家杨果、胡祗遹、曹光辅、卢挚等。他与歌妓的关系也不错，他的《风流子》词说："花月少年场，嬉游伴底事不能忘。杨柳送歌，暗分春色；夭桃凝笑，烂赏天香。绮筵上，酒杯金潋滟，诗卷墨淋浪。闲袅玉鞭，管弦珂里，醉携红袖，灯火夜行。"所以贾仲明在《挽词》中说他"拈花摘叶风诗性，得青楼薄倖名"。这是当时文人的生活，更是杂剧作家的生活。

白朴是著名的杂剧作家，他的杂剧《唐明皇秋夜梧桐雨》和《裴少俊墙头马上》是元杂剧中的精品。他的诗词文章都写得很好，有《天籁集》传世。同时，他又是著名的散曲家。他的散曲，今存小令三十七首、套数四，在元散曲家中，算是多的了。他的散曲，大致有三方面的内容：述志、题情、游赏。且看他的〔仙吕·寄生草〕：

饮

长醉后方何碍，不醒时有甚思。糟腌两个功名字，醅渰千古兴亡事，曲埋万丈虹霓志。不达时皆笑屈原非，但知音尽说陶潜是。

长醉不醒，糟腌功名，醅渰兴亡，曲埋志向，所谓"但愿长醉不愿醒"，引陶渊明为同调。这首词，大概可以看作是白朴思想的总倾向。

再看他的〔双调·庆东原〕：

忘忧草，含笑花，劝君闻早冠宜挂。那里也能言陆贾，那里也良谋子牙，那里也豪气张华？千古是非心，一夕渔樵话。

说得就更加直白了。

他还有几首题情曲，如〔中吕·阳春曲〕《题情》六首（录二）：

> 慵拈粉线闲金缕，懒酌琼浆冷玉壶。才郎一去信音疏。长叹吁，香脸泪如珠。

> 从来好事天生俭，自古瓜儿苦后甜。奶娘催逼紧拘钳。甚是严，越间阻越情忺。

对青年男女的爱情相思，刻画得非常形象。白朴最著名的两个杂剧《梧桐雨》和《墙头马上》，都是以爱情为题材的，都写得缠绵悱恻，动人心魄，写这样的小词，对他来说，自然是游刃有余的。

白朴一生优游林泉，对山水自然有一份很深的感情，大自然的美景也被他融入笔端。他有一组〔越调·天净沙〕，一共八首，写春、夏、秋、冬四时景色。比如《秋》：

> 孤村落日残霞，轻烟老树寒鸦，一点飞鸿影下。青山绿水，白草红叶黄花。

马致远著名的〔越调·天净沙〕应该是受了他的影响的。

白朴还有套数四套。他是杂剧名家，写套数应该是轻车熟路，不仅结构完整，而且语言华美。比如〔仙吕·点绛唇〕中的〔混江龙〕：

> 断人肠处，天边残照水边霞。枯荷宿鹭，远树栖鸦。败叶纷纷拥砌石，修竹珊珊扫窗纱。黄昏近，愁生砧杵，

怨入琵琶。

白朴的散曲风格多样，是元初期散曲作家中的佼佼者。

胡祗遹

胡祗遹（1227—1295），字绍开，一作少凯，号紫山，磁州武安（今属河北）人。幼年丧父，八岁金亡入元。成年后因学问渊博，"见知于名流"。中统元年（1260），张文谦以左丞行大名等路宣抚司事，推荐他为员外郎，从此踏上仕途。至元年间，授应奉翰林文字兼太常博士。后因忤权奸阿合马而出为太原路治中，升河东山西道提刑按察副使。元灭宋后，历任江南浙西提刑按察使、荆湖北道宣喻副使、济宁路总管。济宁风俗朴野，胡祗遹选郡子弟，挑选老师教他们，自己还亲为讲论。升山东东西道提刑按察使，"抑豪右，扶寡弱，以敦教化，以厉士风"（《元史·本传》）。召为翰林学士，辞不赴任，改江南浙西道提刑按察使。

在入元的汉人中，胡祗遹算是身居高位者之一，他的文化素养高，精于《周易》，长于理学，善书法，所著诗文甚富，有《紫山大全集》六十七卷，可惜已经散佚，今《四库全书》重编仅得二十六卷。

胡祗遹还是元代著名的戏剧理论家、评论家。他为艺人作序文，如《黄氏诗卷序》《优伶赵文益诗序》《赠宋氏序》诸篇，记载了珠帘秀、李心心、赵真、秦玉莲、赵文益、宋氏、黄氏等艺人的精彩表演和精湛绝技，并提出著名的"九美"说，是现存元初戏曲批评的珍贵文献，他也被称为元代戏剧评论的第一人。

胡祗遹的散曲，今存仅十一首，多为遣兴抒怀之作，他仕途畅达，人生算得上比较得意，所以也没有什么牢骚，笔下风光，自然也是一片平和。如〔仙吕·一半儿〕四首（选二）：

> 轻衫短帽七香车，九十春光如画图。明月落红谁是主，漫蹰躇，一半儿因风一半儿雨。

> 纱厨睡足酒微醒，玉骨冰肌凉自生。骤雨滴残才住声，闪出些月儿明，一半儿阴一半儿晴。

格调清远，而语言通俗，正是元代文人散曲中一种习见的风格。

王恽

大德五年（1304）六月，时任通议大夫、知制诰的王恽在汲县去世，终年七十七岁。朝廷的钦差大臣在汲县看到他的故居依然是茅屋陋室，清贫如民。儿孙们过着田园生涯，耕稼自给。身居高位而如此廉洁，在官吏中是十分罕见的。钦差大为感动，便如实奏明皇上。皇上也感动了，便赐钞万贯，赠翰林学士承旨资善大夫，追封太原郡公，谥号"文定"。子孙荫封，领受俸禄。家乡人民也把他少年勤奋读书的古子涧村誉为"秋涧书声"，被列为"汲县八景"之一。

王恽（1227—1304），字仲谋，号秋涧，卫州路卫辉（今河南汲县）人。元朝著名学者、诗人、政治家。他的祖父和父亲都在金朝为官。他还年幼的时候，金就亡了。他好学不倦，二十岁左右就已经以文章名于时。中统元年（1260），左丞姚枢宣抚东平，辟为详议官，从此步入仕途。他一生刚直不阿，清贫守职，好学善文。为元朝一代名臣。至元五年（1268），元世祖建御史台，任王恽为监察御史。他上书《击邪》《纳海》等论列一百五十余条。当时负责水利的中央级官员刘晸，利用治水导河之便，贪污官粮四十多万石。王恽大胆弹劾揭发。经过访查，他又将刘晸监修太庙从中偷工减料中饱私囊的罪恶上书皇上。刘晸做贼心虚，竟惶惶不可终日，忧虑死去。

王恽的正直敢谏，受到了元世祖的器重。至元二十八年（1291），忽必烈专门在京城召见他。他又上万言书，提出"改旧制，黜赃吏，均赋役，擢才能"的建议，顺应了忽必烈"祖述变通"的建国思想，对推动统一多民族国家的历史发展有着积极的意义。为此，忽必烈亲授他为翰林学士。

成宗铁穆耳即位。王恽给成宗皇帝敬献的供物不是玉帛、珠宝，而是他论述的《守成事鉴》十五篇，表现出忠心事主的一片赤诚。因此，成宗又加封他为通议大夫、知制诰。并委托他同赵孟頫等人纂修《元世祖实录》。

王恽不但是一代名臣，而且是当时声名极盛的文人。他的散文、诗、词、散曲在当时都有很高的声誉。他的散曲今存四十一首，走的是比较雅化的道路。正因为此，后代一些散曲评论家如贯云石、朱权等人在论述散曲时都没有提及他。

王恽散曲的内容，也是以言志抒怀、怡情山水为主的。这与他仕途的通达和思想的正统有很大关系。比如他的〔正宫·黑漆弩〕《曲山亦作言怀一词遂继韵戏赠》：

休官彭泽居闲久，纵清苦爱吾子能守。幸年来所事消磨，只有苦吟甘酒。平生学道在初心，富贵浮云何有。恐此身未许投闲，又待看凤麟飞走。

他的散曲，也有一些写得轻松一些的，比如〔越调·平湖乐〕《乙亥三月七日宴湖上赋》：

> 春风吹水涨平湖，翠拥秋千柱。两叶兰桡斗来去。
> 万人呼，红衣出没深波处。鳌头游赏，浣花风物，好个
> 暮春初。

王恽的散曲，意境和语言更接近诗词，而少了一些散曲应有的口语特色和活泼气氛，比如〔仙吕·后庭花〕《晚眺临武堂》的前四句"绿树连远洲，青山压树头。落日高城望，烟霏翠满楼"，像绝句；〔越调·平湖乐〕"安仁双鬓已惊秋，更甚眉头皱。一笑相逢且开口。玉为舟，新词淡似鹅黄酒。醉归扶路，竹西歌吹，人道似扬州"，像词。实际上已经开了后期散曲逐渐雅化的先河，但也是后代一些曲家不太欣赏他的原因。

关汉卿

> 将碧血，写忠烈，
> 作厉鬼，除逆贼，
> 这血儿啊，化做黄河扬子浪千叠，
> 长与英雄共魂魄！
> 强似写佳人绣户描花叶；

学士锦袍趋殿阙；

浪子朱窗弄风月，

虽留得绮词丽语满江湖，

怎及得傲岸奇枝斗霜雪？

念我汉卿啊，

读诗书，破万册，

写杂剧，过半百，

这些年风云改变山河色，

珠帘卷处人愁绝，

都只为一曲《窦娥冤》，

俺与她双沥苌弘血；

差胜那孤月自圆缺，

孤灯自明灭；

坐时节共对半窗云，

行时节相应一身铁；

各有这气比长虹壮，

哪有那泪似寒波咽！

提什么黄泉无店宿忠魂，

争道这青山有幸埋芳洁。

俺与你发不同青心同热；

生不同床死同穴；

待来年遍地杜鹃红，

看风前汉卿四姐双飞蝶。

相永好，不言别！

这一首〔蝶双飞〕，是田汉创作的话剧《关汉卿》中，关汉卿与珠帘秀因创作和演出《窦娥冤》，触动了统治者的利益，双双入狱，关汉卿对珠帘秀表示爱情的一段唱词，至今仍脍炙人口。当然，这是话剧，有些虚构，关汉卿和珠帘秀是红颜知己，但是并不是情侣。至少，珠帘秀和卢挚的关系也非常好，珠帘秀最终是嫁给了一个道士。

你可以对元代的戏剧家不了解，但你不可以不知道关汉卿；你可以对元代的杂剧不熟悉，但你不可以不知道《窦娥冤》。

在元代的杂剧作家中，关汉卿是辈分比较老的。因为正史无传，所以我们对这位伟大的剧作家的生平知道得并不多，他的生卒年，大约是1230年至1310年，大致和另一位伟大的剧作家白朴同时。那么，金灭亡时（1234）他尚在童稚，而当元朝立国的时候（1271），他已经四十多岁了。汉卿应该是他的字，他的名是什么也不清楚，有人说他名灿，号己斋。

他是哪里的人，也不清楚。有四种说法：大都、燕京、解州、祁州。现在也很难确定他究竟是什么地方的人。

钟嗣成《录鬼簿》"前辈已死名公才人"说他是大都人，太医院尹。一本又作"院户"，究竟他是医生，还是医生世家，也搞不清楚了。

南宋灭亡之前，关汉卿生活在燕京、大都一带。南宋亡后，即南下至扬州、杭州等地。他一生没有做官，全力于杂剧创作。据载他编有杂剧六十七部，钟嗣成《录鬼簿》载有二十八部之名，现存十八部。其中《窦娥冤》《鲁斋郎》《单刀会》《金线池》《救风尘》《调风月》《拜月亭》等都是元人杂剧中的名作。尤其是《窦娥冤》，是元杂剧精品中的精品，是为关汉卿赢得世界声誉的作品。他和许多演员的关系都很好，不仅编写剧本，还亲自傅粉登场，参加演出。元末贾仲明的吊词称他为"驱梨园领袖，总编修师首，捻杂剧班头"，可见他在当时戏剧界的地位。

关汉卿也是一位重要的散曲作家。现存小令五十七首、套数十三、残套二，在元散曲家中数量是较多的。他自称是"普天下郎君领袖，盖世界浪子班头"，其实表示的是对现实社会的不满和叛逆的精神。他在那首著名的〔南吕·一枝花〕《不伏老》的〔黄钟尾〕中自称是个"蒸不熟捶不扁炒不爆响当当一粒铜豌豆"，称自己"玩的是梁园月，饮的是东京酒，赏的是洛阳花，攀的是章台柳"，表示"你便是落了我牙，歪了我口，瘸了我腿，折了我手，天赐与我这几般儿歹症候，尚自不肯休"。他表示的大概是当时书会才人的共同精神。

关汉卿在元代初年严酷的现实下，虽然寄情于戏剧，但内心却也是十分苦闷的。《不伏老》所表现的，是关汉卿思想的一个侧面，另一面，则是看破世间荣辱贵贱，引伯夷、叔齐、巢父、许由、陶潜、范蠡为同调。他在套数〔双调·乔牌儿〕中说：

〔锦上花〕展放愁眉，休争闲气。今日容颜，老如昨日。古往今来，恁须尽知，贤的愚的，贫的和富的。

〔幺〕到头这一身，难逃那一日。受用了今朝，一朝便宜。百岁光阴，七十者稀。急急流年，滔滔逝水。

他在〔南吕·四块玉〕《闲适》中，就把这种"君莫痴，休争名利。幸有几杯，且不如花前醉"的思想具体化了：

适意行，安心坐，渴时饮，饥时餐，醉时歌。困来时就向莎茵卧。日月长，天地阔，闲快活。

旧酒投，新醅泼，老瓦盆边笑呵呵。共山僧野叟闲吟和。他出一对鸡，我出一个鹅，闲快活。

意马收，心猿锁，跳出红尘恶风波。槐阴午梦谁惊破。离了利名场，钻入安乐窝，闲快活。

南亩耕，东山卧，世态人情经历多。闲将往事思量过。贤的是他，愚的是我，争甚么。

关汉卿散曲中，写得最好的还是题情之作，其高处真不在唐诗、宋词之下。比如：

〔南吕·四块玉〕
别情

自送别，心难舍，一点相思几时绝？凭阑袖拂杨花雪。溪又斜，山又遮，人去也！

〔双调·大德歌〕
夏

俏冤家，在天涯，偏那里绿杨堪系马。困坐南窗下，数对清风想念他。蛾眉淡了教谁画？瘦岩岩羞带石榴花。

关汉卿是元代初年才气最大的作家，杂剧、散曲在他手中如臂使指，运用自如。他的散曲风格多样。无论是雅是俗，他都驾驭自如。比如〔双调·大德歌〕《春》：

子规啼，不如归，道是春归人未归，几日添憔悴。
虚飘飘柳絮飞，一春鱼雁无消息，则见双燕斗衔泥。

这是比较雅的。但是关汉卿的散曲，俗体也就是体现散曲本色的居多。比如〔仙吕·一半儿〕《题情》之一：

多情多绪小冤家，迕逗得人来憔悴煞。说来的话先瞒过咱。怎知他，一半儿真实一半儿假。

关汉卿是"元曲四大家"之一，他在元代散曲作家中也有十分崇高的地位。

王和卿

战国时期的庄子有一个好朋友惠施，两人论辩了一辈子，吵了一辈子。惠施死了以后，庄子很难过，讲了一个荆人运斤的故事："从前有一个楚国人，有一个绝活，他在助手的鼻尖上点一点石灰，然后运斤（斧头）如风，一斧下去，把那一点石灰劈得干干净净，而助手的鼻子一点都不会受伤。后来他告诉别人，他不能再表演了，因为他的助手死了，没有谁能够再配合他表演了。"

关汉卿也有一个这样的朋友，和他开了一辈子的玩笑，写散曲"讥谑"他，他也写散曲回击，但却始终落在下风。后来，这个人死了，关汉卿很伤心，亲自赶去吊唁这个轻侮了他半世的朋友。

这个人就是王和卿。

可惜，我们对王和卿却知之甚少，只知道他是大名人，生卒年不详。《录鬼簿》列为"前辈已死名公有乐府行于世者",一本下署"学士",一本下署"散人"。元陶宗仪《南村辍耕录》记载他和关汉卿友善,"常以讥谑加之,关虽极意还答,终不能胜"。又记载了他死了以后,关汉卿曾前往吊唁。其他的情况,就一无所知了。

但是,他留下了小令二十一首、套数一、残套二,奠定了他在元曲史上的地位。

王和卿是一位以谐谑见长的散曲作家。《南村辍耕录》说他"滑稽佻达,传播四方"。他的散曲,题材就与众不同,他敢写别人不敢写的内容,如《胖妓》《咏秃》《绿毛龟》《长毛小狗》《王大姐浴房内吃打》《胖妻夫》等。可以说他之前和他之后,在这种粗俗和恶趣方面,没有人能赶得上他。包括他那首最著名的〔仙吕·醉中天〕《咏大蝴蝶》,同样是这一类作品:

> 弹破庄周梦,两翅驾东风。三百座名园一采一个空。难道风流种,唬杀寻芳的蜜蜂。轻轻飞动,把卖花人扇过桥东。

当然,王和卿也有一些写得中规中矩的作品,不然,他也不会有那样的名声。比如〔仙吕·醉中天〕《别情》:

> 瘦了重加瘦,愁上更添愁。沈瘦潘愁何日休,削减风流旧。一自巫娥去后,云平楚岫,玉箫声断南楼。

再比如〔中吕·阳春曲〕《春思》:

> 柳梢淡淡鹅黄染,波面澄澄鸭绿添,及时膏雨细廉

纤。门半掩，春睡殢人甜。

他的一些描写世俗情态的作品，也写得生动活泼，清丽宛转。比如〔中吕·一半儿〕《题情》四首（录一）：

将来书信手拈着，灯下姿姿观觑了。两三行字真带草。提起来越心焦，一半儿丝挦一半儿烧。

这些对比强烈的作品，实际上显示了王和卿在金末元初这一特定历史时期内心的矛盾，他对生活的戏谑，也正是对现实的一种嘲笑。

庾天锡

语言脱洒不粗疏，翰墨清新果自如，胸怀倜傥多清楚。战文场，一大儒；上红笔，没半点尘俗。寻章摘句，腾今换古，噀玉喷珠。

这一首〔凌波仙〕，是贾仲明吊庾天锡所作。

庾天锡，字吉甫。大都（今北京）人。元代文学家。生卒年不详。《录鬼簿》把他列入"前辈已死名公才人"，说他曾经为中书省掾、员外郎、中山府判。除此之外，他的生平事迹就不得而知了。有人根据他的怀古散曲作品中提到醉翁亭、岳阳楼、滕王阁、狼山、长安、金陵，认为他曾漫游各地，去过南北许多地方，似嫌证据不足。因为他的一些怀古之作，都是概括前人名作，如著名的〔双调·蟾宫曲〕二首：

环滁秀列诸峰。山有名泉，泻出其中，泉上危亭，僧仙好事，缔构成功。四景朝暮不同，宴酣之乐无穷，酒饮千锺。能醉能文，太守欧翁。

滕王高阁江干。佩玉鸣鸾，歌舞阑珊。画栋朱帘，朝云暮雨，南浦西山。物换星移几番？阁中帝子应笑，独倚危栏。槛外长江，东注无还。

第一首完全是浓缩欧阳修《醉翁亭记》而成，第二首浓缩王勃《滕王阁序》而成，写这样的东西，是不必亲至其地的。

庾天锡在当时的名气应该是很大的，他创作了《骂上元》《琵琶怨》《半昌宫》等十五部杂剧，可惜没有流传下来。他的散曲，现在也仅存小令七首、套数四。但是，贾仲明在评马致远时，说他与"庾、白、关老齐肩"，可见在当时，庾天锡是和白朴、关汉卿、马致远齐名的。

现存庾天锡的散曲，以怀古最多。他的态度是淡然的，即他在曲中所说的"兴亡一笑间"。比如〔双调·雁儿落过得胜令〕（五首录二）：

春风桃李繁，夏浦荷莲间，秋霜黄菊残，冬雪白梅绽。四季手轻翻，百岁指空弹。谩说周秦汉，徒夸孔孟颜。人间，几度黄粱饭；狼山，金杯休放闲。

名缰厮缠挽，利锁相牵绊。孤舟乱石湍，赢马连云栈。宰相五更寒，将军夜渡关。创业非容易，升平守分难。长安，那个是周公旦；狼山，风流访谢安。

他的〔商调·定风波〕《思情》，是写爱情的作品，刻画非常细腻，将叙事和心理描写结合在一起。如其中的〔凤鸾吟〕：

题起来着，这相思何日休。好姻缘不到头。饮几盏闷酒，醉了时罢手。则怕酒醒了时还依旧。我为他使尽了心，他为我添消瘦，都一般减了风流。

贯云石序《阳春白雪》，说庾天锡"造语妖娇，却如小女临杯，使人不忍对殢"，说的大概就是他的这一类作品。

庾天锡的散曲还以用语巧妙著称，如〔商角调·黄莺儿〕《别况》中的〔随煞〕：

起一阵菊花风，下几点芭蕉雨。风送得菊花香，雨打得芭蕉絮。芭蕉雨敌庭梧，菊花风战槛竹。

六句都围绕着"菊花风"和"芭蕉雨"来说，三四句更是将"菊花风"和"芭蕉雨"分拆，饶有趣味。

卢挚

卢挚（约1242—1315），字处道，一字莘老，号疏斋，又号嵩翁，涿郡（今河北涿州市）人。他是元代初年仕途比较畅达、身居高位的少数汉人之一，也是元初著名的文人。他于二十岁左右，由诸生进身为元世祖忽必烈的侍从之臣，从此步入仕途。累迁河南路总管。大德初，授集贤学士、湖南肃政廉访使，迁江东道廉访使，复入京为翰林学士，迁承旨，晚年客寓宣城。

《新元史》说："元初能文者曰姚（燧）、卢。"又说："古今诗体，则以挚与刘因为首。"对他的诗文评价都极高。

但是，卢挚成就最高的是散曲。他的散曲与姚燧齐名，时称"姚、卢"，与散曲大家马致远、杂剧女艺人珠帘秀等相唱和。今存散曲有小令一百二十首，残小令一。内容多是怀古唱和、寄情山林诗酒、写景咏物等作，风格与其诗文不同，变典雅蕴藉为自然活泼，表现出元前期北方散曲作家清丽派的特色，对散曲的发展有较大影响。贯云石在《阳春白雪序》中评其曲"媚妩，如仙女寻春，自然笑傲"。著有《疏斋集》，明初尚存，后佚。今有李修生《卢疏斋集辑存》。

卢挚散曲中最有价值，也最具个性特色的，是他的咏史怀古之作。他官做得不小，除了身体较差以外，似乎也没有多大的烦恼，所以他的咏史怀古之作都比较平静，能比较客观地对历史事件和朝代的兴替做冷静地反思。比如他的〔双调·蟾宫曲〕《京口怀古镇江》：

> 南宅岂识楼桑，何许英雄，惊倒孙郎。汉鼎才分，
> 流延晋宋，弹指萧梁。昭代车书四方，北溟鱼浮海吞江。
> 临眺苍茫，醉倚歌鬟，吟断寒窗。

以及《钱塘怀古杭州》：

问钱塘佳丽谁边？且莫说诗家，白傅坡仙。胜会华筵，江潮鼓吹，天竺云烟。那柳外青楼画船，在西湖苏小门前。歌舞留连，栖越吞吴，付与忘言。

卢挚的散曲中，表现了一种比较强烈的对山水自然的赞美，对隐逸生活的羡慕，这一方面可能是受中国传统知识分子儒道互补思想的影响，另一方面，也可能和他的健康有关。据说他四十来岁头发就白了，五十余岁已是百病缠身，曾经上表请求退休。所以他的散曲中，有很大一部分是描写山水自然之美和对田园隐逸生活的向往，比如他的〔双调·沉醉东风〕《秋景》：

挂绝壁松枯倒倚，落残霞孤鹜齐飞。四围不尽山，一望无穷水，散西风满天秋意。夜静云帆月影低，载我在潇湘画里。

虽然借用了大量前人陈句，但表现的，还是他自己的山水之情。

他的散曲中，有一些用俗语描写农家生活的作品特别有味。比如〔双调·蟾宫曲〕《田家》：

沙三伴哥来嗏，两腿青泥，只为捞虾。太公庄上，杨柳阴中，磕破西瓜。小二哥昔涎剌塔，碌轴上淹着个琵琶。看荞麦开花，绿豆生芽。无是无非，快活煞庄家。

这其实也是作者所希望的一种生活。再看他的〔双调·沉醉东风〕《闲居》三首：

雨过分畦种瓜，旱时引水浇麻。共几个田舍翁，说几句庄家话，瓦盆边浊酒生涯。醉里乾坤大，任他高柳清风睡煞。

恰离了绿水青山那答，早来到竹篱茅舍人家。野花路畔开，村酒槽头榨，直吃的欠欠答答。醉了山童不劝咱，白发上黄花乱插。

学邵平坡前种瓜，学渊明篱下栽花。旋凿开菡萏池，高竖起荼蘼架，闷来时石鼎烹茶。无是无非快活煞，锁住了心猿意马。

"共几个田舍翁，说几句庄稼话"，"野花路畔开，村酒槽头榨"，学学陶渊明，去过一种"无是无非"的生活，大概也就是作者"乐隐"思想的表现。

卢挚的散曲中，也有一些描写爱情的作品。这些作品大多用俚语写成，读来亲切自然，毫无做作之气。比如他送别朱帘秀的〔双调·寿阳曲〕《别珠帘秀》：

才欢悦，早间别，痛煞煞好难割舍！画船儿载将春去也，空留下半江明月。

寥寥数句，却情真意切。后两句用比喻手法，极有情趣。

在元代前期散曲作家中，卢挚无疑是成就较高、较有代表性的作家之一。

姚燧

姚燧（1238—1313），字端甫，号牧庵。其先为柳城（今辽宁朝阳）人，后迁居洛阳。他三岁时就父母双亡，由伯父姚枢将其养大。从许衡学，三十八岁时为秦王府文学，此后宦途一直很顺利，由奉议大夫，累迁至提刑按察司副使、翰林学士肃政廉访使、太子少傅、翰林学士承旨知制诰。他是元世名儒，又是大文学家，尤以散文见长。明宋濂撰《元史》，称其"为文宏肆该洽，豪而不宕，刚而不厉，舂容盛大，有西汉风。宋末弊习，为之一变。盖自延祐以前，文章大匠，莫能先之"（《元史·本传》）。黄宗羲甚至说他的文章"非有明一代作者所能及"（《明文授读序》）。

姚燧的散曲，今存小令二十九首、套数一。内容也不外言志、写景、风情三类。他最著名的一首散曲，是〔越调·凭栏人〕：

> 欲寄君衣君不还，不寄君衣君又寒。寄与不寄间，妾身千万难。

后人评价此曲"深得词人三昧"（《宸垣识略·识余》）。

他有一首〔中吕·阳春曲〕：

> 笔底风月时时过，眼底儿曹渐渐多。有人问我事如何，人海阔，无日不风波。

话虽这样说，但是他好像一直也没有归隐之意。在他的思想中，仕与隐的想法都有，但是仕的思想是占上风的，至于隐嘛，老了再说。〔中吕·满庭芳〕说：

> 天风海涛，昔人曾此，酒圣诗豪。我到此闲登眺，
> 目远天高。山接水茫茫渺渺，水连天隐隐迢迢。供吟笑。
> 功名事了，不待老僧招。

重要的，还是"功名事了"，然后才是归隐山林，这不过就是儒家功成身退思想的表现。所以当他产生归隐之意的时候，大概已经是老年了。〔中吕·醉高歌〕《感怀》说：

> 十年燕月歌声，几点吴霜鬓影。西风吹起鲈鱼兴，
> 已在桑榆暮景。

姚燧的一些写景的散曲清新可爱，比如〔双调·拨不断〕《四景》（四首录二）：

> 芰荷香，露华凉，若耶溪上莲舟放。岸上谁家白面
> 郎，舟中越女红裙唱，逞娇羞模样。

> 楚天秋，好追游，龙山风物全依旧。破帽多情却恋
> 头，白衣有意能携酒，好风流重九。

姚燧的题情之作，有的写偷情，很有情趣，如〔越调·凭栏人〕：

寄与多情王子高，今夜佳期休误了。等夫人熟睡着，悄声儿窗外敲。

有的写相思之苦，比喻形象生动，如〔越调·凭栏人〕：

两处相思无计留，君上孤舟妾倚楼。这些兰叶舟，怎装如许愁。

他写情的散曲中，有一些非常俚俗，构思也出人意表，如套数〔双调·新水令〕《冬怨》中的〔太平令〕和〔尾声〕：

悔当日东墙窥宋，有心教夫婿乘龙。见如今天寒地冻，知他共何人陪奉。想这厮指空、话空、脱空，巧舌头将人搬弄。

这冤仇怀恨千钧重，见时节心头气拥。想盼的我肠断眼睛儿穿，直揾的他腮颊脸儿肿。

明杨慎《词品》说姚燧散曲有"高古""不减东坡稼轩者"，大概是指他的〔正宫·黑漆弩〕：

青冥风露乘鸾女，似怪我白发如许。问姮娥不嫁空留，好在朱颜千古。
〔幺〕笑停云老子人豪，过信少陵诗语。更何消斫桂婆娑，早已有吴刚挥斧。

前人说姚燧的散曲"要不能设一格待之",指的就是他散曲的这种多样性。

马致远

　　枯藤老树昏鸦,小桥流水人家,古道西风瘦马。夕阳西下,断肠人在天涯。

　　凡是懂得一点点古代文学的人,大概都知道这一首被称为"秋思之祖"的散曲〔天净沙〕吧。它的作者,就是被称为"曲状元"的元代杂剧作家、散曲家马致远。

　　马致远(约1250—约1321),元大都(今北京)人。字千里。一说致远就是他的字。晚年慕陶渊明,号东篱。他的生平事迹不详,只知道《录鬼簿》说他曾做过江浙行省务官。其他的情况,都只能从他的作品中来推测。他是元代最伟大的杂剧作家和散曲作家之一,是"元曲四大家"之一。他创作了杂剧十六种,存世的有《江州司马青衫泪》《破幽梦孤雁汉宫秋》《吕洞宾三醉岳阳楼》《半夜雷轰荐福碑》《马丹阳三度任风子》《开坛阐教黄粱梦》《西华山陈抟高卧》七种。其中,《汉宫秋》是元杂剧中的精品。元末明初贾仲明称他为"万花丛中马神仙,百世集中说致远","姓名香贯满梨园"。他的散曲作品,被后人辑为《东篱乐府》,现存小令一百一十五首、套数十六、残套七。在元代散曲家中,是创作甚丰的。他的散曲不仅数量较多,而且质量很高,明朱权《太和正音谱》说他的曲"有振鬣长鸣,万马皆喑之意","不可与凡鸟共语,宜列群英之上",并推为元散曲家第一。

马致远生活的年代，较关汉卿、白朴等晚一些，属于元代前期作家，或者属于有的文学史著作所称的第二代散曲作家。这个时期，元代统治者已经从初期的盲目狂躁中走出来，进入较为理性治国的阶段。一个重要的标志，就是提出"遵用汉法"，任用汉族文人，这给当时的知识分子以很大的希望。但是，这种"遵用汉法"和对汉族文人的任用是极其有限的，所以实际带给文人雅士们的，往往是更大的失望。

年轻时候的马致远是很有抱负的。他认为自己有"佐国心，拿云手"（〔南吕·四块玉〕），虽然中年以后也感叹"命里无时莫刚求"（同上）。他说"且念鲰生自年幼，写诗曾献上龙楼，都不迭半纸来大功名一旦休"（〔黄钟·女冠子〕），对功名仕途也是有过一番追求的，不过没有成功，只能感叹"登楼意，恨无上天梯"（〔南吕·金字经〕）。他在〔黄钟·女冠子〕〔幺篇〕中说：

> 上苍不与功名候，更强更会也为林下叟，时乖莫强求。若论才艺，仲尼年少，便合封侯。穷通皆命也，得又何欢，失又何愁。恰似南柯一梦。季伦锦帐，袁公瓮牖。

元灭南宋后，需要大量人才去管理江南大片土地和财富，尤其是理财，这不是蒙古人所擅长的，于是招募大批汉人。省务官，即为掌税收之官，从五品。马致远大概就是在这个时候应征为江淮行省务官（江淮行省后又改为江浙行省）而南下到杭州、扬州的。

这个职务显然并不适合马致远，与他的理想抱负更是相去甚远。他在曲中不断地感叹"空岩外，老了栋梁材"（〔南吕·金字经〕）。马致远曾说自己"九重天，二十年，龙楼凤阁都曾见"（〔双调·拨不断〕），是指年轻时在大都求取功名。到了南方，这个江浙行省务官大概也做了二十年，最后辞官归隐了。也就是他在〔大石调·青杏子〕中所说的"世事饱谙多，二十年漂泊生涯，天公放我平生假"。他的〔南吕·四块玉〕《叹世》第一首，就是他此时思想的反映：

> 两鬓华，中年过，图甚区区苦张罗。人间宠辱都参破。种春风二亩田，远红尘千丈波，倒大来闲快活。

话是这么说，但其中也包含了几许落寞、几许无奈。

在马致远南下的时候，杂剧和散曲的重心也已经南移。当时的杭州、扬州一带成为杂剧创作和表演的中心，许多重要的杂剧作家和散曲作家都来到这里，如关汉卿、白朴、卢挚等，还有一批南方杂剧作家和散曲作家，也先后活动在这一地区，如曾瑞、乔吉、秦简夫、萧德祥等。马致远的杂剧和散曲创作，在这一时期达到一个高潮。他的杂剧《青衫泪》和《荐福碑》大约就作于此时。

马致远在大约五十岁的时候终于辞官归隐了，也就是前面所引到的"二十年飘泊生涯，天公放我平生假"。此后的二十多年，才是马致远散曲创作的黄金时期。

马致远追慕陶渊明，希望能像陶渊明一样赋《归去来辞》，归隐田园。他写了四首〔南吕·四块玉〕《恬退》，都以"归去来"结尾（录三）：

> 绿鬓衰，朱颜改，羞把尘容画麟台，故园风景依然

在。三顷田，五亩宅，归去来。

绿水边，青山侧，二顷良田一区宅，闲身跳出红尘外。紫蟹肥，黄菊开，归去来。

酒旋沽，鱼新买，满眼云山画图开，清风明月还诗债。本是个懒散人，又无甚经济才，归去来。

如果说马致远是心甘情愿地归隐，那倒未必。他是在仕途上努力挣扎而没有结果的情况下，不得已选择了归隐之路，这是古代许多所谓隐者的共同之处，而像陶渊明那样真正出于"性本爱丘山"而归隐的，毕竟不多。我们只要看一看马致远的〔南吕·金字经〕二首，就会明白了：

夜来西风里，九天雕鹗飞，困煞中原一布衣。悲，故人知未知。登楼意，恨无上天梯。

絮飞飘白雪，鲊香荷叶风，且向江头作钓翁。穷，男儿未济中。风波梦，一场幻化中。

恬静的田园，毕竟比肮脏的官场要好得多，所以马致远也在这里找到了人生的乐趣。他有一组〔双调·清江引〕，写的就是这种生活和他的感受（八首录二）：

林泉隐居谁到此，有客清风至。会作山中相，不管人间事。争甚么半张名利纸。

> 东篱本是风月主，晚节园林趣。一枕葫芦架，几行
> 垂杨树，是搭儿快活闲住处。

他的这种思想，这种情趣，集中表现在被称为元散曲套数中之"绝唱"的〔双调·夜行船〕套数中。我们且看其中最有名的〔离亭宴煞〕：

> 蛩吟一觉方宁贴，鸡鸣万事无休歇。争名利，何年是彻？密匝匝蚁排兵，乱纷纷蜂酿蜜，闹攘攘蝇争血。裴公绿野堂，陶令白莲社，爱秋来时那些：和露摘黄花，带霜烹紫蟹，煮酒烧红叶。想人生有限杯，浑几个重阳节？人问我顽童记者：便北海探吾来，道东篱醉了也。

马致远散曲的题材范围相当广，几乎涉及感时、怀古、言志、抒情、写景、咏物、题情、谐谑等各个方面，被称为"一代巨手"（焦循《易余籥录》），在艺术上也有极高成就。

前人评马致远散曲，有说他"典雅清丽"的（朱权《太和正音谱》），有说他"老健"的（何良俊《四友斋丛说》），有比之于诗中杜甫的（王骥德《曲律》），有方之于词中欧阳修的（王国维《人间词话》）。现在更有学者认为其曲风格是"豪放"的。其实马致远的散曲，不是"豪"而是"旷"。就像王国维在《人间词话》中说"东坡之词旷，稼轩之词豪"一样，马致远散曲所表现的，更多的是一种旷达。

马致远的散曲，是散曲史上的一座高峰，有人说散曲至马致远"堂庑始大，曲体始尊"（刘大杰《中国文学史》），他在散曲史上的地位是很高的。

冯子振

古人诗歌，常常有唱和之作。和诗（包括词曲）用韵可以不限，但也可以有一些规定。比如用同一韵部的字，无须按原诗韵字次序，叫作"用韵"。如果和原诗用韵完全相同，连顺序都是一样的，就叫作"步韵"。清吴乔《答万季·诗问》："和诗之体不一……用其韵而次第不同者，谓之用韵；依其次第者，谓之步韵。"步韵，因为韵脚已经定死，所以很束缚思想，写作最难，更难有佳作，如果原作用险韵、窄韵，就更困难了。吴乔《答万季野诗问》说："步韵最困人，如相殴（殴）而自絷手足也。盖心思为韵所束，于命意布局，最难照顾。今人不及古人，大率以此。"但步韵奉和又是展露才华的机会，所以古人也是乐此不疲。

元大德六年（1302）冬，散曲家冯子振留寓京城，听歌女演唱白贲的〔鹦鹉曲〕。此曲韵险，无人和韵作新辞。因朋友索和韵，一时兴发，一口气按原韵和作四十二首，甚为有名。冯子振在《序》中说："白无咎有〔鹦鹉曲〕云：'侬家鹦鹉洲边住，是个不识字渔父。浪花中一叶扁舟，睡煞江南烟雨。觉来时满眼青山，抖擞绿蓑归去。算从前错怨天公，甚也有安排我处。'余壬寅岁留上京，有北京伶妇御园秀之属，相从风雪中，恨此曲无续之者。且谓前后多亲炙士大夫，拘于韵度，如第一个'父'字，便难下语；又'甚也有安排我处'，'甚'字必须去声字，'我'字必须上声字，音律始谐，不然不可歌，此一节又难下语。诸公举酒，索余和之，以汴、吴、上都、天京风景试续之。"今举二首于下：

故园归计

重来京国多时住，恰做了白发伧父。十年枕上家山，负我湘烟潇雨。

〔幺〕断回肠一首《阳关》，早晚马头南去。对吴山结个茅庵，画不尽西湖巧处。

渔 父

沙鸥滩鹭祸依住，镇日坐钓叟纶父。趁斜阳晒网收竿，又是南风催雨。

〔幺〕绿杨堤忘系孤桩，白浪打将船去。想明朝月落潮平，在掩映芦花浅处。

步原作韵"住""父""雨""去""处"，末句第一字"画""在"皆去声字；第六字"巧""浅"皆上声字，确实非常不容易。而且一和四十二首，可以看出冯子振的才华。

冯子振（1257—1314），字海粟，自号怪怪道人，又号瀛洲洲客。湘乡（今属湖南省）人，一说为攸州（今湖南攸县）人。《冯氏族谱》又载其生于南宋理宗宝祐元年（1253）。官至承事郎、集贤待制。为人博闻强记而才气横溢，文思敏捷，下笔万言，倚马可待，以文章称雄天下。《元史·儒学传》说："天台陈孚其为诗文大抵任意即成，不事雕凿。攸州冯子振其豪俊与孚略同，而孚极敬畏之，自以为不可及。子振于天下书无所不记。当其为文也，酒酣耳热，命侍史二三人润笔以俟，子振据案疾书，随纸数多寡顷刻辄尽。虽事料郁，美如簇锦，律之法度，未免乖剌，人亦以此消之。"所作散曲小令，或写个人闲适生活，或叹世、羡仙，或即景生情、抒怀抱，或登临感兴、吊古伤时，多劲逸而潇爽。今存散曲小令共四十四首，其中三十八首均为〔鹦鹉曲〕。

冯子振的三十八首〔鹦鹉曲〕，虽然都是步韵和作，但是，内容却十分广泛，有怀古抒情之作，如《赤壁怀古》《夷门怀古》；有写隐士风流之作，如《渔父》《野客》《洞庭钓客》；有写景之作，如《野渡新晴》《燕南八景》《钱塘初夜》《溪山小景》；有感旧抒怀之作，如《都门感旧》《感事》；有悯农之作，如《农夫渴雨》《园父》等。风格也比较多样。比如《农夫渴雨》，写农夫盼天阴下雨的心情，颇为生动：

年年牛背扶犁住，近日最懊恼杀农夫。稻苗肥恰待抽花，渴煞青天雷雨。

〔幺〕恨残霞不近人情，截断玉虹南去。望人间三尺甘霖，看一片闲云起处。

后人对冯子振的评价颇高，比如贯云石在《阳春白雪序》中说："冯海粟豪辣灏烂，不断古今，心事天与，疏翁（卢挚）不可同舌共谈。"评其曲为"豪辣灏烂"，大概是指他直抒胸臆，超脱豪迈，语言豪爽，不事雕琢。但说他远胜卢挚，就有一点点偏执了。

郑光祖

郑光祖是"元曲四大家"之一，仅这一点，就足以让他在中国文学史和戏剧史上占有一个相当重要的地位了。

但是对于这样一位伟大的剧作家,我们仍然是知之甚少。连他的生卒年我们都不知道,只是从《录鬼簿》那一点点记载中,我们知道他字德辉,是平阳襄陵人,以"儒"的身份做过杭州路吏的小官,因此到了南方。他为人方直,不会官场那一套吹拍逢迎诌,所以和那些官吏们也相处得不是太好。和他相处久了,就知道他为人厚道。他后来因病在杭州去世,在灵隐寺火化。

他一生大概是以诗文词曲自误,创作了许多杂剧,存目的有十七种,流传至今的有《迷青琐倩女离魂》《㑇梅香骗翰林风月》《醉思乡王粲登楼》《辅成王周公摄政》《虎牢关三战吕布》等七种。其中,《倩女离魂》是元杂剧中的精品,也是为他赢得巨大声誉的作品。他虽然仕途不得意,但是却名满天下,连闺阁妇女都知道他的名字。在梨园行里,只要说"郑老先生",大家就知道是他。后来贾仲明吊词说:

乾坤膏馥润肌肤,锦绣文章满肺腑。笔端写出惊人句,翻腾今共古。占词场老将伏输。《翰林风月》《梨园乐府》,端的是曾下功夫。

郑光祖也是散曲名家,可惜的是他的散曲保存下来的只有小令六首,套数二套。其中,〔双调·百字折桂令〕还互见于白贲作品中,也就是说,还不能完全肯定是他所作。

现在,我们只能从他仅存的几首散曲中,来看一看他散曲的内容和风格。

他的六首小令,分别是〔正宫·塞鸿秋〕三首和〔双调·蟾宫曲〕三首。三首〔塞鸿秋〕,是表示一种旷达心情之作。这种慕陶渊明,引刘伶、杜甫、王维等人为同调,大言归隐,豪言沉醉,已经成为元人散曲一个共同的主题，穷的这样说，达的也这样说，只不过各人的说法有些不同，表现的手法有些差异而已。我们来看看郑光祖的〔正宫·塞鸿秋〕（三首录一）：

> 门前五柳侵江路，庄儿紧靠白蘋渡。除彭泽县令无心做，渊明老子识时务，频将浊酒沽。识破兴亡数，醉时节笑捻着黄花去。

他的这种旷达，比之前的马致远、卢挚、冯子振等人要理性得多，也要含蓄一些。

他的另一些散曲，也有题情之作。郑光祖是写情的高手，他的《倩女离魂》，就写得回肠荡气，缠绵悱恻。所以，驾驭一些较小的题材和形式，更是得心应手，比如他的〔南吕·梧桐树〕《题情》，是一个南北合套的套数，描写一位痴心女子对恋人的思恋之情，相思无由达，不免自怨自艾，自伤自怜，但最后，又对前景充满了憧憬：

〔南吕·梧桐树〕（南）
题情

> 相思借酒消，酒醒相思到，月夕花朝，容易怀抱。恹恹病转深，未否他知道。要得重生，除是他医疗，他行自有灵丹药。

> 〔骂玉郎（北）〕无端掘下相思窑，那里是蜂蝶阵、燕莺巢。痴心枉作千年调。不札实似风竹摇，无投奔似风絮飘，没出活似风花落。

> 〔东瓯令（南）〕情山远，意波遥，咫尺妆楼天样高。

月圆苦被阴云罩，偏不把离愁照。玉人何处教吹箫，辜负了这良宵。

〔感皇恩（北）〕呀，那些个投以木桃，报以琼瑶？我便似日影内捕金乌、月轮中擒玉兔、云端里觅黄鹤。心肠枉费，伎俩徒劳。也是我恩情尽、时运乖、分缘薄。

〔浣溪沙（南）〕我自招，随人笑，自古今好物难牢。我做了谒浆崔护违前约，采药刘郎没下梢，心懊恼。再休想画堂中、绮筵前，夜将红烛高烧。

〔采茶歌（北）〕疼热话向谁学？机密事把谁托？那里是浔阳江上不通潮？有一日相逢酬旧好，我把这相思两字细推敲。

〔尾（南）〕我青春，他年少，玉箫终久遇韦皋，万苦千辛休忘了。

郑光祖的散曲，是以语言精致见长的，朱权说他"出语不凡，若咳唾落乎九天，临刚巧而珠玉"（《太和正音谱》），这虽然包括了对他的杂剧的评价，但也是对他的散曲的赞美。下面这首〔双调·蟾宫曲〕，最能说明这个问题：

飘飘泊泊船揽定沙汀，悄悄冥冥。江树碧荧荧，半明不灭一点渔灯。冷冷清清潇湘景晚风生，淅留淅零暮雨初晴，皎皎洁洁照橹篷剔留团圞月明，正潇潇飒飒和银筝失留疏剌秋声。见希飐胡都茶客微醒，细寻寻思思双生双生，你可闪下苏卿？

郑光祖是元代前期散曲家中成就很高的一位，明何良俊甚至把他与马致远、关汉卿、白朴比较，而称他为"第一"，虽然不免过誉，但郑光祖的散曲是元代一流，应该是无可争论的。

曾瑞

曾瑞（约1260—1330前），从《录鬼簿》简单的记载中，我们知道他是大兴（今属北京）人。从北方来到钱塘（今浙江杭州），因为喜欢那里人才多、景物秀美，干脆就在那里安家了。他因为"志不屈物"，也就是不愿意低三下四地与人交往，所以也就不愿意做官，甘当普通老百姓。并且给自己取了个很有意思的外号——褐夫。褐，指粗布衣服，也就是普通老百姓穿的衣服。他善诗文，能隐语（商谜一类），而且善画山水。《录鬼簿》说"江淮之达者，岁时馈送不绝，遂得以徜徉卒岁"，大概他是靠卖字画为生。他的散曲也写得很好，在当地算是一个名士。他在〔正宫·醉太平〕中说自己"相邀士夫，笑引奚奴，涌金门外过西湖，写新诗吊古。苏堤堤上寻芳树，断桥桥畔沽醨酽，孤山山下醉林逋，洒梨花暮雨"，就是他在杭州生活的缩影。据说死的时候，到他家去吊唁的有上千人。《录鬼簿》的作者钟嗣成说他是亲自见过曾瑞的，所说应该有据。但我们对曾瑞的生平，知道的也就只有这么一点。

曾瑞的散曲，现存小令九十首、套数十七，在元代散曲家中，是作品留存较多的。

从表面上看，曾瑞的不入仕途，是"志不屈物"，但深层次的原因，恐怕还是元代知识分子所受的待遇极差，即使后来的开科取士，对汉人而言也形同虚设，而整个社会极为黑暗。曾瑞的思想，基本上还是儒家的，他未必没有用世之意，只不过不为时所用。他在〔南吕·四块玉〕《述怀》中说"冠世才，安邦怀，无用空怀土中埋"，也未必不是自伤自怜。说到底，是生不逢时。他在最全面描述自己的思想情怀的套数〔正宫·端正好〕中，就反复说到"百年身隙外白驹过，事无成潘鬓双皤。既生来命与时相挫，去虎狼丛服低挦"（〔幺〕），"时与命道不合，我和他气不和，皆前定无差错"（〔滚绣球〕），"时不遇版筑为活，时不遇荆南落魄，时不遇逾垣而躲，时不遇在陈忍饿"（〔脱布衫〕），所以才会说"既功名不入凌烟阁，放疏狂落落陀陀"（〔幺〕）。可见他的本意，还是不甘"无用空怀土中埋"的。所以他的散曲中，叹世、感怀、讥时、警世的特别多。比如〔中吕·山坡羊〕《叹世》之一：

虚名休就，眉头休皱，终身更不遭机彀。抱官囚，为谁愁，功名半纸难能够。争如漆园蝶梦叟。常，紧闭口；闲，且袖手。

仕既不成，就只能隐。他羡慕的是渔樵，隐居的却是市朝，即"朝市得安为大隐"（〔中吕·山坡羊〕）。在他的散曲中，有许多对田园生活、渔樵隐逸的向往，比如〔南吕·骂玉郎过感皇恩采茶歌〕《渔父》：

长天远水秋光淡，天连山影相涵。澄波万顷渔舟泛。月满潭，鱼满篮，船着缆。紫蟹黄柑，白酒红酽，醉魄酣。杯量浅，酒空酼，赖江湖壮胆，仗鱼鳖供馋。睡时暂，同苦甘，共妻男。暮云昙，晓山岚，六合为我一茅庵。富贵荣华难强揽，衣食饱暖更无贪。

曾瑞的散曲中，写情的作品占了很大一部分，这大概也是元代散曲家人人都不回避的题材。他的这类作品，有写闺情、闺思、闺怨的，有的也写得情真意切，较为感人，如〔中吕·喜春来〕《闺情》：

鸳鸯失配谁惊散，燕子无双飞兴阑，妆楼便当望夫山。凝泪眼，无语凭栏干。

不可避免，他的散曲中也有写妓女的，但语不涉斜邪，有一些还写得很有劝世之意。如〔中吕·快活三过朝天子〕《劝妓》：

花刷子捵大权，俏勤儿受熬煎。又待趁风流成就了好姻缘，又待认没幸看钱面。爱贤，爱钱，两件儿都从伊便。爱贤后谁强如李亚仙，爱钱把冯魁缠。敬富嫌贫，贤愚不辨。想苏卿也识见浅，当时你眼前，若选，谁后似双知县？

白贲

前面在介绍冯子振的时候，已经提到过白贲了。他的那首〔鹦鹉曲〕名气极大，因为用字用韵太难，少有和者，而冯子振因一口气和了四十二首而名声大振。

白贲（约1270—1330前），字无咎。他是南宋遗民白珽的长子。先世本是太原人，后迁钱塘，所以白贲也就算是钱塘人了。元代前期的散曲家，基本上都是北人或北人南迁者，白贲是南人散曲家中比较早的代表人物。

白贲的生平资料不多，据孙楷第《元曲家考略》考证，白贲的斋名叫"素斋"，程文海有诗咏之，袁桷写过《素轩赋》，吴澄写过《素轩说》。《素轩说》中说："清江范椁自京师来，称太原白贲之贤……且言其以'素'名所居之轩，是殆庶乎能字其素者。白已仕，皮将仕，范未仕，见贤而思与之齐，一当以白君为师。"此后，白贲曾到京师任省郎一类之职，延祐中，出典忻州。至治三年（1323）为温州平阳教授。此后，大概还做过元林郎，任南安路总管府经历。

钟嗣成《录鬼簿》成书于 1330 年，书中称白贲为"前辈已死名公"，可知白贲此时已死。书中称白贲为"学士"，当是一种泛称。

白贲虽然在当时很有名气，但流传下来的散曲作品实在太少，仅小令二首、套数三。而且，就这两首小令，真伪也尚不能确定。只有那首著名的〔正宫·鹦鹉曲〕，可以肯定是白贲所作。

　　侬家鹦鹉洲边住，是个不识字渔父。浪花中一叶扁舟，睡煞江南烟雨。觉来时满眼青山，抖擞绿蓑归去。算从前错怨天公，甚也有安排我处。

曲的意境和语言都很一般，但是因为用字和用韵比较特别（参考"冯子振"条），很难奉和，其实著名之处也仅在此而已。

白贲的另一首小令〔双调·百字折桂令〕，《阳春白雪》题作白贲，但《乐府群玉》题作郑德辉（光祖），究竟是谁做的，无从查考。这首小令很有趣，是把马致远的〔越调·天净沙〕《秋思》展开来写：

弊袭尘土压征鞍，鞭倦裹芦花，弓剑萧萧，一径入烟霞。动羁怀，西风木叶，秋水蒹葭。千点万点，老树昏鸦，三行两行，写长空哑哑雁落平沙。曲岸西边近水涡，鱼网纶竿钓槎。断桥东下傍溪沙，竹篱茅舍人家。见满山满谷，红叶黄花，正是凄凉时候，离人又在天涯。

白贲的三个套数，都是题情之作，写得十分细腻动人，比如〔双调·新水令〕中的两首：

〔步步娇〕忆盼了萧郎无归计，闷把牙儿抵。空叹息，蓦听得中门外玉骢嘶。转疑惑，却原来是鸟啼得琅玕碎。

〔离带歇拍煞〕急煎煎愁滴相思泪，意悬悬慵拥鲛绡被。揽衣儿倦起，恨绵绵，情脉脉，人千里。非是俺，贪春睡，勉强将鸳鸯枕欹。薄幸可憎才，只怕相逢在梦儿里。

南人题情之作，比起北人来，少一些直率泼辣，多一些温柔婉转。读白贲的题情散曲，是可以感受到这一点的。

张养浩

元代著名散曲家中，有二张，一位是张养浩，一位是张可久。张养浩（1270—1329），字希孟，别号云庄。济南（今属山东）人。他是元代名臣，又是著名散曲家。

二十岁以前，他在家力学，很小就有才名。二十岁时，被山东按察使焦遂荐为东平学正，开始步入仕途。几年以后，入礼部为令史，又入御史台。大德九年（1305），选授堂邑县尹，他关心民瘼，抑制豪强，赈灾济贫，做了不少好事。三年后离任，以至"去官十年，犹为立碑颂德"。至大元年（1308）入京为监察御史，他敢于将贪邪之人绳之以法，而大力荐举廉正之士，弹劾不避权贵，举荐不疏仇怨，"入焉与天子争是非，出焉与大臣辨可否"（《风宪忠告》），蹈厉风发，"道之所在，死生以之"（同上）。其门人黄溍说他"力排权奸，几蹈祸而不悔"（《滨国公张文忠祠堂碑》）。至"当国者不能容"，被贬为翰林待制，不久又被罗织罪名罢官。张养浩恐遭祸害，变换姓名隐遁而去。

元仁宗即位（1311），张养浩被召为右司都事，迁翰林直学士，不久改授秘书少监。又升任陕西行台治书侍御史，改授右司郎中。延祐五年（1318）拜礼部尚书。英宗即位（1321），命其参议中书省事。此时张养浩已五十余岁。因谏英宗不宜在内廷张灯、建鳌山事，险遭不测。于是，以父亲年老为名，辞官归隐，回故乡济南去了。

离开污浊险恶的官场，回到风景秀丽的家乡，张养浩的心情十分愉快。他在〔中吕·朝天曲〕中写道：

> 挂冠，弃官，偷走下连云栈。湖山佳处屋两间，掩映垂杨岸。满地白云，东风吹散，却遮了一半山。严子陵钓滩，韩元帅将坛，那一个无忧患。

〔越调·寨儿令〕《辞参议还家连次乡会十余日故赋此》描述了他刚回家乡后的潇洒惬意：

离省堂，到家乡，正荷花烂开云锦香。游玩秋光，朋友相将，日日大筵张。汇波楼醉墨淋浪，历下亭金缕悠扬，大明湖摇画舫，华不注倒壶觞，这几场忙杀柘枝娘。

他给自己隐居的别墅起了一个雅号，叫云庄。云庄内修建了一座绰然亭（也叫翠阴亭），亭后盖了一座遂闲堂，"绰然一亭尘世表，不许俗人到。四面桑麻，一带云山妙"（〔双调·雁儿落兼清江引〕）。"绰然亭后遂闲堂，更比仙家日月长，高情千古羲皇上。北窗风，特地凉。客来到，樽酒淋浪。花与竹，无俗气；水和山，有异香"（〔双调·水仙子〕《咏遂闲堂》）。

云庄南，是景色秀丽的大明湖、趵突泉；东，是高峻的华不注山；西，是绿阴如洗的标山。这是一个与污浊官场完全不同的美好世界，"自隐居，谢尘俗，云共烟，也欢虞。万山青绕一茅庐，恰便似画图中间里，著老夫对着无限景，怎下的又做官去"（《胡十八》）。他在这里居住了八年多，这八年多，也是他的诗文散曲创作的高峰期，他的大部分作品，都写成于这一时期。

张养浩是决心归隐了，但朝廷对这位"博学硕德，声名显赫"（艾俊《云庄休居自适小乐府引》）的儒臣，却并没有忘记，八年之间，凡六下诏书，张养浩都高卧不起。

天历二年（1329），"关中大旱，饥民相食"。朝廷征召张养浩为陕西行台中丞前往赈灾。这一次，他却没有推辞，而是立刻"散其家之所有与乡里贫乏者，登车就道"，星夜奔赴任所。使他赴召的不是官爵，而是想为解救灾区人民贡献一份绵薄之力。到任之后，"凡所以力民者，无所不用其至"（危素《张文忠公年谱序》）。四月之内未尝家居，白天外出救灾，赈济灾民，晚上祈祷上天，昼夜不得休息，终因劳瘁成疾，在官仅四个月，即劳累而卒。消息传开，"关中之人，哀之如失父母"（《元史·本传》）。在封建时代，像张养浩这样为民尽瘁的官实在不多见。

张养浩的散曲，主要创作于归隐以后，有散曲集《云庄休居自适小乐府》。现存小令一百六十一首、套数二，在元代散曲作家中算是很多的了。这些散曲，绝大部分写于归隐之后。

张养浩的仕途是比较畅达的，历武宗、仁宗、英宗三朝，一直做到礼部尚书、参议中书省事。他也确确实实想有所作为，不仅清廉严正，而且敢于与官场黑暗做斗争，但也正因为此，他也感受到了官场的险恶，感到身处其中的危险，也感到无能为力。他在〔双调·折桂令〕中说：

> 想做官枉了贪图，正直清廉，自有亨衢；暗室亏心，纵然致富，天意何如。白图甚身心受苦，急回头暮景桑榆。婢妾妻孥，玉帛珍羞，都是过眼的风光，总是空虚。

> 功名百尺竿头，自古及今，有几个干休？一个悬首城门（伍子胥），一个和衣东市（晁错），一个抱恨湘流（屈原），一个十大功亲戚不留（韩信），一个万言策贬窜忠州（白居易），一个无罪监收（岳飞），一个自抹咽喉（文种）。仔细思量着，都不如一叶扁舟（范蠡）。

从这二首曲中，可以看出张养浩思想的转变，这其中，是包含着深深的无奈的。

张养浩三十年宦海生涯，也算是十分风光的了，他的选择归隐，也是出于自愿，并没有多少牢骚，所以他在说到世事险恶，不如闲居的时候，也是比较平和的，不像有的人那么尖锐，但反而显得更有说服力。他在〔中吕·朱履曲〕中说（九首录二）：

> 那的是为官荣贵，只不过多吃些筵席，更不呵安插些旧相知。家庭中添些盖作，囊箧里偺些东西。教好人每看做甚的。

> 才上马齐声儿喝道，只这的便是送了人的根苗，直引到深坑里恰心焦。祸来也何处躲，天怒也怎生饶，把旧来时威风不见了。

张养浩是过来人，是真正做过大官、经过所谓荣华富贵的，不像有的人一生仕进无门，再说归隐，所以他说得真实，说得透彻。

八年的闲散生活，让张养浩感到身心轻松，也真正体味到生活的乐趣。所以，在他的散曲中，写得最多的就是对这种美好生活的赞美和描述。我们试看下面一些作品：

〔双调·水仙子〕

咏遂闲堂

绰然亭后遂闲堂，更比仙家日月长，高情千古羲皇上。北窗风特地凉，客来时樽酒淋浪。花与竹无俗气，水和山有异香，委实受用也云庄。

〔中吕·喜春来〕

拖条藜杖山林下，无是无非快活煞，王侯卿相不如咱。兴来时斟玉罂，看天上碧桃花。

但是，张养浩并不是一个完全忘情世事的人，他不愿意与统治者同流合污，厌倦了尔虞我诈的官场，但是，并没有忘记生活在苦难中的民众。他在一组〔中吕·山坡羊〕中写道：

> 与人方便，救人危患，休趋富汉欺穷汉。恶非难，善为难，细推物理皆虚幻，但得个美名儿留在世间。心，也得安；身，也得安。

> 金银盈溢，于身无益，争如长把人周济。落便宜，是得便宜，世人岂解天公意，毒害到头伤了自己。金，也笑你；银，也笑你。

所以他隐居八年，不受征召，但一听到"关中大旱，饥民相食"的时候，立刻散尽家财复出，大有当年谢安"为苍生起"之意。他在〔南吕·西番经〕中说：

> 天上皇华使，来回三四番，便是巢由请下山。取索檀，略别华鹊山。无多惭，此心非为官。

"此心非为官"，那又是为了什么呢？是为了解民于倒悬。所以他接着说："私自怜，又为尘事缠。鹤休怨，行当还绰然。"如能功成，仍然归舆。

这四个月，不仅是他人生中最光辉的一段时光，也是他散曲创作的丰收期。

他受命以后，赴官途中经过洛阳、渑池、潼关，直达长安。一路行来，目睹灾民惨状，感慨历代兴废，写了数首怀古曲，意绪苍凉，对民众的苦难表示了深切的同情。其中就有最著名的《山坡羊·潼关怀古》：

> 峰峦如聚，波涛如怒，山河表里潼关路。望西都，意踟蹰，伤心秦汉经行处，宫阙万间都做了土。兴，百姓苦；亡，百姓苦。

张养浩的散曲比较雅致，有诗化甚至散文化的倾向。一方面，这是元后期散曲的一个共同趋势；另一方面，他的地位和学养有一点像宋代的辛弃疾，久居庙堂，学富五车，为诗为曲，自然有一种气象。明朱权《太和正音谱》说张养浩的词"如玉树临风"，大概就是指他的这种风格。

沈和

沈和有一个外号，叫"蛮子汉卿"。

钟嗣成《录鬼簿》有沈和的小传说："和字和甫，杭州人。能词翰，善谈谑。天性风流，兼明音律。以南北调合腔，自和甫始。如《潇湘八景》《欢喜冤家》等曲，极为工巧。后居江州，近年方卒。江西称为蛮子关汉卿者是也。"

这里的"蛮子"，是指南人，说他是"蛮子汉卿"，就是肯定他是南人中达到关汉卿那样水平的曲家。这个评价在元代是很高的。

沈和，字和甫。生年不详。杭州人。其生父早逝，母再嫁黄姓。元代后期知名曲家黄天泽即其同母异父弟。后寓居江州（今江西九江)。所作〔仙吕·赏花时〕套数，有"弃朝中俸禄，避风波仕途"，"不求玉带挂金鱼，我则待离尘世访江湖"等句，他可能出仕为官，或即官于江西，后辞官隐居。

沈和能词曲，善书法，通音律，在江南地区享有相当高的声望。

元代前期，几乎是北曲的一统天下，而宋代后期在南方已经出现的南曲，几乎成为绝响。但是，随着时间的推移，北人对南方的控制和影响小了一些，南方的南戏和南曲也有所抬头，而且还出现了南北合套的新形式。这种南北曲调交互使用的新形式，不仅使人耳目一新，更主要的是促进了南北地区间民族音乐的交流与融合，扩大了曲调的来源和容量，丰富了曲的表现功能，对于曲的进一步发展是一重大贡献。但是说南北合调是自沈和始，稍微有点武断，其实在沈和之前，关汉卿、郑光祖等人已经用过（前面介绍郑光祖时已经引用到）。

沈和所作散曲，今仅存《潇湘八景》一套。北宋宋迪绘了《八景图》，分别是"平沙落雁""远浦归帆""山市晴岚""江天暮雪""洞庭秋月""潇湘夜雨""烟寺晚钟""渔村夕照"，合称"潇湘八景"，原图已佚。马致远已有〔双调·寿阳曲〕分咏"潇湘八景"。沈和的这一套〔仙吕·赏花时〕《潇湘八景》，不仅仅是写景，而且融入了作者的主体精神，与其说是咏景，不如说是借景抒怀。比如下面两曲：

〔赏花时（北）〕休说功名，皆是浪语，得失荣枯总是虚，便做到三公位等待何如。如今得时务，尽荆棘是迷途。便是握雾挐云志已疏，咏月嘲风心愿足，我则等离尘世访江湖。寻几个知音伴侣，则等林泉下共樵夫。

〔寄生草（北）〕春景看山色晴岚翠，夏天听潇湘夜雨疏，九秋玩洞庭明月生南浦，见平沙落雁迷芳渚。三冬赏江天暮雪飘飞絮，一任教乱纷纷柳絮舞空中，争如俺侬家鹦鹉洲边住。

和马致远的《潇湘八景》相比，更多一些南人的细腻委婉。

乔吉

现在讲写作的书，教写作的老师，常常告诉学生，写文章要做到凤头、猪腹、豹尾。也就是说，开头要精彩，就像凤凰的头一样，能一下子吸引住人；中间内容要丰富充实，言之有物，就像猪的肚子一样；结尾要有力，留有余响，就像豹子的尾巴一样。其实这个理论，是元代散曲家乔吉提出的，是他写作散曲的经验之谈。陶宗仪《南村辍耕录》引乔吉的话说："作乐府（指散曲）亦有法，曰凤头、猪肚、豹尾六字是也。大概起要美丽，中要浩荡，结要响亮。尤贵在首尾贯穿，意思清新。苟能若是，斯可以言乐府矣。"

乔吉（约 1280—1345），一称乔吉甫，字梦符，号笙鹤翁，又号惺惺道人。太原人，流寓杭州。他是元代后期重要的散曲作家，与张可久齐名。有人把前期的散曲作家王实甫和马致远比作唐诗中的李白、杜甫，而把乔吉和张可久比作唐诗中的李贺和李商隐。

元代后期散曲，题材范围较前期有很大开拓，举凡写景、言情、赠答、怀古、说道、谈禅、叹世、抒情等等，几乎所有诗词可以采用的题材，都可以入曲。早期那种强烈的对现实的不满甚至敌对的情绪大大减弱，同时，散曲也不可避免地向追求形式美，或者说是向雅化的方面发展，而乔吉和张可久就是这个时期、这种变化、这种艺术风格的代表。

乔吉一生未仕，以布衣终老。《录鬼簿》说他"美容仪，能词章，以威严自饬，人敬畏之"。他是名士，所交往的，一是公卿显贵，一是青楼名妓。他的作品，以写景咏物、抒情感怀为主，也有不少伤离别、赠佳丽和临席奉和之作。他的杂剧，流传下来的有三本：《扬州梦》《金钱记》和《两世姻缘》。他的散曲，现存小令二百一十三首、套数十，在元代散曲家中数量仅次于张可久，居第二位。

乔吉有一首〔正宫·绿幺遍〕《自述》，是他一生落拓的写照：

> 不占龙头选，不入名贤传。时时酒圣，处处诗禅，烟霞状元，江湖醉仙。笑谈便是编修院。留连，批风抹月四十年。

既然占不了龙头选，既然入不了名贤传，那就去做酒圣诗禅，去批风抹月，这一去就是四十年，吟赏烟霞，醉眠花丛，看足了人间沧桑，也阅尽了人间繁华。他的散曲中，歌咏潇洒的情怀和向往自由的生活是一大主题。他的〔南吕·玉交枝〕《闲适二曲》就表现了这种思想（二首录一）：

> 山间林下，有草舍蓬窗幽雅，苍松翠竹堪图画，近烟霞三四家。飘飘好梦随落花，纷纷世味如嚼蜡，一任他苍头皓发，莫徒劳心猿意马。自种瓜，自采茶，炉内炼丹砂。看一卷《道德经》，讲一会渔樵话。闲上槿树

篱，醉卧在葫芦架，尽清闲自在煞。

这是他理想的生活，其实在元散曲中，人人都这么说，但未必人人都能这样做。乔吉这样说，但也未必心中是一片平和，我们再看下面两首散曲：

〔双调·折桂令〕
感兴

　　谢安江左优游，梦觉东山，声动南州。覆雨翻云，怜花宠柳。未肯回头。成时节衣冠冕旒，败时节笞杖徒流，问甚么恩仇。山塌虚名，海阔春愁。

〔双调·水仙子〕
习隐

　　拖条藜杖裹枚巾，盖个团标容个身，五行不带功名分。卧芙蓉顶上云，濯清泉两足游尘。生不愿黄金印，死不离老瓦盆，俯仰乾坤。

说的虽然也是归隐，甚至说到"习隐"，但是骨子里是有牢骚的。
　　乔吉写得好的还有写景和咏物曲。他很有名的咏物曲，是那首〔双调·水仙子〕《寻梅》：

　　冬前冬后几村庄，溪北溪南两履霜。树头树底孤山上，冷风来何处香，忽相逢缟袂绡裳。酒醒寒惊梦，笛凄春断肠，淡月昏黄。

梅花是高洁的象征，诗人咏梅，也是在梅的高洁中看到自己的影子。

乔吉咏物曲中，最有名的是那首〔双调·水仙子〕《重观瀑布》：

> 天机织罢月梭闲，石壁高垂雪练寒，冰丝带雨悬霄汉，几千年晒未干。露华凉人怯衣单，似白虹饮涧，玉龙下山，晴雪飞滩。

比喻十分新奇，尤其是"冰丝带雨悬霄汉，几千年晒未干"两句，更是构思奇特，让人匪夷所思。

写景之作也是乔吉作品中写得很好的。他登临怀古，也多千古兴亡的哀思和对时事的感叹。比如〔双调·折桂令〕《登姑苏台》：

> 百花洲上新台，檐吻云平，图画天开。鹏俯沧溟，蜃横城市，鳌惊蓬莱。学捧心山颦翠色，怅悬头土湿腥苔。悼古兴怀，休近阑干，万丈尘埃。

江南姑苏台，山清水秀，登临怀古，为什么会有"休近阑干，万丈尘埃"之感呢？诗人感叹的，是尘世，是世道，是在元人统治下的姑苏，景色依旧美丽，人事却已全非，当年的姑苏台，见证了吴国的覆灭，登台远望，抚今追昔，让人感慨系之。

乔吉和青楼妓女的关系很好，与乔吉交好的妓女，仅他作品中提到的，就有李楚仪、张天香、王柔卿、朱翠英、王玉莲、崔秀卿、朱阿娇、李玉真、郭莲儿、顾观音等。他的作品中，题情的作品也不在少数，大多数是一些应景之作，但也有少数写得真切感人。他和李楚仪的关系尤其亲密，赠她的曲也最多，也写得最好，比如〔双调·折桂令〕《贾侯席上赠李楚仪》：

> 洗妆明雪色芙蓉，默默情怀，楚楚仪容。甚烟雨江头，移根何在。桃李场中，尽劣燕娇莺冗冗。笑落花飞絮濛濛。湘水西东，怅望褰衣，玉立秋风。

第三句很巧妙地把楚仪的名字嵌在里面。

乔吉的散曲以婉丽见长，他精于音律，善于锤炼字句。他的散曲是后期散曲逐渐向词靠拢，逐渐走向雅化的代表。举两个例子：

〔双调·折桂令〕
秋思

> 红梨叶染胭脂，吹起霞绡，绊住霞枝。正万里西风，一天暮雨，两地相思。恨薄命佳人在此，问雕鞍游子何之。雁未来时，流水无情，莫写新诗。

〔越调·凭阑人〕
香枰

> 暖蜕龙团香骨尘，细袅云衣古篆文。宝奁余烬温，小池明月昏。

无论用意用语，都与词很接近了。

但他的散曲中又有极本色之作，如〔双调·水仙子〕《为友人作》：

搅柔肠离恨病相兼，重聚首佳期卦怎占。豫章城开了座相思店，闷勾肆儿逐日添，愁行货顿塌在眉尖。税钱比茶船上欠，斤两去等秤上掂。吃紧的历册般拘钤。

朱权《太和正音谱》说乔吉"如神鳌鼓浪，若天吴跨神鳌，喷沫于大洋，波涛汹涌，截断众流之势"，而李开先说乔吉"句句用俗，而不失之文"（《乔梦符小令序》）。朱权所说，大概是指前一种风格，李开先所说，大概就是指后一种风格。

张可久

现在的元曲研究，一般认为元散曲可分为豪放和清丽两派。豪放派以马致远为首，清丽派以张可久为首。

张可久（约1270—约1348后），字小山。又有说他名小山，字可久或字伯远的。庆元（今浙江宁波）人。贯云石为张可久的《今乐府》作序，说他"以儒家读书万卷，四十犹未遇"。他读书万卷，既是出身书香门第的家学渊源，也可能是因为元朝后来的开科取士。他参加过科举考试没有，不得而知，但是"四十犹未遇"，对一个读书人来说，是很不幸的事。这一段时间，他寓居杭州，与马致远、贯云石等人交往。四十岁以后，迫于生活，开始求仕，但只做过一些小吏，先后在绍兴、衢州等地为路史十三年之久，六十岁之前，在处州做过一任酒税都监。此后，在浙江德清隐居了三年，然后又出山，任徽州歙县监税，也就是《录鬼簿》所说的"由路史转升民务首领官"。七十岁了，他还在昆山做幕僚，八十岁左右还"监税松源"。他这一生，沉沦下僚，寄人篱下，一直郁郁不得志。

张可久是元代比较少的全力写作散曲的人，他的散曲作品，在生前就自编为《今乐府》《吴盐》《苏堤渔唱》《新乐府》四个集子，现存有小令八百五十三首、套数九，是元散曲家中留存作品最多的，是作品存世第二的乔吉作品的四倍。

张可久一生足迹遍江南，游历过金陵、扬州、苏州、绍兴、天台、洞庭等地。与贯云石、卢挚等人交往。久屈于下僚，志不获伸，对他这个以儒学传家、读书万卷的人来说，是一种悲剧，是怀才不遇与寄人篱下构成的人生悲剧。

张可久的一生，都处在一种仕既不成，隐又不能的尴尬境地。他的〔中吕·满庭芳〕《野梅》描写的就是他的这种矛盾痛苦的心情：

> 风姿淡然，琼酥点点，翠羽翩翩。罗浮旧日春风面，邂逅神仙。花自老青山路远，梦不到白玉堂前，空嗟羡。伤心故园，何日是归年。

咏的是野梅，其实是以梅自喻自伤。"梦不到白玉堂前"，不是暗喻仕途之不畅吗？"伤心故园，何日是归年"，是干脆直说了，仕既不行，归又不成，这样的日子，何日又才是尽头呢？

张可久的散曲中，有不少说到归隐田园，友猿鹤而侣渔樵，但他一生，归隐林下不过短短三年，其余时间都因生活所迫而不得不甘为小吏，所以，他的写归隐之乐的作品，大多是理想中的虚幻世界，或者是对前辈隐者的艳羡。比如〔黄钟·人月圆〕《客垂虹》：

> 三高祠下天如镜，山色浸空濛。莼羹张翰，渔舟范蠡，茶灶龟蒙。故人何在，前程那里，心事谁问。黄花庭院，青灯夜雨，白发秋风。

三高祠在吴江县垂虹桥南，祭祀的是春秋时的范蠡、西晋时的张翰、唐代的陆龟蒙，他们都是著名的隐者。范蠡助越王勾践灭吴后泛舟五湖做生意，后来成了著名的富翁陶朱公；张翰为齐王东曹掾，在洛阳，见秋风起，因思吴中莼菜羹、鲈鱼脍，便命驾归乡。唐代陆龟蒙，曾为湖州、苏州刺史幕僚，后隐居松江甫里，号天随子。但作者在这里感叹的，是"前程那里，心事谁问"。

再比如下面几首：

〔双调·清江引〕
幽居

> 红尘是非不到我，茅屋秋风破。山村小快活，老砚闲功课，疏篱外玉梅三四朵。

〔双调·殿前欢〕
爱山亭上

> 小阑干，又添新竹两三竿。倒持手版揸头看，容我偷闲。松风古砚寒，藓上白石烂，焦雨疏花绽。青山爱我，我爱青山。

张可久的散曲，走的是儒家"温柔敦厚""怨而不怒"的路子，没有前期散曲家那种敢喜敢怒、敢骂敢笑的精神个性，也缺乏那种充满市民精神和情趣的通俗语言，而是比较雅化，更向词的意境和语言靠拢。有人说元散曲的特点是情语多而景语少，而张可久的散曲，则明显的是景语的加强和情语的淡化。换句话说，则是前期散曲作家言情比较直接，而张可久则将情语寓于景语，亦情亦景，亦景亦情。比如〔黄钟·人月圆〕《春晚次韵》：

> 萋萋芳草春云乱，愁在夕阳中。短亭别酒，平湖画舫，垂柳骄骢。一声啼鸟，一番夜雨，一阵东风。桃花吹尽，佳人何在，门掩残红。

张可久有不少登临怀古之作，既不以之玩世，也不以之戏谑，更不是借以抒写满腹牢骚，更多的，是对古人的一种倾慕和向往，当然也包含了对现实社会的不满和感伤。比如〔中吕·普天乐〕《次韵怀古》：

> 写旧游，换新愁，玉箫寒酒醒江上楼。黄鹤矶头，白鹭汀洲，烟水共悠悠。人何在七国春秋，浪淘尽千古风流。隋堤犹翠柳，汉土自鸿沟。休，来往共沙鸥。

朱权说小山曲"有不食人间烟火气"，大概就是指的这一类作品。但是，张可久并非不食人间烟火之人，他的作品中，也有愤慨叹世之作，比如著名的〔中吕·卖花声〕《怀古》二首之一：

美人自刎乌江岸，战火曾烧赤壁山，将军空老玉门关。伤心秦汉，生民涂炭，读书人一声长叹。

张可久的题情之作不算多，但也有一些写得比较好的。比如〔中吕·山坡羊〕《闺思》：

> 云松螺髻，香温鸳被。掩春闺一觉伤春睡。柳花飞，小琼姬。一声雪下呈祥瑞。团圆梦儿生唤起。谁，不做美。呸，却是你。

张可久的散曲格律严谨，用词典雅，他被奉为散曲的"正宗"，对明代以后的散曲创作影响很大。

徐再思

徐再思因为好吃甜食，所以给自己取了个号叫"甜斋"。他与另一个著名散曲家贯云石齐名。贯云石号酸斋，后人把他们的作品合在一起，编为《酸甜乐府》。其中，收有徐再思散曲一百零三首。

徐再思（约 1280—1330 后），字德可，号甜斋，嘉兴人。他的生卒年和生平事迹都不详。《录鬼簿》只说他做过嘉兴路吏，似乎并未入仕。

徐再思虽然与贯云石齐名，并且合称"酸甜乐府"，但两人散曲的风格完全不同，甚至可以说正好相反。贯云石散曲旷放清逸，而徐再思散曲则清丽俊秀，表现了南方文学的柔媚清婉的风格。他的生平与张可久有些相似，所以对世事的感觉也差不多。但他的怀古之作，不像张可久那样恬淡，而是充满一种悲凉的沧桑之感。比如〔黄钟·人月圆〕《甘露怀古》：

> 江皋楼观前朝寺，秋色入秦淮。败垣芳草，空廊落叶，深砌苍苔。远人南去，夕阳西下，江水东来，木兰花在。山僧试问，知为谁开。

徐再思散曲中，最多的，也是写得最好的，是题情之作。他很善于刻画陷入爱情的女子的纠结心情。比如〔南吕·阅金经〕《闺情》：

> 一点心间事，两山眉上秋。拈起金针还又休。羞，见人推病酒。恹恹瘦，月明中空倚楼。

尤其是他那首著名的〔双调·沉醉东风〕《春情》：

> 一自多才间阔，几时盼得成合。今日个猛见他门前过。待唤着怕人瞧科。我这里高唱当时水调歌，要识得声音是我。

徐再思的许多散曲，描写情感都非常细腻，而且语言非常优美。他那首〔双调·水仙子〕《夜雨》，就是传诵千古的名篇：

> 一声梧叶一声秋，一点芭蕉一点愁，三更归梦三更后。落灯花、棋未收，叹新丰孤馆人留。枕上十年事，江南二老忧，都到心头。

贯云石

在元代的著名散曲家中，有一批少数民族作家，他们学习汉文化，而且取得了很高的成就，如蒙古族散曲作家阿鲁威、维吾尔族散曲作家贯云石、女真族杂剧家李直夫、蒙古族杂剧作家杨景贤等。其中，贯云石的成就最高。

贯云石（1286—1324）是回纥（今维吾尔族，元朝时称色目人）人，原名小云石海涯。他的祖父是阿里海涯，从忽必烈攻宋，官至安南行省左丞相。死后封荣国公，又进封江陵王。他的父亲名贯只哥，他就以贯为姓。自号酸斋。

贯云石出身武官世家，自幼习武，"年十二三，膂力绝人，善骑射，工马槊"。

贯云石二十岁时就荫袭两淮万户府达鲁花赤（各地的监管官，拥有实际兵权，一般为正三品）。后把官爵让给弟弟，自己弃武习文，北上从姚燧学，诗文皆有可观，尤善散曲。元仁宗时，拜翰林侍读学士、中奉大夫、知制诰同修国史，但不久就辞官，自号"芦花道人"，归隐于杭州一带，"与文士徜徉佳山水处"，"倡和终日，浩然忘却"。

贯云石历览名胜，名声越来越大，他每到一处，"士大夫从之若云，得其片言尺牍，如获拱璧"。于是决心避世的贯云石进而隐姓埋名，定居在钱塘（今杭州）正阳门外，靠卖回回药为生。他在凤凰山避暑，到包家山修禅。有时上天目山与中峰禅师论道，有时到城东阿里西瑛的寓所去吹奏铁笛，切磋乐律。他与张可久交厚，常常一起游湖观潮、饮酒唱和，在秀丽的西子湖畔度过了一生中创作最旺盛的时期。

贯云石后来一心向道，他是决心归隐的，于是变更姓名，改易服饰，混迹于普通人中间。乃至后来与人的接触越来越少，中午以后就拥被睡觉，以昼为夜，可能这样也影响了他的健康，泰定元年（1324）就去世了，年仅三十九岁。

贯云石算得上是一个奇人，他的个性，他的行为，都大异于常人，也正因为此，他的散曲也有与众不同的风格。

贯云石的散曲，今存小令八十首、套数九。他的散曲，内容以写山林逸乐和男女恋情为主。

贯云石是北人，但长期生活在南方；他是色目人，但又酷爱汉文化；他出身官宦人家，但淡泊名利，性爱山水田园，所以，他的山林逸乐之作，有一种清俊爽利之气，比如〔双调·水仙子〕《田家》（三首录一）：

> 绿阴茅屋两三间，院后溪流门外山，山桃野杏开无限。得浮生半日清闲。邀邻翁为伴，使家僮过盏，直吃得老瓦盆干。

他有〔正宫·小梁州〕《春》《夏》《秋》《冬》四曲，其实都是写四时山林逸乐之趣，如：

春

春风花草满园香，马系在垂杨，桃红柳绿映池塘。堪游赏，沙暖睡鸳鸯。

〔幺〕宜晴宜雨宜阴阳。比西施淡抹浓妆。玉女弹，佳人唱，湖山堂上，直吃醉何妨。

夏

　　画船撑入柳阴凉，一派笙簧，采莲人和采莲腔。声嘹亮，惊起宿鸳鸯。

　　〔幺〕佳人才子游船上，醉醺醺笑饮琼浆。归棹晚，湖光荡，一勾新月，十里芰荷香。

　　贯云石写男女爱情的作品，占了他作品的很大部分。一般都写得很有情致，如〔正宫·小梁州〕：

　　巴到黄昏祷告天，焚起香烟，自从他去泪涟涟。关山远，抛闪的奴家孤枕独眠。

　　〔幺〕盼才郎早早成姻眷，知他是甚日何年。何年见可怜，可怜见俺成姻眷。天地下团圆，带累的俺团圆。

　　最著名的，是他那首〔双调·清江引〕《惜别》：

　　若还与他相见时，道个真传示。不是不修书，不是无才思，绕清江买不得天样纸。

　　没有天一样大的纸，就写不下那么多那么深的相思，用宋吕渭老《卜算子》"若写幽怀一段愁，应用天为纸"意，奇思妙想，让人拍案叫绝。

　　贯云石受教于姚燧，曾结识赵孟頫、袁桷等著名文人，又与张可久、徐再思、杨朝英等是好朋友。他本人饱读诗书，他的散曲风格多样，或雅或俗，或豪放或清丽，朱权《太和正音谱》评其曲"如天马脱缰"，指的就是这些特点。

钟嗣成

要了解元代杂剧和散曲，有几本书是必须要读的，其中就包括钟嗣成的《录鬼簿》。

元代杂剧和散曲作家，绝大多数社会地位都不高，而杂剧散曲虽然在元代非常受欢迎，但地位又远远不及正统的诗文，所以，有关这些作家的生平事迹，流传下来的却很少，给后人研究元杂剧和散曲带来很大的困难。钟嗣成的《录鬼簿》记载了他之前和与他同时的一些著名戏曲家的生平资料和创作情况，虽然比较简略，但却非常珍贵，是研究和学习元代戏曲必读的书之一。

钟嗣成本人也是一位杂剧和散曲作家。他自己的生平资料也非常少，就连他的生卒年我们都不知道，只知道他大概生于1280年前后，死的时候应该已经超过八十高龄了。他字继先，号丑斋，杭州人，祖籍大梁。"累试于有司，命不克遇"（元朱士凯《录鬼簿后序》），大概做过很短一段时期的江浙行省椽吏。《录鬼簿后序》说他"从吏则有司不能辟，亦不屑就"。他的一生，也就是优游市廛，以写杂剧和散曲为乐了。

钟嗣成编有《章台柳》《钱神论》《蟠桃会》等杂剧七个，今皆不传。今传散曲有小令五十九、套数一。

钟嗣成与许多元曲家一样，仕途不顺，但他不像其他人一样大谈清高，大谈隐逸，实际上是博取的另一种名。他是既不能仕

散曲名家

111

而为官，就干脆退而为民。他不希慕凌烟图像，也不希慕啸傲山林，他就老老实实地生活在市井，老老实实地做一个市民，当然，是一个以玩世对抗社会不平的市民。

钟嗣成的散曲，以自嘲嘲世，他甚至把自己当作是一个悲田院（又叫"卑田院"，是历代建立的专门收容贫儿乞丐的机构。唐代叫"悲田养病坊"。苏东坡就曾经说自己能雅能俗，"上可陪玉皇大帝，下可以陪卑田院乞儿"）乞儿。他有三首〔正宫·醉太平〕（录二）：

> 俺是悲田院下司，俺是刘九儿宗枝。郑元和俺当日拜为师，传留下莲花落稿子。搠竹杖绕遍莺花市，提灰笔写遍鸳鸯字，打夌槌唱会鹧鸪词，穷不了俺风流敬思。

> 风流贫最好，村沙富难交。拾灰泥铺砌了旧砖窑。开一个教乞儿市学，裹一顶半新不旧乌纱帽，穿一领半长不短黄麻罩，系一条半联不断皂环绦，做一个穷风月训导。

这是典型的元代人由避世而玩世的人生态度的表现。所以，就连被元人说过无数遍的隐逸高人，如范蠡、陶渊明、张翰、邵平、林逋等，在他的眼中都只是为了清高虚名而存在的。他在〔双调·凌波仙〕中写道：

> 菊栽栗里晋渊明，瓜种青门汉邵平，爱月香水影林和靖，忆莼鲈张季鹰，占清高总是虚名。光禄酒扶头醉，大官羊带尾撑，他也过平生。

他还有十首〔双调·清江引〕，每一首都以"早寻个稳便处闲坐地"结束。说了伯夷、叔齐、屈原、陶渊明、俞伯牙、钟子期、范蠡、接舆、韩信，最后的结果，就是那个"早寻个稳便处得闲坐地"。他可以说是把名、利二字看得十分透彻：

> 利名假饶争到底，争得成何济。谁为刎颈交，那是
> 安窠计。早寻个稳便处闲坐地。

他有好多以"四"为一组的散曲，包括"四时"春、夏、秋、冬，"四景"风、花、雪、月，"四福"富、贵、福、寿，"四情"悲、欢、离、合，"四别"叙别、恨别、寄别、忆别。其中有许多是文人雅士不屑于说，不屑于写的，正好表现了他市井作家的本色。

钟嗣成的题情之作也与众不同，大胆，真率，敢言人之所不敢言，但又语不涉斜邪。比如〔双调·沉醉东风〕：

> 听不厌鸾笙象板，看不足凤髻蝉鬟。按不住刺史狂，
> 学不得司空惯，常不教粉客红悭。若不把群花恣意看，
> 饱不了平生饿眼。

钟嗣成的散曲中有二十首〔双调·凌波仙〕，有十九首是吊元代曲家如宫大用、郑光祖、曾瑞清、沈和、睢景臣、乔吉等人的，也是研究元代戏曲的重要资料。

周文质

周文质和钟嗣成是好朋友，据钟嗣成说，他们"交二十年，未尝跬步离也"（《录鬼簿》），可见他们的感情之好。他在《录鬼簿》中为周文质做了传。周文质（约1280—1334），字仲彬，其先建德人，后居杭州。他人长得清瘦，但学问很好，文笔极佳。他是儒学世家出身，但只做了路吏一类的小官。他善书画，能歌舞，明曲调，懂音律，而且性格豪侠。元统二年（1334）因病去世。

周文质有《苏武还朝》《春风杜韦娘》《孙武子教女兵》《戏谏唐庄宗》等杂剧四种，都已经散佚了，现存散曲小令四十三首、套数五。

作为一个"家世业儒，俯就路吏"的失意之人，周文质的散曲也有不少叹世伤怀之作，比如〔正宫·叨叨令〕《自叹》：

> 筑墙的曾入高宗梦，钓鱼的也应飞熊梦，受贫的是
> 个凄凉梦，做官的是个荣华梦。笑煞人也么哥，笑煞人
> 也么哥，梦中又说人间梦。

这是对那些希望以各种途径步入仕途的人的讽刺，这一切，在周文质看来，不过是南柯一梦而已。

没有这些梦想，并不代表没有痛苦，他能做的，也就是"何以解忧，唯有杜康"（曹操《短歌行》）。比如〔正宫·叨叨令〕《四景》之一首说：

桃花开院宇中欢欢喜喜醉，芰荷香池沼边朝朝日日醉，金菊浓篱落畔醺醺沉沉醉，蜡梅芳庾岭前来来往往醉。醉来也么哥，醉来也么哥，醉儿醒醒儿醉。

　　周文质善题情，虽然题情之作并不是很多，但情意诚挚，如〔越调·小桃红〕：

　　彩笺滴满泪珠儿，心坎如刀刺，明月清风两独自。暗嗟咨，愁怀写出龙蛇字。吴姬见时，知咱心事，不信不相思。

　　周文质与钟嗣成是挚友，主要也是因为他们的思想和兴趣都比较接近，他们都是当时杭州平民作家中的代表人物。

刘庭信

　　刘庭信人长得高而且黑，被称为"黑刘五"。当时有一个名妓马素卿，善词翰，知音律，在江湘之间很有名。她大概长得不是很漂亮，所以外号叫"般般丑"。有一天，她与刘庭信在路上相遇，同行的人就约他们相见。刘庭信仔细端详了般般丑一会儿，说："名不虚传。"般般丑一笑而去。从此，两人成了朋友，交往甚密。

　　刘庭信的生平资料也不多，《录鬼簿续编》中有小传，说他本名廷玉，行五，他虽然长得黑，但"风流蕴藉，超出伦辈。风晨月夕，唯以填词为事"，"语极俊丽，举世歌之"。他的族兄刘廷翰是江浙参政、南台御史，但他却混迹市井，以写作散曲为事。

刘庭信的散曲，现存小令三十九首、套数七。其内容几乎全是谈情之作，有的写得很有情致。比如〔中吕·朝天子〕《赴约》：

> 夜深深静悄，明朗朗月高，小书院无人到，书生今夜且休睡着了。有句话低低道。半扇儿窗棂，不须轻敲，我来时将花树儿摇。你可便记着，便休要忘了，影儿动咱来到。

他有一组〔双调·折桂令〕《忆别》，每首都以"想人生最苦离别"开头，写得相当有味，今录二首：

> 想人生最苦离别，唱到《阳关》，休唱三叠。急煎煎抹泪柔眵，意迟迟揉腮揦耳。呆答孩闭口藏舌。情儿分儿你心里记者，病儿痛儿我身上添些。家儿活儿既是抛撇，书儿信儿是必休绝。花儿草儿打听的风声，车儿马儿我亲自来也。

> 想人生最苦离别，愁一会愁得来昏迷，哭一会哭得来痴呆。喜蛛儿休挂帘栊，灯花儿不必再结，灵鹊儿空自干。茶一时饭一时喉咙里千般哽噎，风半窗月半窗魂儿千里跋涉。交之厚念之频旧恨重叠，感之重染之兴鬼病些些。海之角天之涯盼得他来，膏之上肓之下害杀人也。

元夏庭芝《青楼集》说他"街市俚近之谈，变为新奇"，大概就是指的他这一类作品。

汪元亨

汪元亨是元末的散曲家，他的生平，仅《录鬼簿续编》那少得可怜的一点点记载。他号云林，别号临川佚老。饶州人。做过浙江省掾，后来徙居常熟。写过杂剧《斑竹记》《仁宗认母》《桃源洞》，但都亡佚了。有《归田录》百篇行世，为人所重。

汪元亨所处的时代已是烽烟四起，以红巾军为首的农民起义到处爆发的时代，对于一般的读书人来说，是更为动荡的乱世，所以他一而再，再而三地说归隐，是和这样的社会现实分不开的。

同一个题材，反复吟诵达一百首之多是很不容易的，我们来看两首：

〔正宫·醉太平〕

警世

憎苍蝇竞血，恶黑蚁争穴，急流中勇退是豪杰，不因循苟且。叹乌衣一旦非王谢，怕青山两岸分吴越，厌红尘万丈混龙蛇。老先生去也。

〔中吕·朝天子〕

归隐

功名辞凤阙，浮生寄蚁穴，醉入黄鸡社。取之无尽用无竭，江上风山间月。基业隋唐，干戈吴越，付渔樵闲话说。酒杯中影蛇，枕头上梦蝶，二十载花开花谢。

和刘庭信相比，他的散曲要豪放些，而刘的散曲要佻达些，他们分别代表了元代末年散曲的两种不同风格。

汤式

汤式是元末明初散曲家、戏剧家。字舜民，号菊庄。象山（今属浙江）人。生卒年不详。元代末年，曾补本县县吏。不得志，落魄江湖。明代初年，流寓北方，明成祖朱棣未即位时，对他宠遇甚厚，明成祖即位后，于永乐年间常得恩赏。他的主要作品，包括杂剧《瑞仙亭》《娇红记》和大部分散曲都创作于入明以后，所以，严格地说，他不完全算是元散曲家。他的散曲，今存小令一百七十首、套数六十八、残曲一首。在元代散曲家中，数量算是较多的，曾著录于《雍熙乐府》《盛世新声》《彩笔情词》等集中，隋树森《全元散曲》也全部收录。

汤式的散曲思想内容丰厚，反映了朝代的更替和百姓的疾苦，进而总结历史、感叹人生，描述了元朝灭亡时候的衰残景象，同时传达出对新王朝的期盼。他的〔双调·天香引〕《西湖感旧》就是这一类的作品：

问西湖昔日如何？朝也笙歌，暮也笙歌。问西湖今日如何？朝也干戈，暮也干戈。昔日也，二十里沽酒楼，

香风绮罗；今日个，两三个打渔船，落日沧波。光景蹉
跎，人物消磨。昔日西湖，今日南柯。

　　他以散曲体裁表达悼念之情，开创悼亡散曲一路，极大地开
拓了散曲文学的题材范围。他的曲作创作技巧圆熟，艺术风格多
样，既是元代散曲的殿军，更是开创明代散曲的先锋。

名篇赏析

双调·小圣乐 / 《骤雨打新荷》 元好问

　　绿叶阴浓，遍池亭水阁，偏趁凉多。海榴初绽，妖艳喷香罗。乳燕雏莺弄语，有高柳鸣蝉相和。骤雨过，珍珠乱撒，打遍新荷。　　人生百年有几，念良辰美景，休放虚过。穷通前定，何用苦张罗。命友邀宾玩赏，对芳樽浅酌低歌。且酩酊，任他两轮日月，来往如梭。

　　金、元人的思想，和唐、宋人已有很大不同。唐、宋时人的思想中，当然也有感叹人生易老、富贵难求，或者不满社会现实，因而消极逃避、归隐田园、忘情山水的，如唐代的王维、孟浩然、陆龟蒙，宋代的林逋、姜夔等人，但其主流是积极进取，对人生充满乐观向上的昂扬之气的。但是金、元时期，社会较为黑暗，读书人尤其感到没有出路，所以，及时行乐和归隐山水几乎成了这一时期文人的共同思想。这种思想，在元代散曲中表现得尤为突出，几乎成为元散曲中一个最重要的主题。

　　这首曲，是金代著名文人元好问的名作。据陶宗仪《辍耕录》卷九说："〔小圣乐〕乃小石调曲，元遗山先生好问所制，而名姬多歌之。俗以为〔骤雨打新荷〕是也。"

　　这一段话告诉我们几个问题。第一，这首曲名叫〔小圣乐〕，属小石调，但一般人又叫它〔骤雨打新荷〕。隋树森《全元散曲》所收，就标明为〔双调·骤雨打新荷〕。第二，这首曲的作者是元好问，而且是他的"自度曲"，也就是说，〔小圣乐〕也好，〔骤雨打新荷〕也好，都是元好问自创的新调。第三，此曲在当时很受欢迎，"名姬多歌之"，可见它受欢迎的程度。

《辍耕录》说它是"小石调"，而《太平乐府》引标明是"双调"，什么原因不得而知。但问题倒不是很大，因为小石调和双调都是商调式，即以商音（略等于今天的"2"）为主音的调式，只不过小石调是中吕商，双调是夹钟商，比小石调低一度。但两调所表现的情感和风格又有所不同。据元燕南芝庵《唱论》说，"小石调唱旖旎妩媚"，"双调唱健捷激袅"。从此曲的意境来看，可能歌者认为以双调演唱更适宜一些而做了改动。

散曲一般比较短小，分片的也不多。这首曲应该算是散曲中的长调，而且分为上、下两片。

上片写景，下片抒情，走的还是词的老路。其实就此曲的语言来看，和词也差不多。

绿叶阴浓，海榴初绽，是盛夏景色。在池亭水阁消夏，面对一池新荷，风过处，阵阵荷香，让人想起周邦彦的名句"水面清圆，一一风荷举"（《苏幕遮》）。岸上石榴花开了，一朵朵，一簇簇，花间燕飞莺歌，高柳垂丝，蝉鸣相和，已是人间美景。更有骤雨突来，如点点珍珠，打在新荷上。观其景，飞珠溅玉；听其声，蓬蓬勃勃。此时此景，让人陶醉其中，流连忘返。

然而，面对如此良辰美景，作者的态度却是非常消极的，流露的不过是人生苦短、及时行乐的思想。

"人生百年有几"？卢挚倒有一个解释。他在〔双调·蟾宫曲〕中说：

想人生七十犹稀，百岁光阴，先过了三十。七十年间，十岁顽童，十载尪羸，五十岁除分昼黑。刚分得一半儿白日，风雨相催，兔走乌飞。仔细沉吟，都不如快活了便宜。

"穷通前定"是托词，"浅酌低歌"是实质。"何用苦张罗"，不妨说是无法张罗，处在元代初年的读书人，命运确实是很难由自己掌握的。所以"且酩酊"是无奈。在这看似潇洒的诗句中，包含的却是无比的辛酸和落寞。

双调·小桃红／《采莲女》三首　杨果

采莲船上采莲娇，新月凌波小。记得相逢对花酌，那妖娆，殢人一笑千金少。羞花闭月，沉鱼落雁，不恁也魂消。

采莲人唱采莲词，洛浦神仙似。若比莲花更强似，那些儿，多情解怕风流事。淡妆浓抹，轻颦微笑，端的胜西施。

采莲湖上采莲人，闷倚兰舟问。此去长安路相近，恨刘晨，自从别后无音信。人间好处，诗筹酒令，不管翠眉颦。

杨果一共有十二首〔小桃红〕，只有上面三首题作《采莲女》，但其他八首也差不多都和采莲有一点关系。《采莲曲》，本是江南旧曲，南朝时梁武帝作《江南弄》七曲，其中就有一曲《采莲曲》，此曲其实来自民间，在南朝时期十分流行。后来的诗词，以此为题的也很多，比如唐代王昌龄那首十分有名的《采莲曲》：

　　　　荷叶罗裙一色裁，芙蓉向脸两边开。

　　　　乱入池中看不见，闻歌始觉有人来。

　　《采莲曲》在民间歌唱时，除了采莲女自唱以外，还发展为岸上有人以"踏歌"的形式和歌。

　　这三首《采莲女》为我们描绘的，是一幅与采莲、采莲人有关的爱情故事。

　　采莲湖上采莲船，采莲船上采莲人，采莲人唱采莲歌，记得相逢对花酌，一曲莲歌碧云暮。这是一幅多么优美的图画。前两曲，似是男对女唱。当年相逢花间，对花酌，对花饮，采莲女在他的眼中，就是沉鱼落雁、羞花闭月的洛浦神女宓妃，就是倾城倾国的越国美女西施，敌不住那媚人一笑，"不恁也魂消"。

　　后一曲，似是女唱。刘晨是传说中的东汉人，与阮肇入天台山采药，遇到两位仙女，分别和他们结亲。半年后回家，才知道已过百年，家中人已不复在，于是返天台山，寻二仙女，却再也找不着了。这里的采莲女借刘晨指曾与相恋的男子，"自从别后无音信"，大概是迷恋上了长安的好去处，在那里"诗筹酒令"，乐而忘归，全不管自己"翠眉颦"。这一首说得比较轻松，但在其他几首〔小桃红〕中，却也有说得沉重一些的，比如说"憔悴人别后，留得啼痕满罗袖"。"一曲琵琶泪数行，望君归"。最好的，是

名篇赏析

写离别时"当初只恨，无情烟柳，不解系行舟"，可以与上三首《采莲女》参看。

南吕·干荷叶／八首录二　刘秉忠

干荷叶，色苍苍，老柄风摇荡。减了清香，越添黄。都因昨夜一场霜，寂寞在秋江上。

南高峰，北高峰，惨淡烟霞洞。宋高宗，一场空，吴山依旧酒旗风，两度江南梦。

乐府诗题，内容和题目最早是一致的，比如《战城南》写战争，《行路难》叹身世等。但从曹操父子开始，就借乐府古题写其他内容了。比如《蒿里行》，本来是葬歌，也就是埋葬死人的时候唱的，"蒿里谁家地，聚敛魂魄无贤愚"，曹操却用他写时事。后代这种情况就更加普遍了。

散曲在元代也是被称为"乐府"的，它有许多来自民间，就是歌咏身边之事的，比如上面讲到的《采莲曲》，就是采莲人在劳动时所唱的歌，内容也都与采莲（当然包括采莲人的感受甚至爱情）有关。但被作为曲牌使用以后，就渐渐只借其形式，而不一定再囿于题目所限的内容了。这里所选的两首〔干荷叶〕，就代表了这两种情况。

第一首，是忠实于题目的。题目是"干荷叶"，曲就咏干荷叶。"干荷叶，色苍苍，老柄风摇荡。减了清香，越添黄。"句句所咏，都是干荷叶。

荷叶在未枯以前是很美的，"江南可采莲，莲叶何田田"（南朝乐府民歌《江南可采莲》）。但是荷残以后，也是一池衰飒的景象。虽然唐人有"留得残荷听雨声"（李商隐《宿骆氏亭寄怀崔雍崔衮》）的诗句，但毕竟也有些许的无奈。"都因昨夜一场霜，寂寞在秋江上"一句，点明荷残的原因，是"昨夜一场霜"。如果我们把本曲当成是作者在发身世之感，那么，这"霜"也就有所指了。

下一曲，则和题目名称完全没有关系了。它是借此题写对南宋灭亡的哀悼。"南高峰，北高峰"，是西湖两个景观。烟霞洞在南高峰下的烟霞岭，也是西湖名胜。宋高宗赵构，是南宋的开国皇帝。靖康之难，汴京被攻破，徽、钦二帝被掳北上，宋朝基本上算是亡了。康王赵构冒死渡江，在临安重新建立了宋王朝，史称南宋，他对宋是有大功劳的。立国之初，也想到过北伐。他之后，孝宗等也曾有过北伐的举动，可惜都失败了，而且南宋越积越弱，最终还是被元人所灭。一切的复国之念，复国之举，都不过是"一场空"而已。所不变的，是山水风物，管你是宋也好，是金也好，是元也好，"吴山依旧酒旗风"，争来争去有什么意思呢？

刘秉忠高祖事辽，祖、父皆先事金，后事元，所以他对宋的存亡没有多少切肤之痛，他只是把这一朝代的更迭当作一件普通的历史事件在吟咏。

般涉调·耍孩儿／《庄家不识勾栏》　杜仁杰

风调雨顺民安乐，都不似俺庄家快活。桑蚕五谷十分收，官司无甚差科。当村许下还心愿，来到城中买些纸火。正打街头过，见吊个花碌碌纸榜，不似那答儿闹穰穰人多。

〔六煞〕见一个人手撑着椽做的门，高声的叫"请请"，道："迟来的满了无处停坐。"说道："前截儿院本调风月，背后么末敷演刘耍和。"高声叫："赶散易得，难得的妆合。"

〔五煞〕要了二百钱放过咱，入得门上个木坡，见层层叠叠团圞坐。抬头觑是个钟楼模样，往下觑却是人旋窝。见几个妇女向台儿上坐，又不是迎神赛社，不住的擂鼓筛锣。

〔四煞〕一个女孩儿转了几遭，不多时引出一伙。中间里一个央人货，裹着枚皂头巾顶门上插一管笔，满脸石灰更着些黑道儿抹。知他待是如何过？浑身上下，则穿领花布直裰。

〔三煞〕念了会诗共词，说了会赋与歌，无差错。唇天口地无高下，巧语花言记许多。临绝末，道了低头撮脚，囊罢将幺拨。

〔二煞〕一个妆做张太公，他改做小二哥，行行行说向城中过。见个年少的妇女向帘儿下立，那老子用意铺谋待取做老婆。教小二哥相说合，但要的豆谷米麦，问甚布绢纱罗。

〔一煞〕教太公往前挪不敢往后挪，抬左脚不敢抬右脚，翻来覆去由他一个。太公心下实焦燥，把一个皮棒槌则一下打做两半个。我则道脑袋天灵破，则道兴词告状，划地大笑呵呵。

〔尾〕则被一胞尿爆的我没奈何。刚捱刚忍更待看些儿个，枉被这驴颓笑杀我。

这是一个十分有趣的散曲套数。

宋代商业繁盛，造成大商业城市的兴起和市民阶层的壮大，以市民生活为题材和适合市民审美趣味的文艺形式和文艺作品大量涌现，在大小城市中，除了茶楼酒肆中都有各种歌舞曲艺的表演以外，还出现了许多专供艺人表演的演出场所——勾栏瓦肆。瓦肆，又作瓦市、瓦舍、瓦子，是大城市里娱乐场所集中的地方。瓦舍中搭有许多棚，棚内设勾栏，作为歌舞戏曲表演的场所。这种勾栏瓦肆在元代照样存在。

当时的勾栏瓦肆究竟是什么样子？那些表演是怎样进行的？尤其是元代杂剧的表演，比之宋代那些曲艺性质的节目，如鼓子词、唱赚、嘌唱、讲史、傀儡戏等等，要正规得多，它的表演情况又是怎样？前人的书中有过记载，如宋孟元老《东京梦华录》说："东京般载车，大者曰'太平'，上有箱无盖，箱如构栏而平。"可以推知勾栏的一般形状大概是长方形，四周围以木板（也有用帐篷的）。说"箱如构栏而平"，可知勾栏内不平，这是因为勾栏内一般有戏台和观众席两个部分，而戏台比观众席略高。戏台的台口围以栏杆，前台为表演区，后台为演员的化妆间和休息室，称为"戏房"。后台通向前台的上下场门称为"鬼门道"（即今之"马门"）。明朱权《太和正音谱》说："构栏中戏房出入之所谓之'鬼门道'。'鬼'者，言其所扮者，皆是已往昔人。"

杜仁杰的这个套数，以一个乡下人的眼光看勾栏和勾栏中杂剧的表演，十分有趣。正因为他什么都不懂，正好和我们一样，所以他的眼光，就代表了我们的眼光；他的好奇，也正是我们的好奇；他的感受，也就是我们的感受。这种写法，比起平铺直叙，像产品说明书一样的介绍文字，要有趣得多，给人的感觉也要好得多。这让人想起《红楼梦》中的刘姥姥游大观园，作者是通过

名篇赏析

127

刘姥姥的眼去看贾家的富贵，自然会闹出不少笑话，但却生动有趣，而且不着痕迹地让我们也跟着去游了一趟大观园，跟着去惊叹了一次荣国府的豪奢。

现在，我们也不妨跟着这个元代的庄稼人，去元代的勾栏中看看。

他是因年成好，风调雨顺，五谷丰登，所以去城里买一点"纸火"。什么是纸火？就是香蜡纸钱一类的祭品，大概是买回去祭祭土地灶神。

走到街上，看见一处人很多的所在，"吊个花花碌碌纸榜"。这是干什么用的呢？

剧场门口，都有写的"粉牌"，上面写演出的剧目、演员、时间、票价等等，现代的影剧院门口，一般也有类似的东西。元代杂剧，是写在"花花碌碌（即绿绿）"的纸条上挂着的。我们看元杂剧的剧本，前面有标题，后面有"题目"和"正名"。比如关汉卿的《窦娥冤》，题目是《秉鉴持衡廉访法》，正名才是《感天动地窦娥冤》。这个"题目"和"正名"就是用来写那个"花花碌碌纸榜"的。

紧接着的〔六煞〕，写勾栏外招徕观众的吆喝。从他的口中，我们知道上演的是院本《调风月》和幺末（即杂剧）《刘耍和》。刘耍和是金元间著名的演员，在金朝教坊里担任过色长（领班之类），见《辍耕录》及《录鬼簿》，他的故事后来被编为杂剧。

他说到"赶散易得，难得妆合"是什么意思呢？

赶散，是指那种不在勾栏瓦肆中表演的野班子，走到一处，围一个场子就可以演出，在宋代称"路歧人"，称这种演出叫"打野呵"。这种演出随处可见，所以说"易得"，但一般水平不高。"妆合"，则是指比较正规的戏班演出。

这个庄稼人被说动了心，花二百钱，算是买票入场了。由此我们大致知道元代杂剧的票价。"入得门上个木坡"，为什么？剧场是后面高，前面低的，这样才能保证后面的观众能看得见舞台。所以进了场，先上坡。他下面说"往下觑"，可见入口处要高得多。那个"钟楼模样"的东西是什么呢？那就是舞台。"层层叠叠团圞坐"的是观众。"不住的擂鼓筛锣"的几个妇女，是伴奏的乐队。

从〔四煞〕到〔一煞〕，是这个庄稼人眼中的杂剧表演。

〔四煞〕〔三煞〕描写的，是正式演出前的一个"艳段"。从前的戏剧，正式演出前往往有一个与本剧无关的小段子，作用是"定场"。正式演出前，观众还在上座，还在相互招呼等等，不像现在剧场这么规范。所以，先表演一段小段子，让观众慢慢安静下来，就是"艳段"，也就是下面所说的"爨"。《梦粱录》说"杂剧中末泥为长，每一场四人或五人，先做寻常熟事一段，名曰艳段，次做正杂剧，通名两段"，说的就是正剧表演前的"艳段"。

这一个"艳段"由五个人表演，主要演员是站在中间那个"央人货"。央人货，有人解作"殃人货"，说是害人精的意思，我总觉得别扭。但现在的元散曲注本都抄这个说法，不问出处，不讲根据。有的学者已经指出了"央人货"不是"殃人货"。最近看到一篇文章，说这是忻州的方言，即"洋相鬼"的意思。我没有考证过，但觉得这个解释比较符合角色的特点。正剧前的"艳段"，一般是喜剧形式，从这个演员的穿着打扮和下面表演中"唇天口地无高下，巧语花言记许多"来看，也是如今天相声、小品、滑稽一类的形式。

艳段表演完了，接下来，就是正剧的演出了，也就是曲中所说的"爨罢将幺拨"。幺拨，许多人都把"幺"解作"幺末"，等

名篇赏析

于没有讲。说它"指杂剧",又纯是望文生义。其实张相《诗词曲语汇释》对"幺"字已经做了很准确的解释。幺是繁体字"後"(后)字的省文,即下文的意思。又引毛奇龄注《西厢记》"楔子"中的"幺篇"说:"幺,后曲也。"拨,即拨弄,这里是表演的意思。那个"央人货"在表演完"艳段"临下场之前告诉大家,爨演完了,请大家接着看后面的节目。

〔二煞〕〔一煞〕是那个庄稼人眼中的《调风月》演出。全剧有三个角色。一个张太公,一个小二哥,还有一个坐在帘儿下的"年少的妇女"。张太公看上了那个妇人,想娶她做老婆,叫小二哥去说合。小二哥则处处捉弄张太公,"教太公往前挪不敢往后挪,抬左脚不敢抬右脚"。翻来覆去由小二哥一个人摆布。太公手里有一个"皮棒槌",一种道具,槌头包皮,填以棉絮,打人不痛,有一点像原来相声演员用的折扇。太公焦躁,拿皮棒槌不停地打小二哥,把皮棒槌都打破了。那个庄稼人吓了一跳,以为是把小二哥的天灵盖打破了,但舞台上的演员却突然地笑起来了。

买票进场的时候,是说今天要表演的是《调风月》和《刘耍和》,但这里只有《调风月》的表演描述,而没有《刘耍和》。为什么呢?〔尾〕告诉了我们答案。原来是这个庄稼汉"被一胞尿爆得没奈何",他很想"刚捱刚忍更待看些个",但到底水火不留情,实在忍不住了,于是跑出去了,被其他人,也就是他口中的"驴颓"取笑。这是一个十分生动有趣的结尾。如果再写下去,又描述《刘耍和》的表演,就显得画蛇添足,惹人生厌了。

即使不看这套散曲的史料作用,仅就散曲本身来看,已经是非常成功之作,人物形象生动、叙事简练、条理清楚、语言当行本色,使它成为元代散曲中不可多得的优秀作品。

仙吕·醉扶归 /《咏大蝴蝶》　王和卿

　　弹破庄周梦，两翅驾东风。三百座名园一采一个空。
难道风流种，唬杀寻芳的蜜蜂。轻轻飞动，把卖花人扇
过桥东。

　　王和卿在元代文人散曲家中，绝对是一个另类。散曲在民间
是非常通俗的，看一看我在后面讲到的一些无名氏的作品你就会
知道。题材内容紧贴生活，毫不装腔作势，生活中有的，作品中
就可以描写，也许很粗疏，很肤浅，语言接近口语，内容不避低
俗，当然，其中有一些也确实是糟粕，但这确确实实是民间的，
是大众的，是原生态的。

　　散曲一到文人手中，改变了文人的思维和语言习惯，让他们
走出一条新路。但文人也改变了散曲，使它一步步雅化，一步步
远离大众，只有王和卿是一个例外，他的散曲作品，也有如其他
文人一样稍稍雅化的，但又有许多仍不失民间本色、接近原生态
的东西。当然，不可否认，他的这类作品中，有一些格调确实不
高，甚至有些低俗，如《嘲胖妓》《王大姐浴房里吃打》《胖妻
夫》等。但有一些却生动有趣，比如这一首《咏大蝴蝶》。

　　据说当时确实出现过一只大蝴蝶，据《录鬼簿》记载，"中统
初，燕市有一蝴蝶，其大异常。王赋〔醉中天〕小令云云"。但这
只蝴蝶再大，也不可能大到这种程度，"三百座名园一采一个空"，
更不可能"轻轻的飞动，把卖花人扇过桥东"。如此声势，大概只
有如来佛头上那只大鹏金翅鸟才能做到。但是，文学艺术作品是

名篇赏析

允许夸张的，这是文学艺术极常见的修辞手法。李白说"白发三千丈，缘愁似个长"（《秋浦歌》），这是夸张；他还说"燕山雪花大如席"（《北风行》），这也是夸张。这种夸张的描写，不是生活真实的再现，不懂得这个道理的人是不懂诗的。比如杜甫《古柏行》中有这样两句诗："霜皮溜雨四十围，黛色参天二千尺。"古人以左右手拇指和食指相合为一围。四十围并没有多粗。于是有人就说："霜皮溜雨四十围，乃是七尺，而长二千尺，无乃太细长乎？"（宋沈括《梦溪笔谈》）沈括是科学家，他的算法并没有错，但用来解诗就错了。杜甫的两句诗，一言其粗，一言其高，都是夸张，两句是各说各的，非要拉到一起来讲，就真的是不懂诗了。王和卿的这首散曲，也应该这样去理解，他也是用夸张的手法来形容蝴蝶之大的。

越调·小桃红／《临川八景·江岸水灯》　　盍西村

　　　万家灯火闹春桥，十里光相照。舞凤翔鸾势绝妙。可怜宵，波间涌出蓬莱岛。香烟乱飘，笙歌喧闹，飞上玉楼腰。

临川（今江西抚州）是因为众多历史文化名人而著名的，其中最有名的莫过于王安石和汤显祖。王安石的诗文集就叫《王临川集》，而汤显祖著名的四大戏剧《牡丹亭》《紫钗记》《邯郸记》《南柯记》被合称为《临川四梦》。

其实临川并没有太出色的风景胜地，盍西村的《临川八景》所记：东城早春、西园秋暮、江岸水灯、金堤风柳、客船晚烟、戍楼残霞、市桥月色、莲塘雨声，并不像西湖十景中苏堤春晓、雷峰夕照、平湖秋月、断桥残雪那样著名，而更多的是作者眼中之景、心中之景、笔下之景。我总觉得有一点像柳宗元的《永州八记》，景并不是非常出色，写景的诗文却很出色，这些普通的景也因此而闻名了。

《江岸水灯》所描写的，是元宵佳节时临川花灯盛景。

古代的节日中，元宵节可能是最热闹的了。这一天晚上，家家张灯结彩，门悬彩灯，争奇斗艳，京城皇宫门前有鳌山，各地也有各种花灯表演，唐诗人苏味道《元夕》诗"火树银花合，星桥铁锁开"；宋辛弃疾《青玉案》"东风夜放花千树，更吹落，星如雨。宝马雕车香满路。凤箫声动，玉壶光转，一夜鱼龙舞"，描写的都是元宵佳节观灯的盛况。那么盍西村笔下的临川元夕又是什么样子呢？

"万家灯火闹春桥，十里光相照"，告诉了我们两个信息。第一，是热闹，"万家灯火"，"十里光相照"，整个临川城都映照在一片灯的海洋之中。另一个信息是"闹春桥"，点明了临川灯火的一大特点，或者说是临川灯火最热闹的地方是在桥边，是在水上。"舞凤翔鸾"是民间的"舞队"表演，节目非常丰富。"可怜"，在古汉语中有可爱的意思。"可怜宵"，即晚上最可爱的。是什么呢？"波间拥出蓬莱岛"，这指的是灯船，大概扎有山峦亭台之类的景。处处香烟，处处笙歌，真是一个美妙的夜晚。

越调·小桃红／《临川八景·市桥月色》　　盍西村

玉龙高卧一天秋，宝镜青光透。星斗阑干雨晴后。

绿悠悠，软风吹动玻璃皱。烟波顺流，乾坤如昼，半夜
有行舟。

桥是交通设施，也是一种文化。江苏下邳的圯桥、河北赵县
的赵州桥、杭州西湖的断桥、北京的卢沟桥、四川成都的万里桥
等等，都流传有不少的故事。也有的桥普普通通，但当它融入四
围的山水之中，也会成为一道景色，尤其是在诗人的笔下，比如
这一座临川市桥。

玉龙高卧，大概是指的远处雪山。张可久有一首〔双调·落
梅风〕《越城春色》也说到"玉龙高卧"，"朱帘上，皓齿歌，柳
梢青野梅开过。倚阑干醉眸天地阔，雪山寒玉龙高卧"，说的就是
雪山。

从全曲的意思看，应该是春天的景色，所以"一天秋"的
"秋"，是凉的意思。也就是王维《山居秋暝》中所说的"空山新
雨后，天气晚来秋"中"秋"字的意思。

题目既然是"市桥月色"，宝镜自然是指月亮。以镜喻月，古
已有之，李白《古朗月行》："少小不识月，呼作白玉盘。又疑瑶
台镜，飞在碧云端。"雨后的月夜，明净如水，平静的水面，如玻
璃般清澈，当软风（微风）吹过时，才有一点细小的涟漪。古人
称之为"縠纹"（丝绸上细细的皱纹）、"靴纹"（皮靴上细细的皱
纹），如苏轼《临江仙·夜归临皋》中所写的"夜阑风静縠纹平，
小舟从此逝，江海寄余生"和他的《游金山寺》诗所写的"微风
万顷靴纹细，断霞半空鱼尾赤"。月明如昼，水面尚有行舟，于极
静之中又有动态，也算得上是月下美景了。

双调·沉醉东风／二首　胡祗遹

　　月底花间酒壶，水边林下茅庐。避虎狼，盟鸥鹭，是个识字的渔夫。蓑笠纶竿钓今古，一任他斜风细雨。

　　渔得鱼心满愿足，樵得樵眼笑眉舒。一个罢了钓竿，一个收了斤斧，林泉下偶然相遇，是两个不识字渔樵士大夫。他两个笑加加的谈今论古。

　　元散曲说得最多的是归隐，最羡慕的是渔父樵夫。当然，不是真正的渔樵，而是"识字的渔夫"，是"不识字的渔樵士大夫"。他们真的是"渔得鱼心满愿足"，"樵得樵眼笑眉舒"吗？不是的，他们满足的是"避虎狼，盟鸥鹭"，仍然是避世的隐者。既然全身远害，"罢了钓竿"，"收了斤斧"，水边林下，月底花间，茅屋数椽，浊酒一壶，自然会"笑加加的谈今论古"了。明代杨升庵那首著名的《临江仙》：

　　滚滚长江东逝水，浪花淘尽英雄。是非成败转头空。青山依旧在，几度夕阳红。　　白发渔樵江渚上，惯看秋月春风。一壶浊酒喜相逢。古今多少事，都付笑谈中。

不正是这两首散曲的翻版吗？

名篇赏析

135

正宫·黑漆弩并序/《游金山寺》 王恽

邻曲子严伯昌尝以〔黑漆弩〕侑酒。省郎仲先谓余曰："曲名似未雅。若就以〔江南烟雨〕目之，何如？"予曰："昔东坡作《念奴曲》，后人爱之，易其名曰《酹江月》，其谁曰不然。"仲先因请余效颦，遂追赋《游金山寺》一阕，倚其声而歌之。昔汉儒家蓄声妓，唐人例有音学，而今之乐府，用力多而难为工。纵使有成，未免笔墨劝淫为侠耳。渠辈年少气锐，渊源正学，不致费日力于此也。其词曰：

苍波万顷孤岑矗，是一片水面上天竺。金鳌头满咽三杯，吸尽江山浓绿。蛟龙虑恐下燃犀，风起浪翻如屋。任夕阳归棹纵横，待偿我平生不足。

先看看《序》。

《序》文说邻人（邻曲即邻居）严伯昌曾经用〔黑漆弩〕作为饮酒时演唱的乐曲。另一个叫仲先的朋友认为〔黑漆弩〕的名字不雅，想把它改成〔江南烟雨〕，问王恽的意见如何。

关于〔黑漆弩〕，在前面介绍冯子振时已经作了介绍，白贲的原词，因为用词用韵较有特色，唱和不易，所以在士大夫中流传甚广，几乎成为一种定式。对于仲先的建议，王恽认为可以，他举苏轼当年用《念奴娇》词调作《赤壁怀古》，后人因为词中有"一尊还酹江月"句，所以又把《念奴娇》称作《酹江月》为例。仲先请他学苏轼的样子，他就追赋了游金山寺的事，写下了这首

〔黑漆弩〕，并且倚声演唱。然后，又发了一大通议论。其实，这一通议论才是王恽的本意。

他并不反对词曲的娱乐作用，说"汉儒家畜声妓，唐人例有音学"，但自汉、唐以来的诗词，成就却是极高的。今天的乐府（元人称散曲为乐府），"用力多而难为工"，就算好一点的，也不过是戒人淫邪，或者劝人为侠而已。为什么会这样呢？是因为没有"渊源正学"。王恽是一代名臣，为官清正，坚持的是儒家的正统学说，也就是他所说的"正学"。他认为，如果"渊源正学"，把散曲也当作诗词一样的抒怀抱、言兴寄的工具，就不至于像现在这些写作低俗作品的人一样，"费日力于此"了。

对他的话，要一分为二来看。元曲中确实有一些极不健康的作品，乃至《全元散曲》都未加收录，还有一类是老生常谈，人人都那么说，说来说去，一点新意都没有，所以王恽的主张是有一定道理的。但散曲毕竟是比诗和词更接近民间的东西，如果过分地强调"正学"，又会失去了它活泼生动、清新通俗的本色了。

再来看一看王恽的"效颦"之作。

王恽的这首〔黑漆弩〕，有意在效仿苏轼，有一种豪放之气。一开头，描绘万顷烟波中一山特立的景象，极为开阔。天竺，这里指天竺山，在杭州，有上、中、下三天竺。金鳌头也是山名，金山的最高峰。"金鳌头满咽三杯"有点不好解，是金鳌头满咽三杯呢，还是跑到金鳌头山上去满咽三杯？所以有人就折中了一下，说是像金鳌头形状的酒杯。不过这是典型的望文生义，有这样的酒杯吗？从下面那句极有气势的"吸尽江山浓绿"，我们宁可认为作者是把"金鳌"拟人化了。

"风起浪翻如屋"，指西湖有时也有大的风浪，浪大如屋，这个比喻不是很好，有一点挂脚韵的意思。风浪的起因，是蛟龙。

这里用了一个古代的传说，说点燃的犀角，可以照见水下的情况。《晋书·温峤传》记载，说温峤到牛渚矶，见水深不见底，据说水下多怪物。于是他就"燃犀角而照之"，果然就看见了水底的水族世界，那些怪物奇形怪状，还有穿红衣骑马的。晚上，温峤就梦见有人来对他说："我们与你幽明异路，互不干涉，你跑来照什么照！"王恽在这里用了这个典故。

最后两句是言志了。王恽做了一辈子的官，而且官还做得不小，所谓"平生不足"，就是未能归隐，享田园山林之乐。这里明言是"待偿"，其实也不过是说说而已。

双调·沉醉东风／《闲居》　卢挚

> 雨过分畦种瓜，旱时引水浇麻。共几个田舍翁，说几句庄家话。瓦盆边浊酒生涯，醉里乾坤大，任他高柳清风睡煞。

元朝人一说到归隐，理想的人物都是陶渊明，但大多数人向往的，恐怕还是王维、辛弃疾那样的"隐"。有几处庄园，背山面水；有几个渔樵隐者，谈今论古。真正能够学到陶渊明亲耕亲种，与农人为友的并不多，卢挚也做不到，但这首散曲说到了。

"雨过分畦种瓜，旱时引水浇麻"，这是要亲身参加农业劳动，要下地干活了。陶渊明说自己"晨出肆微勤，日入负耒还"（《庚戌岁九月中于西田获早稻》），"贫居依稼穑，戮力东林隈"（《丙辰岁八月中于下潠田舍获》），他是要亲自下田耕作的。

"共几个田舍翁，说几句庄稼话"，那是要把自己真正融入下层农人之中。辛弃疾归隐鹅湖、带湖数十年，却没有一个真正的农民朋友，因为他是大官僚、大庄园主，是不屑与真正的农民为友的。陶渊明不同，他既有"奇文共欣赏，疑义相与析"的隐士朋友（《移居》），也有"相见无杂言，但道桑麻长"的农民朋友（《归园田居》）。卢挚所说的"田舍翁"，大概就是真正的农民；他所说的"庄家话"，大概就是"但道桑麻长"。

为什么说"醉里乾坤大"？显然是对醒时所见的现实有些不满。古人于此，或托之于醉，或述之于梦，甚至连梦境都不说，醉了、睡了，把一切都忘了，连李白在不如意的时候都说："三百六十日，日日醉如泥。"（《赠内》）有人说，是在醉的境界中去认识世界、感悟人生，还给"醉里乾坤大"对了个下联"壶中日月长"。其实古人买醉，大多数只是用酒精麻痹自己，不过是对现实的一种无奈的逃避。看得开了，有些东西，像功名富贵、进退荣辱就都能放得下，瓦盆浊酒也就甘之如饴了，这大概才是"醉里乾坤大"的境界。

双调·蟾宫曲／四首录二　卢挚

奴耕婢织生涯，门前栽柳，院后桑麻。有客来，汲清泉，自煮茶芽。稚子谦和礼法，山妻软弱贤达。守着些实善邻家，无是无非，问甚么富贵荣华。

沙三伴哥来嗏，两腿青泥，只为捞虾。太公庄上，杨柳阴中，磕破西瓜。小二哥昔涎剌塔，碌轴上淹着个琵琶。看荞麦开花，绿豆生芽。无是无非，快活煞庄家。

四首〔双调·蟾宫曲〕都是讲归隐和田园生活的。前面，我已经引过了其中谈百年光阴易过的一首（参见元好问〔双调·小圣乐〕《骤雨打新荷》）。这里选的两首，一首言情言志，一首言事言趣。

先看第一首。

这一曲所写的，是作者理想中的生活场景，简简单单，明明白白。虽说是自耕自种，但流露的，多少还是有些士大夫的情调的。

奴耕婢织，自己不必亲耕亲种，大不了在旁边监监工而已，古人称为"课"，比如杜甫就有《课伐木》《课小竖锄斫舍北果林三首》。

"门前栽柳，院后桑麻"，说是从陶渊明《归园田居》"榆柳荫后檐，桃李罗堂前"中化出的也可，说是写实实在在的村居住宅也可。

客人来了，汲清泉，烹佳茗，是"奇文共欣赏"，还是"共话桑麻长"，大概都是赏心乐事。

妻贤子顺，邻里和睦，如果真心归隐，如此生涯，也确实可以感叹"夫复何求"了。

第二首很有特色。沙三、伴哥，是元代民间很平常的称呼，元杂剧中常常用来称呼农民。两人的打扮很符合身份，刚捞了虾，还是两腿青泥。太公在庄上的杨柳阴中，打破西瓜来招待他们。

"小二哥昔涎剌塔，碌轴上淹着个琵琶"两句，纯是当时的民间语言，也正因为此，稍微有点费解。

一般的说法，是小二哥吃不着西瓜，馋得流口水，躺在碌轴上，就像一张琵琶一样。"昔涎剌塔"，大概就是流着口水，邋里邋遢的样子。

但这种解释太不合情理。"小二哥"和"沙三哥"一样，也是元人对农村少年的普通称呼。为什么沙三哥可以吃西瓜，而又不让小二哥吃呢？我倒是同意有人的解释，说是小二哥坐在"碌轴"上吃西瓜，"昔涎剌塔"就是形容他吃得汁水淋漓，流了一身。这样，下面一个"淹"字也才有了着落。就是淹着的一个琵琶。琵琶，可能是取其肚大的特点，来形容吃了西瓜的小二哥。

我怀疑"剌（lā）塔"就是"邋遢"的谐音。"碌轴"即"碌碡"，农村中碾压米面等的大石滚子。至于"琵琶"，有的书说疑是一种农具，没有任何根据。琵琶在唐以后是非常常见的一种乐器，乡下人不会不知道的，何况写曲的人并非庄户人。

这一段描写极为生动，也表现出了田园生活中那种平淡而轻松的气氛。所以诗人接着说"看荞麦开花，绿豆生芽，无是无非，快活煞庄家"，就显得非常自然了。

双调·蟾宫曲／《西施》　卢挚

建姑苏百尺高台，贪看西施，杏脸桃腮。月暗钱塘，不提防越国兵来。吴王冢残阳暮霭，伍员坟老树苍苔。范蠡贤哉，社稷功成，烟水船开！

卢挚写了八首〔双调·蟾宫曲〕（也叫〔折桂令〕），咏历史上的八位美女，其中有四位——陈后主的宠妃张丽华、隋炀帝的皇后萧娥、唐明皇的宠妃杨玉环、越王勾践进献给吴王夫差的美女西施——都是历史上少见的美女，也都被指为亡国的红颜祸水。

这是一个人人都熟悉的历史故事。春秋时期，同在江南的吴国和越国打仗，越国败了，败得很惨，几乎要亡国了。但是越王勾践不是一个平常的人，他为了报仇复国，卧薪尝胆二十年，在国内搞了个十年生聚，十年教育，培养出一支精兵。当然，这一切是必须在吴王夫差不察觉的情况下进行的。于是，送了个美女西施给吴王。西施号称古代第一美女，吴王被她彻底迷住了，在姑苏（今江苏苏州）灵岩山给她修了一座规模很大的馆娃宫。江南一带称美女为"娃"。扬雄《方言》二说："娃，美也。吴楚衡淮之间曰娃。吴有馆娃之宫。"至今园内尚存吴王井、梳妆台、玩花池、玩月池、智积井、长寿亭、迎晖亭等遗迹。曲中的"建姑苏百尺高台"，指的就是建馆娃宫的事。

"不提防越国兵来"，是必然的事。其实吴王夫差倒不是被西施的美色迷得晕头转向，而是被勾践的伪装老实、范蠡的妙计所迷惑。他身边也并不是没有清醒的人，那就是下文说到的那个伍员（伍子胥）。可惜吴王轻信奸臣伯嚭，不听伍员的劝谏，还把他杀了，最后导致国破身亡，才有了"吴王冢残阳暮霭"，"伍员坟老树苍苔"。

历史上是把西施也当作红颜祸水的，据说吴国亡了之后，越王勾践怕经不住西施美色的诱惑，就把她沉江了。

当然，也有另一种说法。范蠡在协助勾践灭吴之后，认为勾践是可以共患难不能共富贵的人，所以就挂冠而去，泛舟五湖做生意去了，后来成了历史上有名的大富翁陶朱公。他临走的时候，劝另一位功臣文种一起走，文种没有听他的话，结果被勾践杀害了。据说范蠡走的时候把西施也带走了。"范蠡贤哉，社稷功成，烟水船开"，指的就是这件事，我们还真是希望西施跟着范蠡泛舟远去了。

双调·蟾宫曲／《洛阳怀古》　卢挚

　　杜鹃声啼破南柯，恨流尽繁华，洛水寒波。金谷花飞，天津老树，几被消磨。向司马家儿问他，怎直教荆棘铜驼。老子婆娑，放着行窝，不醉如何？

　　洛阳是中国古代的三大古都之一，它是东周、东汉等王朝的都城，有"东都"之称。但它也像其他著名古都，如西安，如金陵（今江苏南京），如汴梁（今河南开封），如成都等一样，也经历过亡国之痛，也遭受过兵燹之灾，可以说是阅尽了人间的沧桑。作者历数洛阳盛衰的史事，感叹繁华昌盛易逝，荣华富贵不可久恃，而归结到不如归去，长眠醉乡的人生态度。
　　杜鹃，本是普通的鸟，但传说是蜀王杜宇死后所化。杜宇是传说中的古蜀国王。号"望帝"。据说他把王位让给了治水有功的鳖灵（即"开明"），自己退隐西山。又有人说杜宇是和开明的妻子私通，不好意思，才将王位禅让给开明的。杜宇大概因此含冤而死，死后化作鹃鸟。每年春耕时节，子鹃鸟鸣，蜀人听见后都说："我望帝魂也。"因此把鹃鸟称为"杜鹃"。所以它的啼叫声就有了感叹亡国、警醒世人的意思，也就有了"望帝春心托杜鹃"（李商隐《锦瑟》）和"化作啼鹃带血归"（文天祥《金陵驿》）这样凄美的诗句。
　　南柯，即南柯一梦，出自唐人传奇《南柯记》，比喻人生富贵不过是一场梦而已，和我们常说的黄粱美梦同义。"恨"，是遗憾的意思。这两句很巧，说繁华不再，是因洛水寒波流尽的。

金谷即金谷园，西晋时石崇的园子。石崇是巨富，金谷园穷极奢侈，富贵无比。但后来石崇被杀，园子也就荒废了。津是渡口。老树，"老"字当是形容词的使动用法，意思是使树老了。西晋时大司马桓温带兵北征，经过金城，看到自己当年种下的一棵小树，如今已经长得很大，不由感叹说："树犹如此，人何以堪。"是说人哪经得起岁月的流逝，很快就老了。

"向司马家儿问他，怎直教荆棘铜驼"，用的也是晋时的典。晋宫门前有铜铸的骆驼，西晋征西司马，也是大书法家的索靖感觉到天下将乱，司马氏的江山将不保，就指着铜驼说："用不了多久，我就会看见你们在荆棘中了。"后来就以"铜驼荆棘"指山河残破、国事沧桑。

说了那么多，还是归结到"老子婆娑"。婆娑本指舞姿，这里引申为潇洒放达。既然富贵荣华都不过是一场春梦，那么，"不醉如何"！

双调·寿阳曲／《别珠帘秀》　卢挚

> 才欢悦，早间别，痛煞煞好难割舍！画船儿载将春去也，空留下半江明月。

珠帘秀是元代初年的名妓，也是著名的杂剧演员。她与当时的许多著名文人都有交往，尤其和关汉卿关系最为密切，所以后来田汉写作话剧《关汉卿》就把他们描写成一对恋人。除了关汉卿以外，她和卢挚的关系也非常好。

这首曲结构很特别，前半俗，后半雅。"才欢悦，早间别，痛煞煞好难割舍",是大实话,也是大白话。但后面两句,却是雅之至。上句"画船儿载将春去也","春"字下得极好。从表面看,"春"在这里指珠帘秀,这已经是一个不可多得的妙喻。再分析,它的蕴含还绝不是这么简单,画船儿载走的,不仅仅是心爱的人儿,也载走了欢乐和希望。"空留下半江明月",本是一个极美的景色,但人去楼空,这半江明月又只会带给人无穷的伤感。

中吕·山坡羊／录二　陈草庵

　　江山如画,茅檐低凹,妇蚕女织儿耕稼。务桑麻,捕鱼虾,渔樵见了无别话,三国鼎分牛继马。兴,也任他;亡,也任他。

　　红尘千丈,风波一样。利名人一似风魔障。恰余杭,又敦煌,云南蜀海黄茅瘴,暮宿晓行一世妆。钱,金数两;名,纸半张。

　　真正的归隐,在于心隐,真正地视兴亡荣华如粪土,真正地安贫乐道。这两首散曲,就分说这两种境界。

　　第一首,前面是套话,江山如画,茅檐低凹,妇蚕女织,儿耕稼,"务桑麻,捕鱼虾",就是平常的庄家生活。渔父樵夫时时相见,大概也就说些山光水色、禾壮鱼肥之类的话,历代兴替,说都懒得去说它了。兴也好,亡也好,任它去吧。"三国鼎立"是一段历史纷争;"牛继马",是一段朝代兴替。"马",指篡魏立晋的司马氏。"牛"影射建立东晋的晋元帝。据《晋书·元帝纪》记

名篇赏析

载，元帝是他的母亲和姓牛的小吏私通所生。

第二首刺世，也确实把名利看得透，看得淡了。

"红尘"，指尘世，佛教指人间世，所以平常说出家是"看破红尘"。"千丈"极言其广，但风波却是一样的险恶。马致远〔南吕·四块玉〕《叹世》说"种春风二亩田，远红尘千丈波"，也就是这个意思。

"风魔"，即"疯魔"，疯癫的意思。追逐利名的人就像疯癫了一样。刚刚才在余杭，又跑去了敦煌，可能还要辗转于云南、四川那些瘴疠之地。"余杭"，浙江杭州一带，在中国东部，敦煌在西部，云南、四川在西南。这几句形容求取功名的人，忙忙碌碌，四方奔走。一辈子暮宿晓行，都奔波在求取功名富贵的路上。

最后得到的是什么呢？利，也就是钱，不过金数两；名，也不过就是纸半张。想想也真是不划算。

陈草庵生平事迹不详，他传世的散曲，就是这一组〔中吕·山坡羊〕，一共是二十六首，宣扬的都是避世隐居的思想。"一生不到风波岸"，"功名纵得皆虚幻"，所以，不如"栽三径花，看一段瓜"，"高卧绿阴清味雅"（皆陈草庵〔中吕·山坡羊〕语）。

仙吕·一半儿／《题情》四首　关汉卿

云鬟雾鬓胜堆鸦，浅露金莲簌绛纱，不比等闲墙外花。骂你个俏冤家，一半儿难当一半儿耍。

碧纱窗外静无人，跪在床前忙要亲，骂了个负心回转身。虽是我话儿嗔，一半儿推辞一半儿肯。

银台灯灭篆烟残，独入罗帏淹泪眼，乍孤眠好教人情兴懒。薄设设被儿单，一半儿温和一半儿寒。

多情多绪小冤家，迤逗的人来憔悴煞，说来的话先瞒过咱，怎知他，一半儿真实一半儿假。

关汉卿是个硬汉，但也是写情的高手。他的《窦娥冤》，敢于揭露社会的黑暗，官吏的贪残，在剧中呵神骂鬼，晋天咒地，但他的《救风尘》《调风月》《拜月亭》等又写得缠绵悱恻，情意绵绵。这两种风格，也表现在他的散曲作品中。

〔仙吕·一半儿〕是一个很特殊的曲牌，它的最后一句必须是"一半儿什么，一半儿什么"，而且这两个"一半儿"还必须是刚好相反的意思。而前面部分，则自然成了最后这两句结果式的结尾的铺叙。

热恋中的男女，有时难免也会有一些磕磕碰碰的时候，也会有一些猜疑，有一些矛盾，但这一切，又都包容在深深的爱意之中。这四首《题情》，写的是一个热恋中的女子，因对方时冷时热的态度而不安的心情。把她那种喜、嗔、忧、惧的心理刻画得十分生动。

南吕·四块玉／《别情》 关汉卿

自送别，心难舍，一点相思几时绝？凭阑袖拂杨花雪。溪又斜，山又遮，人去也。

这首《别情》，语言极美，意境极佳，是元散曲中的精品。

它和早期同类题材的词很有些相似。我们来看一看唐人的几首小词：

> 汴水流，泗水流，流到瓜洲古渡头，吴山点点愁。思悠悠，恨悠悠，恨到归时方始休，月明人倚楼。
>
> ——白居易《长相思》

> 梳洗罢，独倚望江楼。过尽千帆皆不是，斜晖脉脉水悠悠，肠断白蘋洲。
>
> ——温庭筠《望江南》

无论从结构、句式、语言乃至意境，都如出一辙。这也说明词和曲最早是非常相似的东西，

关汉卿的这首《送别》，结尾处最有意境。人已经离去，相思的人儿还久久地凭阑眺望，那落了一身的"杨花雪"，"拂了一身还满"（李煜《清平乐》），她已经在那里待了很久了。她久久地伫望着溪流转弯处，心中的人儿就是从这里转过去，看不见了。再远处，更被青山遮断。一句"人去也"，道出了心中多少的相思、多少的悲苦。

双调·沉醉东风／咫尺的天南地北　关汉卿

> 咫尺的天南地北，霎时间月缺花飞。手执着饯行杯，眼阁着别离泪。刚道得声保重将息，痛煞煞教人舍不得。

好去者，望前程万里。

这也是关汉卿写送别的名篇。和上一篇不同的，是上一篇写人去后的思念，这一篇写离别的场面。

开头两句，就以极为震撼的字句，把人带入一个难以忍受的巨大的悲哀之中。"咫尺"是现在，"天南地北"，是今后，而且是马上就要成为的现实，对相爱的人，没有比这个更让人痛苦的了。所以对他们来说，是"霎时间月缺花飞"，这是一个极好的比喻。"月缺花飞"本不可能是"霎时间"出现的，但它却"霎时间"出现在离人的心里。

"手执着饯行杯，眼阁（搁）着别离泪"，一个极为凄楚的画面定格，也许我们在生活中亲身经历过，至少在电影电视中见到过许多。"霎时间"，让我们想起了前人的许多描写："黯然销魂者，唯别而已矣"（江淹《别赋》），"执手相看泪眼，竟无语凝咽"（柳永《雨霖铃》），"何处合成愁，离人心上秋"（吴文英《唐多令》）。

这时候，大概也是"兰舟催发"（柳永《雨霖铃》）了，互道珍重，一声"保重将息"，包含了万语千言，男女主人公一定是泪飞如雨，"痛煞煞教人舍不得"，只有在心里祝愿对方平安幸福，前程万里。

这一首曲和前一首〔南吕·四块玉〕都是写别情的名篇。但两曲在艺术上又有一些不同。前一首受词的影响大一些，语言较为典丽，也更接近于词。而这一首受民间艺术的影响大一些，语言较为通俗，也更接近民歌。

名篇赏析

149

南吕·一枝花／《不伏老》　关汉卿

攀出墙朵朵花，折临路枝枝柳。花攀红蕊嫩，柳折翠条柔，浪子风流。凭着我折柳攀花手，直煞得花残柳败休。半生来折柳攀花，一世里眠花卧柳。

〔梁州第七〕我是个普天下郎君领袖，盖世界浪子班头。愿朱颜不改常依旧，花中消遣，酒内忘忧。分茶㩉竹，打马藏阄，通五音六律滑熟，甚闲愁到我心头！伴的是银筝女银台前理银筝笑倚银屏，伴的是玉天仙携玉手并玉肩同登玉楼，伴的是金钗客歌《金缕》捧金樽满泛金瓯，你道我老也，暂休。占排场风月功名首，更玲珑又剔透。我是个锦阵花营都帅头，曾玩府游州。

〔隔尾〕子弟每是个茅草冈、沙土窝、初生的兔羔儿，乍向围场上走，我是个经笼罩、受索网、苍翎毛老野鸡，蹅踏的阵马儿熟。经了些窝弓冷箭镴枪头，不曾落人后。恰不道人到中年万事休，我怎肯虚度了春秋。

〔尾〕我是个蒸不烂、煮不熟、捶不扁、炒不爆、响当当一粒铜豌豆，恁子弟每谁教你钻入他锄不断、斫不下、解不开、顿不脱、慢腾腾千层锦套头。我玩的是梁园月，饮的是东京酒，赏的是洛阳花，攀的是章台柳。我也会围棋，会蹴鞠，会打围，会插科，会歌舞，会吹弹，会咽作，会吟诗，会双陆。你便是落了我牙，歪了我嘴，瘸了我腿，折了我手，天赐与我这几般儿歹症候，尚兀自不肯休。则除是阎王亲自唤，神鬼自来勾，三魂归地府，七魄丧冥幽，天那，那其间才不向烟花路儿上走！

关汉卿真是个"折柳攀花"，"眠花卧柳"，"烟花路儿"上不回头的风流浪子吗？写在诗文中的愤懑之词，和那些要齐家、治国、平天下、解民于倒悬的豪言壮语一样，大多都是当不得真的。

我这里并不是在为关汉卿"撇清"。古时候的人，有些风流韵事是很正常的事，尤其是宋以后，市民阶层的壮大，更使得餐饮娱乐业得到很大发展，青楼妓院是到处都有的。所以，在文人的诗词中，我们常常会看到狎妓赠妓一类的作品，他们是敢于公开写出来的。从另一个方面说，文人的诗、词、曲，包括杂剧、南戏，都是要靠这些歌妓们演唱的，元燕南芝庵《青楼集》所记的妓女，差不多都是记载她们的艺术表演才能，所以文人和歌妓关系密切也是很正常的。宋代柳永就说那些平康妓女"珊瑚筵上，亲持犀管，旋叠香笺。要索新词，僻人含笑立尊前"（《玉蝴蝶》）。

元代统治者轻视文化，文人地位很低，仕途既然无望，他们就转而在戏剧散曲等领域去发挥他们的才能。他们要创作剧本散曲，有的还要参与指导排练，甚至亲自傅粉登场，参加演出，当然与歌妓常常在一起。其实，在元代，他们都是生活在社会底层的被侮辱被压迫的人。文人的地位还在妓女之下，即所谓的"八娼、九儒、十丐"。关汉卿大胆地、极度夸张地写自己的这种浪漫生活，实际上是对社会的一种嘲讽和反抗。

花和柳都指女性。这里特别说是"出墙朵朵花""临路枝枝柳"，就是专指妓女的。"出墙花"，用宋叶绍翁《游园不值》"满园春色关不住，一枝红杏出墙来"诗句。后人往往用"红杏出墙"来表示女子别有所爱。"临路柳"，用唐敦煌曲子词《望江南》"莫攀我，攀我太心偏。我是曲江临池柳，这人折去那人攀，恩爱

"一时间"词意。这首词是一位妓女自怜的口气。关汉卿〔一枝花〕，就围绕着花、柳二字做文章。

〔梁州第七〕较具体地写自己的风月生涯。他自称伴的是"银筝女""玉天仙""金钗客"，玩的是分茶撷竹、打马藏阄，自己又是"通五音六律滑熟"之人。分茶，指饮茶。宋代以后，饮茶越来越讲究，甚至发展为一种游戏技艺，叫"茶百戏"，方法是将沸水冲入放有茶叶（宋、元人是把茶叶碾碎为末的）的杯中，由于冲水的手法不同，茶汤会幻化出如山水花鸟虫鱼等各种图形，就叫"茶百戏"，也就是分茶。宋人诗文中提到分茶的地方很多。撷竹就是画竹。《百花亭》杂剧第一折有"撇兰撷竹，写字吟诗"句，可见"撷竹"就是画竹。打马，是宋、元时流行的一种游戏，在一张极似象棋的棋盘上，掷骰子行马赌输赢，玩法比较复杂。宋李清照写有《打马图序》和《打马赋》。藏阄，是古代流行的一种游戏。有几种说法。一种说即"射覆"，将东西藏在扣着的盆钵之下，让人猜。猜者不能明说，要以诗或韵文为喻。后来演化为猜手里握着的东西。一种说即划拳，古人称为"拇战"。"五音六律"泛指音乐。这一曲中说"你道我老，暂休"，又扣题目"不伏老"。

〔隔尾〕写经历，说自己久经风月场，该经历的，包括"窝弓冷箭枪头"都经历过了，还怕什么，"我怎肯虚度了春秋"。

〔尾〕是这个套曲中传诵最广的一段。关汉卿用了一连串的比喻，说自己是一颗"铜豌豆"，表明了自己虽处逆境而坚强不屈的性格，也是对社会迫害的一种宣战。他不是只会眠花卧柳、折柳攀花的庸俗之辈，而是有着广泛修养的艺术家。这里提到的围棋、蹴鞠、打围、插科、歌舞、吹弹、咽作、吟诗、双陆等，都不是很简单的技艺。蹴鞠，古代的踢球游戏，从汉代起就开始盛行，据说是今天足球运动的前身；打围，有的注释说是打猎，显然是错误的。关汉卿谈的是风月场中的玩法，绝不会是打猎的。其实，打围就是玩骨牌，清平步青《霞外攟屑·释谚·打围》："骨牌之戏有曰打围者。"插科，大概指滑稽表演，如戏剧中的"丑"；吹弹，指会各种乐器；双陆，古时流行的一种游戏。以一棋盘上有十二道，双方各有"马"若干，按一定的规矩掷骰子将对方的马击落，先被击完者为负。这样一个"驱梨园领袖，总编修帅首，捻杂剧班头"的人物，如此修养，却沉沦下僚，关汉卿不可能没有牢骚，不可能没有愤恨，他是以一种玩世的态度来抒发自己的愤世嫉俗之情，我们看到的，不是一个风月场中的浪子，而是一位黑暗社会中英勇的斗士。

这一套曲在语言上也很有特色，充分显示了关汉卿高超的驾驭语言的能力。〔一枝花〕说花柳，句句不离花柳；〔梁州第七〕中的鼎足对，分别用到"银""玉""金"三字，每句各用四个相同的字；在"铜豌豆"前加上一长串结构相同的定语等等，都令作品生色不少。关汉卿不愧为语言和修辞大家。

中吕·阳春曲／《题情》六首录三　白朴

　　轻拈斑管书心事，细折银笺写恨词。可怜不惯害相思，则被你个肯字儿，迤逗我许多时。

　　慵拈粉线闲《金缕》，懒酌琼浆冷玉壶。才郎一去信音疏，长叹吁，香脸泪如珠。

　　从来好事天生俭，自古瓜儿苦后甜。你娘催逼紧拘钳，甚是严，越间阻越情忺。

　　题情是元散曲的一个重要主题，几乎人人都写过，能不能成功，主要看你能不能说出点别人没有说的东西，或是意境，或是语言。这一点，白朴做到了。

　　第一首明明是说无限的思念，却偏偏要说"写恨词"；明明是害了相思，却偏偏要说"可怜不惯害相思"。但是，正因为这样说，反而衬出相思之深。结尾两句可见这相思之苦，这由爱而生的"恨"，是那么执着的爱。为了对方一个"肯"字，竟被"迤逗"了很长时间。"迤逗"，挑逗，勾引的意思。

　　第二首写与情郎别后的相思。"慵拈粉线"，是没有心情做针线活。唐朱绛有一首《春女怨》，写的就是这种情景：

　　　独坐纱窗刺绣迟，紫荆花下啭黄鹂。
　　　欲知无限伤春意，尽在停针不语时。

　　"闲《金缕》"，是指没有心情歌舞。"闲"，即闲置，放在一边了。《金缕》，即《金缕曲》，此处泛指歌舞。

　　"懒酌琼浆冷玉壶"，指无心饮食。这一切，都是因为"才郎一去信音疏"。

　　第三首说得很有道理。天下之事，有时候越是压迫，越是间阻，反而适得其反。而许多事情，来得也不是很容易的，大多是先苦后甜，学习如此，工作如此，爱情也是如此。开头两句，简直可以当作格言来读的（而且也确实被许多人当作了格言）。"俭"字本意是贫乏、节省的意思，这里引申为吝啬，不容易。从来好事都不是轻易可以得到的。但经过艰苦的努力，就会苦尽甘来，就像瓜儿一样，未成熟的时候苦，成熟后就甜了。

大概这一对恋人的爱情被女方的妈妈反对，抑或是在未婚之前把女儿管束得较严，所以小伙子才感叹"你娘催逼紧拘钳"。但越是这样，他越是情深，越是想得到姑娘的爱。

双调·沉醉东风／《渔夫》　白朴

　　黄芦岸白蘋渡口，绿杨堤红蓼滩头。虽无刎颈交，却有忘机友。点秋江白鹭沙鸥，傲杀人间万户侯，不识字烟波钓叟。

万户侯是人人向往的，它既象征着功成名就，又象征着富贵荣华，所以往往又被人鄙视。举两首唐诗为例。先看李贺的《南园》诗：

　　摘章寻句老雕虫，晓月当帘挂玉弓。
　　请君暂上凌烟阁，若个书生万户侯。

诗中对万户侯是充满向往的，因为画像能够上凌烟阁的，都是有大功劳的人。

再来看看杜牧的《登九峰楼寄张祜》：

　　百感中来不自由，角声孤起夕阳楼。
　　碧山终日思无尽，芳草何年恨即休。
　　睫在眼前长不见，道非身外更何求？

名篇赏析

155

元曲小百科

诗中对万户侯又充满了蔑视，因为张祜的诗写得好，所以敢于"千首诗轻万户侯"。

那么，白朴在这里又是以什么来"傲杀人间万户侯"的呢？让人大跌眼镜的是，他是以一个"不识字烟波钓叟"的身份。

那我们来看看他所说的理由。

首二句，是说他生活的环境。"黄芦岸白蘋渡口，绿杨堤红蓼滩头"，风景如画，比起万户侯那种华屋层榭要美得多。接下来说他的生存环境，虽然没有"刎颈交"，可以以命相托的交好，但是却有"忘机友"。"机"是什么，就是机心。换成今天的话来说，就是工于心计。这样的朋友是可怕的。"忘机友"就是没有害人之心的朋友。而万户侯们则生活在一群尔虞我诈、你争我夺的险恶环境之中，随时都有遭到陷害的可能。这样说来，他的"傲杀人间万户侯"就还真有点道理了。结合元代的社会现实，我们更能够理解元代散曲家们那么热衷于归隐、闲居一类题材的心情了。

中吕·满庭芳／天风海涛　姚燧

　　天风海涛，昔人曾此，酒圣诗豪。我到此闲登眺，日远天高。山接水茫茫渺渺，水连天隐隐迢迢。供吟笑，功名事了，不待老僧招。

这是作者登镇江金山寺远眺之作，写得很有豪爽之气。

镇江金山寺是有名的风景名胜。它建于长江边的金山之上，庙宇宏伟壮观，是我国四大名刹之首，又是佛教盛典水陆法会的发祥地。山上的中泠泉，被茶圣陆羽评为"天下第一泉"。著名的《白蛇传》传说中那个拆散白娘子与许仙的和尚法海就是金山寺的住持，白娘子"水漫金山"，淹的就是这里。历代文人来镇江，都要登金山寺游览，并多有题咏。最著名的，是苏轼那首《游金山寺》诗。

姚燧这首散曲，也是咏金山寺的名作。

"天风海涛"，一开头，就写得气势磅礴。"昔人曾此，酒圣诗豪"，是说昔人曾经在此饮酒赋诗。"酒圣"指清酒，即好酒。古人制酒，把酒糟和酒混在一起叫"浊酒"，把酒糟滤去叫"清酒"。清酒被称为"圣人"，浊酒被称为"贤人"。《三国志·魏志·徐邈传》："平日醉客，谓酒清者为圣人，浊者为贤人。"

接下来四句写他自己登临所见。"山接水茫茫渺渺，水连天隐隐迢迢"，描写一片山水相接、水天茫茫的景色，十分形象。

面对如此江山，会有什么样的想法呢？苏轼在《游金山寺》诗的结尾处说："江山如此不归山，江神见怪惊我顽。我谢江神岂得已，有田不归如江水。"面对如此江山，就应该起归舆之志，但又有不得已处。什么不得已？儒家讲究的是功成身退，总要干出一番事业再谈归隐。所以姚燧在最后说道"功名事了，不待老僧招"，并不是消极的人生态度，而是当时读书人的共同心愿。

越调·凭栏人／《寄征衣》　姚燧

欲寄征衣君不还，不寄征衣君又寒。寄与不寄间，妾身千万难。

这是一首名曲，它的题材屡见于诗词中，但在元曲中却几乎没有见到。

古代的士兵出征，常常要让家人缝制好棉衣，送到边关或前线。缝制寒衣，寄送寒衣成了闺中妇人思念丈夫的一种精神寄托。唐·许浑《塞下曲》说：

> 夜战桑干北，秦兵半不归。
>
> 朝来有乡信，犹自寄寒衣。

征战他乡的亲人可能已经战死了，而家中的妻子还在寄来寒衣。

唐王驾的《古意》，是这类题材中的名作：

> 夫戍萧关妾在吴，西风吹妾妾忧夫。
>
> 一行书信千行泪，寒到君边衣到无。

对丈夫那种关怀备至的浓浓情意，流淌在字里行间。

姚燧的这首同样题材的《寄征衣》，又从什么角度立意而与前人有所不同呢？

很巧妙，这位闺中少妇不像前人那样，坚决地寄，不管人还在不在，也不管时间赶不赶得上，她却是在寄与不寄之间犹豫徘徊。

乍一看，似乎无理，丈夫在外，远戍边关，风霜刀剑，铁衣难着，她还在犹豫寄不寄寒衣。那么，她不想寄的理由是什么呢？"欲寄寒衣君不还"，我把寒衣寄来，你穿着暖和了，就不会想着回家了。原来是这个原因。那么不寄寒衣丈夫就会回来了吗？她也知道不会，所以她又担心"不寄寒衣君又寒"。寄还是不寄，

"妾身千万难"，拿不定主意。你说，寄了吗？我相信，一定还是寄了的。

正宫·黑漆弩/《村居遣兴》　刘敏中

> 吾庐却近江鸥住，更几个好事农父。对青山枕上诗成，一阵沙头风雨。酒旗只隔横塘，自过小桥沽去。尽疏狂不怕人嫌，是我生平喜处。

不知道你注意到没有，元散曲中写得极多的鸟，是鸥、鹭，尤其是白鸥。这个现象，其实最早源自杜甫。杜甫是把白鸥当作自由自在、与世无争的隐士形象的。所以他的诗中写到鸥的地方特别多，"舍南舍北皆春水，但见群鸥日日来"（《客至》）；"自来自去堂上燕，相亲相近水中鸥"（《江村》）；"万事已黄发，残生随白鸥"（《去蜀》）；"飘飘何所似，天地一沙鸥"（《旅夜书怀》）；"白鸥没浩荡，万里谁能驯"（《奉赠韦左丞丈二十二韵》）。宋人受其影响也这么写，"万里归船弄长笛，此心吾与白鸥盟"（黄庭坚《登快阁》）；"富贵非吾事，归与白鸥盟"（辛弃疾《水调歌头》）。元人的归隐心更重，白鸥当然也就成为他们喜爱吟咏的对象。

此曲一开头就说"吾庐却近江鸥住"，其实已经表明了自己淡泊名利、归隐山林的愿望。虽然生活中结交了几个"好事农夫"，但他毕竟是读书人，所以，才会有"枕上诗成"的雅兴。"枕上"受欧阳修影响。欧阳修常说自己的诗文得自"三上"，即马上、枕上、厕上。

下面两句最有味道，"酒旗只隔横塘，自过小桥酤去"，这一切，也就是下面所说的"疏狂"，人若嫌，由他去。

越调·天净沙／《秋思》　马致远

　　枯藤老树昏鸦，小桥流水人家，古道西风瘦马。夕阳西下，断肠人在天涯。

这一首散曲，短短二十八个字，却被称为"秋思之祖"。在元人散曲中，恐怕没有任何一首有它的名气大。

曲的前三句，一口气罗列了九个名词，也就是九种事物。没有任何逻辑上的联系，但却构成了一幅极为悲凉莽苍的秋景。枯藤缠着光秃秃的老树，上面站着一只闭着眼、缩着脖子、铁铸也似的乌鸦。老树的旁边，是一条弯弯曲曲的流水，一座小桥横跨在小河上，旁边，有一户孤零零的人家。一条杳无人迹的古道，逶迤地伸向看不到尽头的远方。瑟瑟的秋风中，一个人牵着一匹瘦骨嶙峋的老马，踽踽独行，走向未知的远方。这一些事物组合在一起，已经悲凉得让人有一点喘不过气来的感觉。这个时候，作者再补一句"夕阳西下"，这又是一个让人悲凉的时间。在这样的烘托之下，最后道出"断肠人在天涯"，确实是把"秋思"写绝了。

这种修辞手法，在元人的散曲作品中还经常会见到，比如白朴也有一首〔越调·天净沙〕《秋思》：

　　孤村落日残霞，轻烟老树昏鸦，一点飞鸿影下。青山绿水，白草红叶黄花。

与马致远《秋思》不仅意境相似，连修辞手法、用语等都十分相似。其实白朴这首《秋思》也是堪称名作的，不过被马致远抢去了风头。

马致远这首散曲，《全元散曲》又收入"无名氏"作品之中，所以有人以为它并不是马致远所作，而是出自民间的无名曲家。不过这已经不重要了，重要的是在元人散曲中，我们看到了如此优美的作品。

双调·拨不断／十五首录四　马致远

九重天，二十年，龙楼凤阁都曾见，绿水青山任自然。旧时王谢堂前燕，再不复海棠庭院。

叹寒儒，谩读书，读书须索题桥柱。题柱虽乘驷马车，乘车谁买《长门赋》。且看了长安回去。

布衣中，问英雄，王图霸业成何用。禾黍高低六代宫，楸梧远近千官冢。一场恶梦。

立峰峦，脱簪冠，夕阳倒影松阴乱，太液波澄月影宽，海风汗漫云霞断。醉眠时小童休唤。

马致远的这一组〔双调·拨不断〕一共十五首，都是叹世之作,有人就干脆把它们命名为"叹世"。这里选了其中比较有代表性的四首。

"九重天,二十年,龙楼凤阁都曾见",研究马致远的人都据此推断马致远曾经在大都生活了二十年,再从他的〔南吕·金字经〕"登楼意,恨无上天梯"来看,他始终未得到一官半职。这大概也是他南下去做了江浙行省务官的原因。求官不成,很自然就会想到"绿水青山任自然",向往自由自在的归隐田园的生活,更何况即使求得功名富贵又如何,"旧时王谢堂前燕,飞入寻常百姓家"(刘禹锡《乌衣巷》),连六朝时煊赫一时的王、谢之家,不也一样随着时间的流逝而落寞了吗?

古代的读书人,仕途上要成功,除了有大本事,自己打下个江山做皇帝(似乎没有成功的例子)以外,就只有找一个明君赏识,所谓学成文武艺,卖与帝王家。当然如果这个帝王还在没有发达的时候就去辅佐他,以后就是开国功臣。但这样又如何呢?

第二首说的是司马相如。算是一个以自己的才华打动了皇上,谋得了一官半职的人。"读书须索题桥柱",题桥柱的人就是司马相如,据说他在离开成都去京城长安的时候,路过成都北门的一座桥,就在桥柱上题下"不乘高车驷马,不复过此桥"的话。"题柱虽乘驷马车",司马相如后来被汉武帝派回成都去安抚西南夷,果然是乘高车驷马荣归故里了(顺便说一句,成都北门那座桥,就因此名叫"驷马桥",至今仍在)。但他回长安以后,也并未被重用,汉武帝不过是把他当成一个文学侍臣养起来而已。他后来差一点找到一个机会再次风光,汉武帝的陈皇后,就是汉武帝小时候说如果能娶到她,就会"筑金屋蓄之"的阿娇("金屋藏娇"这个成语就是这样来的),后来真成了汉武帝的皇后。但她年老色衰以后,汉武帝就冷落了她,让她独自住在长门宫。她就请司马相如写了一篇《长门赋》，希望能打动汉武帝，结果赋是写了，汉武帝却无动于衷。皇后没有重新得宠，司马相如也难以改变境遇，所以曲的最后感叹"且看了长安回去"。

"布衣中，问英雄"，就是我说的第二种情况了。这需要有眼光，有胆识，而且要有真才华，才能于布衣中识别出以后的真龙天子，才能辅佐他一步步走向成功，也为自己博取到功名富贵。西汉的萧何、张良，汉末的诸葛亮，宋初的赵普、苗训等大概算这一类的人。但这又如何呢？六代的宫殿不还是残破荒芜、长满了禾黍了吗？那些达官显贵的坟头上，不也已经长满了楸梧了吗？这一切不仍是一场梦吗？

最后一曲，顺理成章，说到归隐，说到"立峰峦，脱簪冠"，说到"醉眠时小童休唤"。

双调·清江引／《野兴》八首录四　马致远

樵夫觉来山月底，钓叟来寻觅。你把柴斧抛，我把鱼船弃，寻取个稳便处闲坐地。

山禽晓来窗外啼，唤起山翁睡。恰道不如归，又叫行不得，则不如寻个稳便处闲坐地

楚霸王火烧了秦宫室，盖世英雄气。阴陵迷路时，船渡乌江际。则不如寻个稳便处闲坐地。

东篱本是风月主，晚了园林趣。一枕葫芦架，几行

名篇赏析

垂杨树，是搭儿快活闲住处。

什么是"稳便处闲坐地"？就是诗人眼中抛弃了一切名利，甚至连打鱼江上、砍樵山中都摒弃了，只需要"一枕葫芦架，几行垂杨树"足矣的地方。

第一首说渔樵相遇，山高月低，干脆连樵斧渔船都抛弃了，丢去了人间的一切羁绊，全身心地去享受大自然。"稳便处"，恐怕不仅仅是地势平坦安全，也有点远离祸害的意思。他在第二首中说："便作钓鱼人，也在风波里。"这个"风波"，大概也是说的人生。

第二首开头两句很美。清晨，山翁被鸟鸣唤醒，该是多么惬意的事。但是，在他的耳中，鸟叫声不是"不如归去"，就是"行不得也哥哥"。据说，杜鹃的叫声有点像"不如归去"。宋梅尧臣《杜鹃》诗："不如归去语，亦自古来传。"鹧鸪的叫声有点像"行不得也哥哥"。辛弃疾的《菩萨蛮·书江西造口壁》就有"江晚正愁余，山深闻鹧鸪"句。既然禽鸟都如此提醒，当然更应该"寻个稳便处闲坐地"。

建立功业不是不好，但又能怎样呢？楚霸王项羽，算是盖世之雄了吧。一把火烧了秦的阿房宫，其实烧掉的是秦一统中国的江山。但是，他也有在阴陵迷路时候，也有困在乌江的时候。刘邦和项羽最后的决战——垓下之战，项羽被困在阴陵山，他带领手下八百骑，夜晚已经突围去耳，而汉军第二天早上才发现。但是项羽迷路了，问一个田父，田父让他走左边，结果陷在沼泽中，被汉军追及，最后在乌江岸，没有接受船夫渡他一人过江的建议，自刎了。如此看来，则不如"寻取个稳便处闲坐地"。

第四首是这一组八首《叹世》的最后一首。第一句说"东篱本是风月主"，说自己骨子里还是向往自由浪漫的生活的。但是，又不得不在仕宦途中追求了多年，到了晚年，才真正看破了一切，所以说"晚节园林趣"，只要"一枕葫芦架，几行垂杨树"，"有个池塘，醒时渔笛，醉后渔歌"（〔双调·蟾宫曲〕《叹世》），"二顷田，一具牛，饱便休"，"几叶绵，一片绸，暖便休"（〔南吕·四块玉〕《叹世》），也就行了。

双调·夜行船／《秋思》　马致远

百岁光阴如梦蝶，重回首往事堪嗟。今日春来，明朝花谢，急罚盏夜阑灯灭。

〔乔木查〕想秦宫汉阙，都做了衰草牛羊野。不恁么渔樵无话说。纵荒坟横断碑，不辨龙蛇。

〔庆宣和〕投至狐踪与兔穴，多少豪杰。鼎足三分半腰里折，魏耶？晋耶？

〔落梅风〕天教你富，莫太奢。无多时好天良夜。富家儿更做道你心似铁，争辜负了锦堂风月。

〔风入松〕眼前红日又西斜，疾似下坡车。不争镜里添白雪，上床与鞋履相别。莫笑鸠巢计拙，葫芦提一向装呆。

〔拨不断〕利名竭，是非绝。红尘不向门前惹，绿树偏宜屋角遮，青山正补墙头缺，更那堪竹篱茅舍。

〔离亭宴煞〕蛩吟罢一觉才宁贴，鸡鸣时万事无休歇，何年是彻。看密匝匝蚁排兵，乱纷纷蜂酿蜜，急攘攘蝇争血。裴公绿野堂，陶令白莲社。爱秋来那些：和露摘黄花，带霜烹紫蟹，煮酒烧红叶。想人生有限杯，浑几个重阳节。人问我顽童记者：便北海探吾来，道东篱醉了也。

这是一个很有名的套数。题目还是叫"秋思"，与他那首著名的小令〔天净沙〕同名。

先感叹百年一瞬，光阴易逝，"今日春来，明朝花谢"。再回首往事，秦宫汉阙，晋耶魏耶，"都做了衰草牛羊野"。"多少豪杰"，不过一抔黄土，荒冢孤坟，都只见狐踪，成了兔穴。纵然留下几个纪功的残碑，恐怕也淹没在荒草丛中，"不辨龙蛇"了。

贵既无用，富也没有多大意义，"没多时好天良夜"，何况百计敛财，又"辜负了锦堂风月"。

贵也好，富也好，光阴仍然如白驹过隙，"疾似下坡车"。要不了多久，"镜里添白雪"，衰病卧床，"与鞋履相别"，永远没有再穿它们的希望了。所以，莫要笑那些看似蠢笨，强占喜鹊巢穴的斑鸠，那是大智若愚，"葫芦提一向装呆"。

说到这里，结论已经呼之欲出。"名利竭，是非绝，红尘不向门前惹"，仍然是说到不如归去。

最后一曲〔离亭宴煞〕是千古传诵的名段。

前三句说日夜不安，争名争利，什么时候才能停得下来。蛩，蚱蜢，这里指蟋蟀。"蛩吟罢"指夜深，连蟋蟀都不叫了，这时候，才能够安安静静地睡下来。但鸡一叫，又得起来，忙忙碌碌，"万事无休歇"。什么时候才是个头啊。下面三句骂得痛快。在旁观者看来，这些人不过是触蛮之争，所争也不过蝇头微利而已，如"密匝匝蚁排兵，乱纷纷蜂酿蜜，急攘攘蝇争血"，可笑又可悲。

而自己呢？所居之处，如裴度的绿野堂，如陶渊明结白莲社（白莲社为晋庐山寺慧远法师发起，曾邀请陶渊明参加，据说他并没有去），所爱之事，"和露摘黄花，带霜烹紫蟹，煮酒烧红叶"，雅之至，韵之至，美之至，令人羡之至。

结尾处也极有味。醉了，睡了，就算是最好客，希望"座上客常满，尊中酒不空"的孔融孔北海来探望我，也不要打搅我，告诉他，"东篱醉了也"。

仙吕·后庭花／青溪一叶舟　赵孟頫

青溪一叶舟，芙蓉两岸秋。采菱谁家女，歌声起暮鸥。乱云愁，满头风雨，戴叶归去休。

赵孟頫不以散曲名，他是元代书画大家，也是著名诗人。但是，因为他是宋皇室的后裔，在元朝做官，不免担了许多骂名。

他的这首散曲，就是一首"采菱曲"。曲的前四句很美，语言美，意境美，可以想象得出，人也美。

一叶轻舟，轻移在青溪上，水面是荷叶田田，荷花绽放，谁家采菱女，"误入藕花深处"（李清照《如梦令》），大概是"莲花过人头"（南朝乐府民歌《西洲曲》），看不见了，但传来采菱女愉快的歌声，把暮宿的沙鸥都惊飞了。

写到此处，诗人笔锋一转，转换到另外一个场景。乱云飞渡，突然下起雨来了。采菱女倒并不害怕，摘下莲叶当伞，"戴叶归去休"。

此曲极富生活情趣。

中吕·十二月过尧民歌 /《别情》　王德信

　　自别后遥山隐隐，更那堪远水粼粼。见杨柳飞绵滚滚，对桃花醉脸醺醺。透内阁香风阵阵，掩重门暮雨纷纷。　　怕黄昏忽地又黄昏，不销魂怎地不销魂？新啼痕压旧啼痕，断肠人忆断肠人！今春，香肌瘦几分，搂带宽三寸。

　　王德信是谁？他就是大名鼎鼎的《西厢记》的作者王实甫！德信是他的名，实甫是他的字。

　　王实甫的《西厢记》，大概可以比之唐诗中张若虚的《春江花月夜》，有此一首就够了。后人说《春江花月夜》"以孤篇压倒全唐"，我们是不是可以说《西厢记》也同样压倒全元了呢？

　　读过《西厢记》的人都会为王实甫优美的文辞所折服。可惜他留下的散曲作品不多，小令仅此一首，另外还有两个套数和一个残套。

　　下面，我们就来欣赏一下这位元曲大名家的散曲。

　　上半是〔十二月〕，每一句的后面都用两个叠字，非常生动，极见功力。整个描述由远而近，层层推进。先是说遥山隐隐，远水粼粼，这是望远，也是怀人最自然的一种状态，因为离人就是从这里渐行渐远的，而且，现在也隔着遥山，隔着远水。收回望眼，近处则是杨柳飞绵，桃花映脸，已是芳春景色，然而离人仍无归信。下面则写出怀人者所在的地点，是在重门内阁之中，一直到晚上，在失落的暮雨里，掩上了重门。

下半是〔尧民歌〕，一开头四句，又是极佳的语言结构，每句都有一个关键的词语重复一次，是以此来加强表达的力度。先说"怕黄昏"，为什么呢？越是黄昏，离人归来的希望就越小，也就更怕独自面对黄昏之后的漫漫长夜，但时间的流逝又不以人的意志为转移，"忽地又黄昏"了。"不销魂"是主人公的自我安慰，但此时此情，又"怎地不销魂"。"新涕痕压旧涕痕"，眼泪就没有干过。最悲的莫过"断肠人忆断肠人"。

正宫·叨叨令／《道情》 邓玉宾

> 白云深处青山下，茅庵草舍无冬夏。闲来几句渔樵话，困来一觉葫芦架。你省的也么哥，你省的也么哥，煞强如风波千丈担惊怕。

道情，是元散曲中归隐林下题材中的一种。元代信奉佛、道二教，两家思想对读书人的影响都极大，尤其是道家那种任自然、啸傲山林的思想，更容易激起他们的共鸣。所以，元散曲中以"道情"为题的作品不少，其内容和一般的讲究归隐的作品差别不是很大。邓玉宾的这一首《道情》，就是这样的作品。

青山白云、茅庵草舍、闲话渔樵、困来一觉，人人都这么说，其实这并不是读书人理想的生活，是不得已，所以说它只是"强如风波千丈担惊怕"。官场险恶，风波千丈，与其为了一点富贵荣华担惊受怕，倒不如青山白云，自在逍遥的好。

正宫·小梁州／《秋》　贯云石

　　芙蓉映水菊花黄，满目秋光。枯荷叶底鹭鸶藏。金风荡，飘动桂枝香。

　　〔幺〕雷峰塔畔登高望，见钱塘一派长江，湖水清，江潮漾，天边斜月，新雁两三行。

　　"春女思，秋士悲"（《淮南子·缪称训》），后来几乎成为文学作品的一种定式描写。写到春，就要伤一下；写到秋，就要悲一下。但也有一些作品不是这样，无论春花秋月，在他们笔下都充满生气。

　　其实秋天是很美的，"有三秋桂子，十里荷花"（柳永《望海潮》），还有芙蓉菊花、红枫黄叶、天高云淡、北雁南飞，"落霞与孤鹜齐飞，秋水共长天一色"，都是非常令人陶醉的景色。这首曲所展现在我们眼前的"满目秋光"，就是这样一番景象。

　　〔小梁州〕是泛写，处处秋光，无不如此。〔幺〕则是实写，此时秋景，是西湖岸边、钱塘江畔。登雷峰塔远望，又别有一番气象，尤其是万里长江，江潮奔涌，湖水澄明，映着天边斜月、几行新雁，真是令人神清气爽了。

中吕·红绣鞋 /挨着靠着云窗同坐　贯云石

　　挨着靠着云窗同坐，偎着抱着月枕双歌，听着数着
愁着怕着早四更过。四更过情未足，情未足夜如梭。天
哪，更闰一更儿妨什么。

　　元曲中的一些题情的作品写得很大胆，这和诗的含蓄不太一
样。其实诗文中也有这样的内容，不过因其含蓄，就显得不那么
刺眼，于是就有了后人所谓"《国风》好色而不淫"（《史记·屈
原列传》）这样的评语。

　　词要露一些，但也有一定的限度，"销魂当此际，香囊暗解，
罗带轻分"（秦观《满庭芳》），大概也就只能写到这个尺度了。
就这样，秦观还受到他老师苏东坡的批评。

　　元曲更接近市民口味，因此在表现上更为大胆一些，也确实
有一些低级趣味乃至赤裸裸的色情描写，但是，绝大多数的作品，
还是守着一个尺度的。比如这一首，写男女欢会，最露骨的也就
是"挨着靠着云窗同坐，偎着抱着月枕双歌"，应该说，是并没有
突破尺度的。这让我想起汉代张敞画眉的故事。

　　有人向皇上举报，说京兆尹张敞不老成，早上居然为妻子画
眉。汉宣帝就把张敞找来问。张敞承认确有此事，但是补充了一
句说："臣闻闺房之内，夫妇之私，有过于画眉者。"皇上都笑了，
自然也不会再怪罪张敞了（见《汉书·张敞传》）。

　　这首曲前面写了那么多，其实是在为最后一句合于情而不合
于理、但又是这对恋人实实在在的想法作铺垫。"听着数着愁着怕

名篇赏析

着早四更过。四更过情未足，情未足夜如梭。"天快亮了，又快到了分别的时候，怎么办？他们甚至希望老天爷"更闰一更儿妨什么"。

清华广生的《白雪遗音》一书中，收录了一首民间歌谣，叫《喜只喜的》：

> 喜只喜的今宵夜，怕只怕的明日离别。离别后，相逢不知哪一夜。听了听，鼓打三更交半夜，月照纱窗，影儿西斜。恨不能，双手托住天边月；怨老天，为何闰月不闰夜！

清代尹湛纳希的小说《泣红亭》中有歌女演唱：

> 惜只惜的今宵夜，愁只愁的明日离别。离别后，鸳鸯流水梅花谢。猛听得，鼓打三更刚半夜，刹时窗外月影西斜。恨不能，金钗别住天边月。恨老天，闰年闰月不闰夜。

西北民歌《信天游》中的《酸曲》有：

> 公鸡踩蛋把翅扇，怀抱郎君把气叹。闰年闰月样样有，为何不闰五更天？

大概都是从"听着数着愁着怕着早四更过。四更过情未足，情未足夜如梭。天哪，更闰一更儿妨什么"变化出来的。

双调·水仙子／《田家》　贯云石

　　绿阴茅屋两三间，院后溪流门外山，山桃野杏开无限。怕春光虚过眼，得浮生半日清闲。邀邻翁为伴，使家僮过盏，直吃得老瓦盆干。

　　说田家，说隐居，说得多了，就很难有新意。这首曲和许多元曲作品一样，同样是绿阴茅屋，同样是山桃野杏，同样是"院后溪流门外山"，同样是"邀邻翁为伴，使家僮过盏"，同样是"吃得老瓦盆干"。但是它的立意却稍有不同。这里没有愤世嫉俗的牢骚，也没有故作潇洒的放诞，它所要表现的，是作者的惜春之情。留不住春光，就不要让春光"虚过眼"，就应该尽情地去享受春光。读这首曲，和读那些伤春之作的感受是不一样的。

双调·折桂令／《苏学士》　鲜于必仁

　　叹坡仙奎宿煌煌，俊赏苏杭。谈笑琼黄，月冷乌台，风清赤壁，荣辱俱忘。侍玉皇金莲夜光，醉朝云翠袖春香。半世疏狂，一笔龙蛇，千古文章。

　　鲜于必仁的〔双调·折桂令〕，一共评价了严君平、诸葛亮、杜甫、李白、韩愈、陶渊明、苏轼七位古人。
　　苏东坡算得上是一位古今罕见的大才子，但一生经历又十分

名篇赏析

坎坷，此曲用短短五十三个字，把东坡的一生荣辱进退、艺术成就概括得非常精到，很见作者的功力。

据说，苏东坡是天上奎星转世。奎星，又称"魁星"，二十八宿之一，就是文曲星。东坡才气太大，大概只有用文曲星转世才能解释。但是他的一生并不顺利。因为对新法的态度，他时升时贬，一生的大部分时间都在地方任上。风光的时候，要求去苏州、杭州做刺史；落魄的时候被贬到黄州、儋州、琼州（今海南）。但他对人生一直都持乐观的态度，所以，他既能做到"俊赏苏、杭"，又能做到"谈笑琼、黄"。

苏东坡一生所遭遇的最大冤案，也是最大的危险，莫过于有人曲解他的诗歌对他进行陷害，他曾入狱一百多天，差一点被处死。"月冷乌台"指的就是这件事，也就是历史上有名的"乌台诗案"。赤壁，是三国时赤壁之战的战场。但是，苏东坡所游的是黄冈赤壁，并不是周瑜火烧曹操那个赤壁。苏东坡借题发挥，写下了传诵至今的前、后《赤壁赋》和《念奴娇·赤壁怀古》。

"侍玉皇金莲夜香"，苏东坡曾经说自己能雅能俗，"上可陪玉皇大帝，下可以陪卑田院乞儿"（《悦生随抄》）。当然这里是指侍候皇帝。朝云是苏东坡最宠爱的一位侍妾，晚年一直陪伴在苏东坡身旁。

最后三句，是对苏东坡一生行止的概括，"一世疏狂"，是苏东坡的性格，也就是后人说的豪放旷达。"一笔龙蛇"指他的书法成就。苏东坡书法为宋代第一，"宋四家"之首，在中国书法史上有极高地位。"千古文章"指他的文学成就。苏东坡的散文位列"唐宋八大家"之一，诗，被推为宋代第一，词开豪放一派，确实堪称千古奇才。

双调·沽美酒兼太平令／在官时只说闲　张养浩

在官时只说闲，得闲也又思官。直到教人做样看，从前的试观，那一个不遇灾难。　楚大夫行吟泽畔，伍将军血污衣冠，乌江岸消磨了好汉，咸阳市干休了丞相。这几个百般，要安，不安，怎如俺五柳庄逍遥散诞。

"做官时只说闲，得闲时又思官"，简直是一幅活生生的宦海沉浮众生相。还是劝大家，早点断了思官的念头，下面举了几个古人的例子：

楚大夫屈原，官做得不小了，"为楚怀王左徒"（《史记·屈原列传》）。这个"左徒"，据说相当于副宰相，"入则与王图议国事，以出号令；出则接遇宾客，应对诸侯"（同上）。结果是遭放逐到沅、湘、洞庭一带，"行吟泽畔，颜色憔悴，形容枯槁"（《楚辞·渔父》）。

伍子胥本是楚国人，后逃到吴国，成为吴国的重要谋臣，吴国打败越国后，他看出勾践的野心，劝吴王夫差灭越，结果反而被夫差杀害。

乌江被消磨的好汉，自然是楚霸王项羽。他与刘邦大小数十战，都取得胜利，但垓下一战被刘邦打败，逃至乌江边，有个渔翁要渡他过江，他自愧无面目见江东父老，自杀了。

"咸阳市干休了丞相"，是说李斯。李斯是秦始皇手下的重要谋臣，是秦统一中国的最大功臣，秦统一中国后官至丞相。但后来为赵高所谗，与儿子一起被斩于东市。临刑前他对儿子说："我真想再和你一起牵黄犬出东门去打猎，但是再也不能够了。"

这几位古人，都曾经非常成功，但结局都非常悲惨。所以作者才感叹说："要安，不安，怎如俺五柳庄逍遥散诞。"

双调·雁儿落兼得胜令 / 云来山更佳　张养浩

云来山更佳，云去山如画。山因云晦明，云共山高下。　倚杖立云沙，回首见山家，野鹿眠山草，山猿戏野花。云霞。我爱山无价，看时行踏，云山也爱咱。

山，有水有云有树有路才活。宋代大画家郭熙在《林泉高致》中说："山无烟云，如春无花草。""山无云则不秀。"古人说山多说云，诗词中说山又说云的名篇名句很多："锦江春色来天地，玉垒浮云变古今"（杜甫《登楼》）；"远上寒山石径斜，白云生处有人家"（杜牧《山行》）；"岭上晴云披絮帽，树头初日挂铜钲"（苏轼《新城道中》）。这一首曲写山与云，几乎句句都有"山"有"云"。有些句子，锻炼得非常精美："云来山更佳，云去山如画"；"野鹿眠山草，山猿戏野花。"最后，归结到"我爱山无价"，"云山也爱咱"。很有一点辛弃疾《贺新郎》中"我见青山多妩媚，料青山见我应如是"的意思。

双调·沉醉东风 / 班定远飘零玉关　张养浩

班定远飘零玉关，楚灵均憔悴江干，李斯有黄犬悲，陆机有华亭叹，张柬之老来遭难，把个苏子瞻长流了四五番。因此上功名意懒。

和上面说过的〔双调·沽美酒兼太平令〕有些相似，不过是换了几个人。

班定远即班超。西汉末东汉初人。他是著名史学家班彪的儿子，《汉书》作者班固的弟弟，著名女文学家、被称为"曹大家"（读作"姑"）班昭的哥哥。他"投笔从戎"，打开通西域之路，被封为"定远侯"。但他却在西域三十一年之久，也就是曲中所说的"飘零玉关"。

楚灵均即屈原。他在《离骚》中说："名余曰正则兮，字余曰灵均。"后被放逐于沅、湘、洞庭一带。

陆机，三国时吴国大将、火烧连营，大败刘备的陆逊的孙子，是晋朝有名的文学家，松江华亭人，吴亡后与弟弟陆云一起到长安。后来为成都王司马颖带兵与长沙王司马乂作战，兵败被杀。临刑前说："华亭鹤唳，岂可闻乎！"（《晋书·陆机传》）

张柬之是武则天时的宰相，后来帮助唐中宗复位，被封为汉阳郡王。八十多岁的时候为武三思所陷，贬为新州（今广东新兴县）司马，抑郁而死。

苏子瞻即苏轼。他一生坎坷，被多次贬谪流放，先贬黄州，迁汝州。晚年时新党执政，又被贬到惠州（今广东惠州），再贬儋州（今海南）。

看了以上这些人的遭遇，所以说"因此上功名意懒"。

名篇赏析

中吕·红绣鞋 /《警世》　张养浩

　　才上马齐声儿喝道，只这的便是送了人的根苗。直引到深坑里恰心焦。祸来也何处躲？天怒也怎生饶？把早来时威风不见了。

　　蒲松龄《聊斋志异·夜叉国》，说有一个徐姓的商人，因风浪流入夜叉国中，与雌夜叉成婚，生了一儿一女。一次，另一个商人也因风飘到夜叉国，遇到徐的儿子。这个商人与徐相识，告诉其子有个哥哥，是做官的。徐的儿子不知道什么是官，商人就告诉他说："做官的人，出门就坐轿骑马，住的都是高堂华屋。坐在堂上一呼唤，堂下就有许多人回答。见到他们的人都不敢正视，只敢低着头，斜着眼睛看他。也不敢正面对着他，只敢侧着身子，这就是官。"

　　这首小令以一句话就概括了这种官威："才上马齐声儿喝道。"刚一出门，前面就有一队仪仗打着"肃静""回避"的牌子，奏起鼓乐，衙役开道，何等威风。好多人不也是奔此而去，削尖了脑袋也要做官么？当然，做官的好处还远远不止这一点。但"只这的便是送了人的根苗"，看到了做官的好处，就忘了官场的黑暗、做官的危险，一步步走向"深坑"，"祸来也何处躲，天怒也怎生饶"。一旦失势，甚至身陷囹圄，抄没家产，留下千古骂名，从前的威风还在吗？

　　题目名叫"警世"，想警醒世人，但从古至今，又有几人真能看破。

中吕·山坡羊／《骊山怀古》　　张养浩

　　骊山四顾，阿房一炬，当时奢侈今何处？只见草萧
疏，水萦纡，至今遗恨迷烟树。列国周齐秦汉楚。赢，
都变做了土；输，都变做了土。

　　这首小令和下一首都是名曲。

　　张养浩晚年，因"关中大旱，饥民相食"，朝廷征召他为陕西
行台中丞前往赈灾。他立刻"散其家之所有与乡里贫乏者，登车
就道"，星夜奔赴任所。使他赴召的不是官爵，而是想为解救灾区
人民贡献一份绵薄之力。在官仅四个月，即劳累而卒。消息传开，
"关中之人，哀之如失父母"（《元史·本传》）。这两首〔山坡
羊〕，就是他在赴陕途中经过骊山和潼关时有感而作。

　　骊山位于西安临潼区城南，是陕西著名的风景区。周幽王为
了讨宠姬褒姒一笑，烽火戏诸侯就在这里；秦始皇的陵墓建在这
里；唐明皇与杨贵妃避暑避寒，杨贵妃洗浴的华清池温泉也在这
里。可以想见当日的繁华富丽。今天，诗人登高一望，且不说秦
始皇的阿房宫被项羽一把火给烧了，就是其他的遗迹，也已经凋
残了，"当时奢侈今何处"？现在是"只见草萧疏，水萦纡"。历数
"列国周齐秦汉楚"，当然，还可以再数下去，你争我夺，连年干
戈，胜利者在这里兴建起煌煌帝业，修建了巍巍宫阙，又被新的
成功者打败，江山易帜。但现在呢？无论是输是赢，无论是繁华
还是落寞，这些代表着王权和富贵的巍巍宫阙还不是都变作了尘
土。看到这些，能不让人兴起无限的感叹吗？

中吕·山坡羊／《潼关怀古》　张养浩

　　峰峦如聚，波涛如怒，山河表里潼关路。望西都，意踟蹰，伤心秦汉经行处。宫阙万间都做了土。兴，百姓苦；亡，百姓苦。

这一首比前一首更有名。

潼关南有秦岭，北靠黄河，面临潼水，四山环抱，地势险要，是长安东北唯一的屏障，潼关一破，长安几乎无险可守，所以，这里也是历代兵家的必争之地。唐安禄山造反时，打到潼关，因守将哥舒翰守关不出，他攻不破潼关，在关前痛哭。后来因为唐明皇的错误指挥，让哥舒翰放弃了潼关天险，开门迎战。哥舒翰也是大哭一场，不得已出战，一战而溃，潼关失守，安史叛军很快打到长安。

曲的一开头，就因为"聚"和"怒"这两个使用得极妙的词而让人耳目一新，把"峰峦"和"波涛"写得气势雄伟，极见作者炼字炼句的功力。"山河表里"就是"表里山河"，是说潼关以黄河为表，以华山为里，位置极为重要。但是，在这里西望长安，却不禁让人心里很不平静。所伤心的，和上一首《骊山怀古》差不多，也是周、秦、汉、唐的建都之地，"宫阙万间都做了土"。

这首小令最深刻的地方在结尾。作者已经跳出了泛泛的怀古伤今、感叹兴亡，而是联想到这一切最遭殃的还是老百姓。作品的思想性也在此得到升华。

双调·蟾宫曲／弊裘尘土压征鞍　郑光祖

　　弊裘尘土压征鞍，鞭倦袅芦花，弓箭萧萧。一竟入
烟霞，动羁怀西风禾黍秋水蒹葭。千点万点老树寒鸦，
三行两行写高寒呀呀雁落平沙，曲岸西边近水涡鱼网纶
竿钓艖，断桥东下傍溪沙疏篱茅舍人家。见满山满谷，
红叶黄花。正是凄凉时候，离人又在天涯。

　　〔蟾宫曲〕又名〔折桂令〕，标准句式是七，四，四。四，四，
四。七，七。四，四，四。但此曲却出现了许多十三个字、十二
个字、十一个字、八个字的长句。当然，这是散曲可以自由加
"衬字"的原因。衬字加得好，读起来就会别有一番韵味。这首小
令就是。

　　郑光祖的衬字用得非常好，我们可以参看一下他写的著名杂
剧《倩女离魂》中倩女的魂在夜晚偷偷跑出去见爱人的那一段
描写：

　　〔小桃红〕蓦听得马嘶人语闹喧哗，掩映在垂杨下。
唬的我心头丕丕那惊怕，原来是响当当鸣榔板捕鱼虾。
我这里顺西风悄悄听沉罢，趁着这厌厌露华，对着这澄
澄月下，惊的那呀呀呀寒雁起平沙。
　　〔调笑令〕向沙堤款踏，莎草带霜滑。掠湿湘裙翡翠
纱，抵多少苍苔露冷凌波袜。看江上晚来堪画，玩水壶
潋滟天上下，似一片碧玉无瑕。

〔秃厮儿〕你觑远浦孤鹜落霞，枯藤老树昏鸦。听长笛一声何处发，歌欸乃，橹咿哑。

这种加了衬字的曲，读起来和诗词有完全不同的韵味。从节奏上看，四言、五言、七言的诗歌和字数虽然长短不齐但却有严格规定的词，读起来虽然朗朗上口，但是，却有一种十分整饬的感觉，不够悠长，而加上一些衬字以后，却变得活泼流畅，更接近口语一些，尤其是用作表演，不仅给旋律以更大的扩展空间，也给表演者以更大的发挥余地。我们试将〔小桃红〕中的"丕丕那""响当当鸣榔板""顺西风悄悄""这厌厌""这澄澄""那呀呀呀"等衬词去掉，再读一读，就会明白了。

骂玉郎过感皇恩采茶歌/《闺情》 曾瑞

才郎远送秋江岸，斟别酒唱《阳关》。临歧无语空长叹。酒已阑，曲未残，人初散。　月缺花残，枕剩衾寒，脸消香，眉蹙黛，鬓松鬟。心长怀去后，信不寄平安。折鸾凤，分莺燕，杳鱼雁。　对遥山，倚栏干，当时无计锁雕鞍。去后思量悔应晚，别时容易见时难。

这是一首带过曲。带过曲的好处是容量较大，而且几首曲子之间意思比较容易转换。这首小曲由〔骂玉郎〕〔感皇恩〕和〔采茶歌〕三曲组成，说的都是闺情，立意关系密切，但又各不相同。

〔骂玉郎〕写离别情景。"斟别酒唱《阳关》"不过是套话，

"临歧无语空长叹"才是真实的感情。

〔感皇恩〕写别后的思念。"拆鸾凤""分莺燕"已是不堪，更难忍的是"杳鱼雁"，"心长怀去后，信不报平安"。

〔采茶歌〕中有一个悬念，"去后思量悔应晚"。"悔"的是什么？难道从前相处的时候，还可能有另一种结局？分明已经说了"当时无计锁雕鞍"，人是留不住了。那"悔"的又是什么呢？

般涉调·哨遍／《高祖还乡》　睢景臣

社长排门告示，但有的差使无推故，这差使不寻俗。一壁厢纳草除根，一边又要差夫，索应付。又是言车驾，都说是銮舆，今日还乡故。王乡老执定瓦台盘，赵忙郎抱着酒胡芦。新刷来的头巾，恰糨来的绸衫，畅好是妆么大户。

〔耍孩儿〕瞎王留引定伙乔男女，胡踢蹬吹笛擂鼓。见一彪人马到庄门，匹头里几面旗舒。一面旗白胡阑套住个迎霜兔，一面旗红曲连打着个毕月乌。一面旗鸡学舞，一面旗狗生双翅，一面旗蛇缠葫芦。

〔五煞〕红漆了叉，银铮了斧，甜瓜苦瓜黄金镀，明晃晃马镫枪尖上挑，白雪雪鹅毛扇上铺。这几个乔人物，拿着些不曾见的器仗，穿着些大作怪的衣服。

〔四煞〕辕条上都是马，套顶上不见驴，黄罗伞柄天生曲，车前八个天曹判，车后若干递送夫。更几个多娇女，一般穿着，一样妆梳。

〔三煞〕那大汉下的车，众人施礼数，那大汉觑得人如无物。众乡老展脚舒腰拜，那大汉挪身着手扶。猛可里抬头觑，觑多时认得，险气破我胸脯。

〔二煞〕你身须姓刘，你妻须姓吕，把你两家儿根脚从头数：你本身做亭长耽几杯酒，你丈人教村学读几卷书。曾在俺庄东住，也曾与我喂牛切草，拽坝扶锄。

〔一煞〕春采了桑，冬借了俺粟，零支了米麦无重数。换田契强秤了麻三秤，还酒债偷量了豆几斛，有甚胡突处。明标着册历，见放着文书。

〔尾声〕少我的钱差发内旋拨还，欠我的粟税粮中私准除。只道刘三谁肯把你揪捽住，白甚么改了姓更了名唤做汉高祖。

项羽在打下咸阳以后，放弃了这个建立霸业最好的地方，急急忙忙地要回到楚地去，理由是"富贵不归故乡，如衣绣夜行，谁知之者"。当时就有人嘲讽他说："人言楚人沐猴而冠耳，果然。"（《史记·项羽本纪》）这种短浅的目光，最终导致了他的失败。

刘邦就不一样了。他为了江山，可以说什么都可以不要，什么事都可以做得出来。连项羽把他的父亲绑到阵前，以要烹煮他的父亲来威胁他，他都可以说："我们曾经约为兄弟，我的父亲就是你的父亲。如果你一定要烹了你的父亲，请分给我一杯羹。"他也要回乡去夸耀夸耀的，但那是在他平定天下，当了皇帝之后。

高祖十二年（前195），他亲自带兵平定淮南王黥布乱，于是顺道回了一趟故乡沛县。那可是皇帝的銮舆，其声势之大可想而知。先是发沛中儿童一百二十人排练歌舞，在酒宴上表演。他亲自击筑，唱了那首著名的《大风歌》：

大风起兮云飞扬，威加海内兮归故乡，安得猛士兮
守四方。

天天与父老乡亲饮宴，谈故旧为乐，住了十几天才走。

这就是历史上盛赞的"高祖还乡"。

据钟嗣成《录鬼簿》载："维扬诸公俱作《高祖还乡》套数，
惟公（睢景臣）〔哨遍〕制作新奇，诸公者皆出其下。"

其他人的《高祖还乡》是怎么写的，不知道。睢景臣的《高
祖还乡》，大概胜在立意的巧妙。有的事，平平道来，不容易出
彩。换一角度去看，就会有所不同。比如同样的事情，在儿童和
成人的眼中就完全不一样。

睢景臣是从一个乡下人的眼中去看的，这个乡下人又是汉高
祖的老熟人。皇帝的排场銮驾在他眼里是那么可笑，皇帝的权威，
在老乡亲的眼里也没有那么神秘，倒是小时候的许多糗事，都还
历历在目。所以，从他嘴里说出来，就特别有趣。

〔三煞〕之前，是老农眼中的皇帝排场，一点威严都没有，反
而显得那么可笑。

先是社长排门告示，说要应付什么"车驾""銮舆"。老农不
懂，只看见村里那些有点头脸身份的人在忙碌着。终于，"瞎王
留"引着一伙"乔男女"，吹笛擂鼓地去接驾了。先看见的，是些
奇奇怪怪的旗，然后是奇奇怪怪的仪仗，最后，皇帝的銮驾终于
在"车前八个天曹判，车后若干递送夫"和"几个多娇女"的簇
拥下到了。

〔三煞〕是一个转捩。从老农眼中的"那大汉"下车，大家罗
拜，到他突然认出这是一个熟人，一个从小看着长大的小混混的
时候，真是"险气破我胸脯"。

〔二煞〕〔一煞〕历数"汉高祖"小时候的种种劣迹。而且"明标着册历，现放着文书"，有根有据。

〔尾声〕最有趣的，就是结尾那句"只道刘三谁肯把你揪捽住？白甚么改了姓更了名，唤做汉高祖"。你就说你是刘三，谁还会把你揪住，改甚么姓，更什么名，要叫作"汉高祖"。闹到最后，老农都不知道"汉高祖"是什么。

作品是通过一个老农的口，表现了对皇权的否定，至少，摘去了罩在它头上的光环。在封建社会中，这样的作品还是不多见的。

中吕·满庭芳／《渔父词》二十首录四　乔吉

　　吴头楚尾，江山入梦，海鸟忘机。闲来得觉胡伦睡，枕着蓑衣。钓台下风云庆会，纶竿上日月交蚀。知滋味，桃花浪里，春水鳜鱼肥。

　　湖平棹稳，桃花泛暖，柳絮吹春。蒌蒿香脆芦芽嫩，烂煮河豚。闲日月熬了些酒樽，恶风波飞不上丝纶。芳村近，田原隐隐，疑是避秦人。

　　秋江暮景，胭脂林障，翡翠山屏。几年罢却青云兴，直泛沧溟。卧御榻弯的腿疼，坐羊皮惯得身轻。风初定，丝纶慢整，牵动一潭星。

　　携鱼换酒，鱼鲜可口，酒热扶头。盘中不是鲸鲵肉，

鲟鲊初熟。太湖水光摇酒瓯，洞庭山影落渔舟。归来后，

一竿钓钩，不挂古今愁。

读了乔吉的《渔父词》，你一定会有两个感受。第一，这显然不是真正的渔父，而是一个厌倦了纷扰红尘的隐士。隐于渔，是逃避，是自保，也是一种解脱。"几年罢却青云兴，直泛沧溟"，"闲日月熬了些酒樽，恶风波飞不上丝纶"，说得已经非常清楚了。他希望的，是"一竿钓钩，不挂古今愁"，这应该是作者心情的写照。第二，作品的语言非常优美，意境也非常美。"风初定，丝纶慢整，牵动一潭星"，这是千古传诵的名句，夜色中，渔父慢慢地收起钓丝，是否钓到了鱼，他并不在乎，他看到的是一潭星影，被丝纶搅碎。它不像杜甫《阁夜》诗中描写的"五更鼓角声悲壮，三峡星河影动摇"那样的壮美，而是一种极有情趣的静美。这种超然物外的静美，让他陶醉。此外，写春景的"桃花泛暖，柳絮吹春"；写"秋江暮景"的"胭脂林障，翡翠山屏"；写泛舟湖上的"太湖水光摇酒瓯，洞庭山影落渔舟"都是锻造精彩的名句。

双调·折桂令／《自述》　乔吉

华阳巾鹤氅蹁跹，铁笛吹云，竹杖撑天。伴柳怪花妖，麟祥凤瑞，酒圣诗禅。不应举江湖状元，不思凡风月神仙。断简残编，翰墨云烟，香满山川。

元散曲家羡慕陶渊明，其实没有人能学得了陶渊明。而元散曲家嘴上说的是田园山林、渔父樵夫，但实际上是隐于市朝，流

连诗酒，甚至眠花伴柳，这是宋、元时期市民经济繁荣的必然表现。乔吉的这篇《自述》，敢说老实话。"华阳巾""鹤氅"都是道士的打扮，"柳怪花妖"，明指歌妓，"不思凡风月神仙"，也就是含蓄地说自己行走风月场的生活。但这只是他生活的一面，而另一面则是"酒圣诗禅"，是"不应举江湖状元"。这是相当自负的。这还不算，结尾的三句才真是大话。"断简残编，翰墨云烟，香满山川"，是说自己的著作，竟有如此魅力，当然，话说得大了点。

双调·水仙子/《重观瀑布》　乔吉

天机织罢月梭闲，石壁高垂雪练寒。冰丝带雨悬霄汉，几千年晒未干。露华凉人怯衣单。似白虹饮涧，玉龙下山，晴雪飞滩。

瀑布是大自然的奇观，无论是巨大宽阔，如万马奔腾，还是一线飞漱，如匹练高悬，都会给山水增色不少，带给人无比的美感。古人观瀑布之时，赋诗填词的很多，最著名的，是李白那首家喻户晓的《望庐山瀑布》：

日照香炉生紫烟，遥看瀑布挂前川。
飞流直下三千尺，疑是银河落九天。

这要算是庐山瀑布的绝唱，到这里，恐怕人人都要搁笔了。不料在中唐时候，有一个叫徐凝的诗人，也写了一首《庐山瀑布》：

虚空落泉千仞直，雷奔入江不暂息。

千古长如白练飞，一条界破青山色。

和李白的诗比起来，确实是有霄壤之别了。唐人倒没有说什么。
到了宋代，大诗人苏轼看了徐凝的诗，大不以为然，于是，写了
一首《戏徐凝瀑布诗》：

帝遣银河一派垂，古来唯有谪仙词。

飞流溅沫知多少，不与徐凝洗恶诗。

把徐凝骂得有点惨，但徐凝这首诗反倒因此出了名。

后人咏瀑布的诗还不少，也有一些写得很不错的。比如王安
石的《绝句》：

拔地万里青嶂立，悬空千丈素流分。

共看玉女机丝挂，映日还成五色文。

乔吉的这一首《重观瀑布》，也堪称瀑布诗中的绝唱。它的妙
处，在用了一连串生动形象的比喻。

"天机织罢月梭闲，石壁高垂雪练寒"，好多赏析都把这两句
分开来讲，这是不对的。把瀑布比喻成石壁高垂的"雪练"，也就
是白色的丝绸，本身已经很生动。上一句则说，这"雪练"并非
人间之物，而是天上的织女在天机上织成的。"天机织罢月梭闲"，
是说"雪练"织成了，停了"月梭"。其实这两句，也就是从王安
石诗"共看玉女机丝挂"中化出来的。下面两句是全曲最精彩的。
"冰丝带雨悬霄汉"，已写得极有气势，而"几千年晒未干"，简直

是奇思妙想。下面的三个比喻也很精妙，但总不及这一句令人忍俊不禁。

双调·水仙子/《寻梅》　乔吉

　　冬前冬后几村庄，溪北溪南两履霜，树头树底孤山上。冷风来何处香？忽相逢缟袂绡裳。酒醒寒惊梦，笛凄春断肠，淡月昏黄。

　　梅是高洁的象征，寻梅自然也就是雅事。前三句鼎足对，没有说一个"寻"字，但字字都在说"寻梅"。走过冬前冬后几村庄，两度溪南溪北，踏雪履霜，在树头，在树底，在孤山之上，在干什么？在寻梅。这种描写极为巧妙。

　　寻到了吗？没有。但笔锋一转，冷风中一阵清香，是从哪里飘来的？这让我们想起了王安石的《梅花》诗：

　　墙角数枝梅，凌寒独自开。
　　遥知不是雪，为有暗香来。

于是循香而去，仍然是"寻"。终于，找到了一树白梅。就像穿着"缟袂绡裳"的月下仙子一样。

　　寻到了梅，接下来就应该是赏梅、咏梅了。梅下醉饮，笛奏《梅花落》，淡淡的月色，照着寒梅，恐怕林和靖所说的"疏影横斜水清浅，暗香浮动月黄昏"，也不过如此了。

正宫·端正好／《上高监司》　刘时中

众生灵遭磨障，正值着时岁饥荒。谢恩光，拯济皆无恙，编做本词儿唱。

〔滚绣球〕去年时正插秧，天反常，那里取若时雨降，旱魃生四野灾伤。谷不登，麦不长，因此万民失望。一日日物价高涨，十分料钞加三倒，一斗粗粮折四量，煞是凄凉。

〔倘秀才〕殷实户欺心不良，停塌户瞒天不当。吞象心肠歹伎俩。谷中添粃屑，米内插粗糠，怎指望他儿孙久长！

〔滚绣球〕甑生尘老弱饥，米如珠少壮荒。有金银那里每典当？尽枵腹高卧斜阳。剥榆树餐，挑野菜尝。吃黄不老胜如熊掌，蕨根粉以代糇粮。鹅肠苦菜连根煮。荻笋芦蒿带叶咙，则留下杞柳株樟。

〔倘秀才〕或是捶麻柘稠调豆浆，或是煮麦麸稀和细糠。他每早合拿擎拳谢上苍。一个个黄如经纸，一个个瘦似豺狼，填街卧巷。

〔滚绣球〕偷宰了些阔角牛，盗斫了些大叶桑。遭时疫无棺活葬，贱卖了些家业田庄。嫡亲儿共女，等闲参与商。痛分离是何情况？乳哺儿没人要撇入长江。那里取厨中剩饭杯中酒，看了些河里孩儿岸上娘，不由我不哽咽悲伤。

名篇赏析

〔倘秀才〕私牙子船湾外港，行过河中宵月朗，则发迹了些无徒米麦行。牙钱加倍解，卖面处两般装，昏钞早先除了四两。

〔滚绣球〕江乡相，有义仓，积年系税户掌。借贷数补搭得十分停当，都侵用过将官府行唐。那近日劝粜到江乡，按户口给月粮。富户都用钱买放，无实惠尽是虚桩。充饥画饼诚堪笑，印信凭由却是谎，快活了些社长知房。

〔伴读书〕磨灭尽诸豪壮，断送了些闲浮浪。抱子携男扶筇杖，尪羸伛偻如虾样。一丝好气沿途创，阁泪汪汪。

〔货郎儿〕见饿殍成行街上，乞丐拦门斗抢。便财主每也怀金鹄立待其亡。感谢这监司主张，似汲黯开仓。披星戴月热中肠，济与粜亲临发放。见孤孀疾病无皈向，差医煮粥分厢巷，更把赃输钱分例米，多般儿区处的最优长。众饥民共仰，似枯木逢春，萌芽再长。

〔叨叨令〕有钱的贩米谷，置田庄，添生放，无钱的少过活，分骨肉，无承望；有钱的纳宠妾，买人口，偏兴旺，无钱的受饥馁，填沟壑，遭灾障。小民好苦也么哥，小民好苦也么哥，便秋收鬻妻卖子家私丧。

〔三煞〕这相公爱民忧国无偏党，发政施仁有激昂。恤老怜穷，视民如子，起死回生，扶弱摧强。万万人感恩知德，刻骨铭心，恨不得展草垂缰。覆盆之下，同受太阳光。

〔二煞〕天生社稷真卿相，才称朝廷作栋梁。这相公主见宏深，秉心仁恕，治政公平，莅事慈祥。可与萧曹比并，伊傅齐肩，周召班行。紫泥宣诏，花衬马蹄忙。

〔一煞〕愿得早居玉笋朝班上，仁看金瓯姓字香。入阙朝京，攀龙附凤，和鼎调羹，论道兴邦。受用取貂蝉济楚。衮绣峥嵘，珂珮丁当。普天下万民乐业，都知是前任绣衣郎。

〔尾声〕相门出相前人奖，官上加官后代昌。活被生灵恩不忘，粒我烝民德怎偿。父老儿童细较量，樵叟渔夫曾论讲，共说东湖柳岸旁，那里清幽更舒畅，靠着云卿苏囿场，与徐孺子流芳挹清况。盖一座祠堂人供养，立一统碑碣字数行，将德政因由都载上，使万万代官民见时节想。

这又是一个学元散曲必须知道的套数。刘时中写过两套〔正宫·端正好〕《上高监司》，这里选的是"前套"。

高监司，一般认为是指高纳麟，也有人认为是指高昉或高奎的，为了叙述简便，姑从前说。监司，是监察州郡官员的官。高纳麟天历二年（1329）任江西道廉访使，监司，即廉访使的别称。

天历二年，全国多处大旱，尤以江西龙兴、南康等处最为严重。百姓衣食无着，饿殍遍野。高纳麟要求发官府仓库的粮食救灾，但这必须是要请示朝廷的，所以大小官员都很为难。高纳麟说："如果朝廷不允，我就以我的家产偿还。"这样，赈灾的事才定下来，因此救活的人无数。高纳麟又弹劾了一些贪官污吏，在当时的官员中，算是相当难能可贵的了。刘时中的这首《上高监司》，主旨当然是在赞颂高纳麟，但曲中真实地反映了大旱之年灾区人民的痛苦和一些不合理的社会现象。在元散曲基本上是感叹个人穷通荣辱和吟弄风花雪月中，这样有深刻社会内容的作品是不多见的，所以也就显得弥足珍贵。

首曲相当于一个楔子，说明写作的背景和缘由。全曲包含了三方面的内容。

第一，灾民的苦难。"去年时正插秧，天反常。那里取若时雨降"，"谷不登，麦不长"，"一日日物价高涨"。老百姓只能"剥榆树餐，挑野菜尝"，"一个个黄如经纸，一个个瘦似豺狼，填街卧巷"。更凄惨的，是骨肉分离，"嫡亲儿共女，等闲参与商，痛分离是何情况"。参、商是两个星辰，参宿在西，商宿在东，此升则彼落，永远不可能同时出现，后人即用"参商"比喻亲人朋友的分离。最惨痛的，是"乳哺儿没人要撇入长江"！"看了些河里孩儿岸上娘"。作者不由感叹说："小民好苦也么哥，便秋收鬻妻卖子家私丧。"

第二，富人的为富不仁。一些有钱人、殷实户，却趁机大发黑心财："吞象心肠歹伎俩，谷中添秕屑，米内插粗糠。"穷苦百姓忍饥挨饿，"有钱的贩米谷置田庄"，"纳宠妾买人口偏兴旺"。所以作者愤怒地诅咒他们"怎指望他儿孙久长"。

第三，对高监司的赞颂。"感谢这监司主张"，像汲黯一样开仓放粮，遣医问病，建粥棚施粥。"众饥民共仰望，似枯木逢春，萌芽再长。"他称赞高监司"爱国忧民无偏党"，是"天生社稷真卿相，才称朝廷作栋梁"。祝愿他"入阙朝京，攀龙附凤"，"早居玉笋朝班上"；"相门出相前人奖，官上加官后代昌"。最好能够"盖一座祠堂人供养，立一统碑碣字数行，将德政因由都载上，使万万代官民见时节想"。虽然有些溢美之词，但是这位高监司也确实是值得人尊敬赞扬的。

正宫·醉太平／《寒食》　王元鼎

声声啼乳鸦，生叫破韶华。夜深微雨润堤沙，香风
万家。画楼洗尽鸳鸯瓦，彩绳半湿秋千架。觉来红日上
窗纱，听街头卖杏花。

古时候在清明的前一天，不动烟火，只吃冷食。据说是春秋
时晋文公为纪念一位忠臣而设立的。

晋公子重耳的父亲晋献公宠信骊姬，想立骊姬的儿子为太子，
就派人去杀害太子申生和重耳。申生死了，重耳却逃跑了。他在
外面流亡了十九年，历尽苦难艰辛，终于重回晋国，成为春秋五
霸之一的晋文公。

重耳逃亡的时候，有一批忠心耿耿的臣子跟着他。重耳即位
之后，论功封赏随行人员。却忘记了一个有大恩于他的人——介
子推。

有一次，他们在山中迷路，没有吃的，重耳差一点饿死。介
子推割下自己腿上的一块肉，烤熟了给重耳吃。重耳非常感动。
但在封赏的时候却不小心把他给忘了。于是，介子推就带着他的
母亲，躲到绵山上去了。晋文公想起这件事的时候，已经找不着
介子推了。后来，听说介子推和母亲在绵山上，就亲自去请他。
但介子推东躲西藏，就是不见他。有人给晋文公出主意，放火烧
绵山，介子推就会自己出来了。晋文公照办了。但是，一直到把
绵山烧光，介子推都没有出来。灭了火去找，才发现介子推抱着
一棵大树，已经被烧死了。

晋文公非常悲痛，他认为这是自己不可原谅的过错。就用那棵大树的木头做了一双木屐，当他一思念介子推的时候，就会看着脚下的木屐说："悲乎，足下！"我们现在尊称别人为"足下"，就是从这里来的。同时，他还下令，每年清明的前一天，也就是介子推被烧死的那一天，全国不许举火，以纪念介子推。

这个习俗被一直沿袭下来，就是后来的"寒食节"。

寒食节在唐、宋时期很受重视，把它和清明节合在一起，除不举火之外，还有扫墓祭祖、郊游踏青等内容。在诗词中描写寒食的也不少，最有名的，大概要算唐韩翃的那首《寒食》诗了：

> 春城无处不飞花，寒食东风御柳斜。
> 日暮汉宫传蜡烛，轻烟散入五侯家。

王元鼎的这一首〔醉太平〕《寒食》，并没有就寒食本身去立意，而是描写寒食这一天平平常常而又生机勃勃的景象。

寒食节不动烟火，空气本身就比较清新。夜来的一场微雨，更是洗尽轻尘。早上一阵乳鸦的啼叫，"生叫破韶华"。起来一看，"画楼洗尽鸳鸯瓦，彩绳半湿秋千架"。最有情趣的，是红日刚刚照上窗纱，深巷街头，就已经传来卖花姑娘那悦耳的叫卖杏花的声音。

江南的春天，最美的不是桃花，不是梨花，也不是芍药、牡丹，而是杏花。元人虞集词《风入松》中有"杏花春雨江南"句，被认为是描写江南春景最好的一句。卖花以作瓶供，起于何时已不可考，但至少在宋、元时期已经很多。所以元散曲曲牌中就有〔卖花声〕，可见卖花的叫卖声还有一定旋律，而且还很好听。宋代勾栏瓦肆的表演中，有一种表演形式名叫"叫声"，就是模仿各种叫卖的声音的。

陆游《临安春雨初霁》中有两句诗"小楼一夜听春雨，深巷明朝卖杏花"，是千古传诵的名句。这首小令，其实整个就是陆游这两句诗的展开，只不过更具体而微而已。

中吕·山坡羊/大江东去　薛昂夫

> 大江东去，长安西去，为功名走遍天涯路。厌舟车，喜琴书，早星星鬓影瓜田暮，心待足时名便足。高，高处苦；低，低处苦。

"大江东去"的是水，"长安西去"的是人。东去的江水无心，西去的游子有意。去干什么？求取功名富贵。"长安"，这里指京城。"厌舟车"是说已经厌恶了东奔西跑的仕途生涯。"喜琴书"则是喜欢归隐后的琴书自娱的休闲生活。"瓜田"，指东汉时邵平的故事。据《史记·萧相国世家》记载，秦东陵侯邵平，秦亡后成了普通老百姓，因为贫穷，就在长安城东种瓜。瓜很美，世人称之为"东陵瓜"。大概是因为陶渊明在《饮酒》诗中有"邵生瓜田中，宁似东陵时"的句子，所以元人散曲中把邵平也作为一个隐者的代表，提到他的散曲很多。"早星星鬓影瓜田暮"是说当"鬓已星星也"（宋蒋捷《虞美人》），也就是说头发都花白了，稀疏了，才学邵平一样去种瓜，已经太晚了。人的欲望，求名求利之心是没有止境的，但是"心待足时名便足"。换句话说，心如果不足，那么永远都跳不出名利场。跳不出名利场，为官为民都不满足，"高，高处苦；低，低处苦"。

名篇赏析

双调·庆东原／古皋亭适兴　薛昂夫

　　兴为催租败，欢因送酒来，酒酣时诗兴依然在。黄花又开，朱颜未衰，正好忘怀。管甚有监州，不可无螃蟹。

　　这首小令用了宋人的两个典故。

　　宋人潘大临，有一次诗兴大发，吟出了一句很不错的诗句"满城风雨近重阳"，起句如此，是很有可能写成一首好诗的。他刚吟出这一句，就遇到催租的人来了，于是败兴了，诗也写不下去了。他的这首诗，最终就只有这一句。作者借用此，并没有什么深意，而只是想引出下文的"欢因送酒来"。不过他更超脱一些，"酒酣时诗兴依然在"。

　　结尾两句也是用的宋人的典故。

　　古时候为了防止地方州郡官员权力太大，形成尾大不掉的局面，就在州郡设置监察官职，如汉代的督邮。宋代设通判，表面上是州郡长吏的副手，实际上又直属于中央政府。也就是所谓的监州。据欧阳修《归田录》记载，当时有一个杭州人，名叫钱少卿，特别喜欢吃螃蟹。他曾要求调任到外地做官。有人问他想去什么地方，他回答说："但得有螃蟹无通判处则可矣。"后来苏轼在《金门寺中见李西台与二钱（惟演、易）唱和四绝句戏用其韵跋之》（其二）就用了这个故事说："欲问君王乞符竹，但忧无蟹有监州。"薛昂夫用了这个典故，但表现出一种超越前人的旷达，只要有螃蟹吃，管他有没有监州。

双调·楚天遥过清江／花开人正欢　薛昂夫

花开人正欢，花落春如醉。春醉有时醒，人老欢难会。一江春水流，万点杨花坠。谁道是杨花，点点离人泪。　　回首有情风万里，渺渺天无际。愁共海潮来，潮去愁难退。更那堪晚来风又急。

屈指数春来，弹指惊春去。蛛丝网落花，也要留春住。几日喜春晴，几夜愁春雨。六曲小山屏，题满伤春句。　　春若有情应解语，问着无凭据。江东日暮云，渭北春天树，不知那答儿是春住处。

有意送春归，无计留春住。明年又着来，何似休归去。桃花也解愁，点点飘红玉。目断楚天遥，不见春归路。　　春若有情春更苦，暗里韶光度。夕阳山外山，春水渡傍渡，不知那答儿是春住处。

三首一气呵成，全是伤春语气。

读这三首曲，首先感觉到的是语言很美，而且朗朗上口。从头到尾，几乎句句不离"春"字，春花、春树、春风、春雨、春潮、春水、春住、春归，反复咏叹，反复吟唱，构成了一幅情感极其浓烈的伤春图画。

其次，是曲中化用乃至借用了大量的前人诗意和诗句，但化用得很好，借用得也不着痕迹，完全化入了自己的作品之中。

第一曲一开头，就把人带入一种伤春的气氛之中，而且伤春之中又蕴含了人生苦短、青春不再的感伤。"一江春水流"看似用李后主"问君能有几多愁，恰似一江春水向东流"，其实不是，他用的是孔子《论语》中对时光流逝如流水的感叹："子在川上曰：'逝者如斯夫，不舍昼夜。'"这和李后主的亡国之愁是完全不同的。"一江春水流，万点杨花坠。谁道是杨花，点点离人泪"，很美的句子，很美的意境，出自苏东坡那首著名的《水龙吟·次韵章质夫杨花词》"似花还似非花，也无人惜从教坠"，"细看来，不是杨花，点点是离人泪"。用潮生喻愁生，而潮退愁却不退，是很好的寓意。结尾处"更那堪晚来风又急"，化用李清照《声声慢》中的名句"怎敌他晚来风急"。

第二曲和第三曲都是感叹"春归何处"。

第二曲用"屈指"和"弹指"表示盼望春来得慢和感叹春去得急的心情，非常生动。"屈指"，就是俗话中说的"扳着指头算"，极言时间的慢；"弹指"，即"弹指一挥"，就像弹一下指头，挥一下手一样，极言时间过得快。"蛛丝网落花"，是说蜘蛛用网网住落花，要留住春天，是极有想象的比喻。此句化用辛弃疾的《摸鱼儿》"算只有殷勤，画檐蛛网，尽日惹飞絮"。

第三曲说"有意送春归，无计留春住"，上句出自宋王观《卜算子·送鲍浩然之浙东》"才始送春归，又送君归去"；下句出自欧阳修《蝶恋花》"门掩黄昏，无计留春住"。最伤怀的，是"目断楚天遥，不见春归路"。

春究竟停留在哪里？"不知那答儿是春住处"。是"江东日暮云，渭北春天树"，还是"夕阳山外山，春水渡傍渡"？这几句都是非常美的诗句，可惜都不是薛昂夫的原创。上二句出自杜甫《春日忆李白》"渭北春天树，江东日暮云"。下二句出自宋戴复古诗，但戴复古仍非原创。据说当时有人有两句诗"古今一凭栏，夕阳山外山"，未能成对，大家就都来对，后来范鸣道以"春水渡傍渡"对下句。戴复古把这两句写进了自己的诗里。

不过"夕阳山外山"意境太美了，是谁的原创似乎都不太重要了。许多人更记得的，可能是弘一法师李叔同的那首著名的歌曲《送别》："长亭外，古道边，芳草碧连天，晚风拂柳笛声残，夕阳山外山。"

双调·水仙子／《客乡秋夜》　赵善庆

梧桐一叶弄秋晴，砧杵千家捣月明，关山万里增归兴。隔嵯峨白帝城，捱长宵何处销凝。寒灯一檠，孤雁数声，断梦三更。

题目是"客乡秋夜"。客居他乡，人人都会有思乡之情，更何况在耿耿秋夜，秋宵、秋月、秋雁、秋风，更增添了浓浓的乡思。

为什么说"梧桐一叶弄秋晴"呢？古人常以梧桐叶落、雨打梧桐等描写秋思，描写愁思。比如唐代刘媛的《长门怨》"雨滴梧桐秋夜长，愁心和雨到昭阳"；白居易的《长恨歌》"春风桃李花开日，秋雨梧桐叶落时"；温庭筠的《更漏子》"梧桐树，三更雨，不道离情正苦，一声声，一叶叶，空阶滴到明"；元徐再思的〔水仙子〕《夜雨》"一声梧叶一声秋，一点芭蕉一点愁，三更归梦三更后"。这里也用"梧桐一叶弄秋晴"来表示秋思，表示愁思。

"砧杵千家捣月明"，是从李白《子夜吴歌》"长安一片月，万户捣衣声。秋风吹不断，总是玉关情"中化出来的。古人洗衣用木杵在水边的大石上捶衣物，女子思念丈夫或者情人，就跑去洗衣服，这大概已经成为一种习俗。所以从南北朝时期起，许多诗人都写过《捣衣诗》，包括沈约、萧衍、庾信、温子升、李白、杜甫、柳恽等大诗人。这些诗明是说捣衣，其实说的都是思人。

关山阻隔，长夜难明，面对"孤灯一檠"，耳听秋雁数声，真是要"梦断三更"了。

双调·沉醉东风／《嘲妓好睡》　马谦斋

　　　　摇不醒的鸾交凤友，搬不回的燕侣莺俦。莫不是宰予妻、陈抟友，百忙里蝶梦庄周。衲被蒙头万事休，真乃是眠花卧柳。

元散曲中有许多比较俚俗的玩笑之作。从前的研究者，对这一类的作品不是嗤之以鼻，就是大加挞伐，都是受了自《诗经》以来所要求的诗歌的美刺作用的影响。其实诗歌还有娱乐作用，只要无伤大雅，开开玩笑，甚至相互来点嘲谑，也是可以的。

通首是趣。前两句"摇不醒"，"搬不回"，已经让人忍俊不禁。下面活用了三个典故。

宰予，是孔子的弟子，曾经因为白天睡觉而被孔子称为"朽木不可雕也"。陈抟，五代末宋初人，是著名的道教学者，世称"陈抟老祖"，又称"希夷先生"。他一生好睡，有许多有关他嗜睡的传说。这里说这位好睡的妓女莫不是宰予的老婆、陈抟的朋友，居然这么能睡。

"蝶梦庄周"，还是庄周梦蝶。庄周就是庄子，他曾经在睡梦中梦见自己变成了蝴蝶。醒了以后，却不知道是蝴蝶在自己的梦中呢，还是自己在蝴蝶的梦中。

最后一句尤其有趣。眠花、卧柳，本都是动宾结构的词组，指旧时与妓女交好。这里把它们变成了偏正结构，即睡着了的花、睡着了的柳，妙趣横生。

双调·水仙子／《西湖秋夜》　张可久

今宵争奈月明何，此地那堪秋意多，舟移万顷冰田破。白鸥还笑我，拼余生诗酒消磨。云子舟中饭，雪儿湖是歌，老子婆娑。

月夜泛舟西湖，别有一番韵味。秋风湖上，月明星稀。小舟轻移，划破平静得如万顷冰田的湖面，已经是远离尘世，但白鸥还在笑我。拼去余生，就在诗酒中消磨过去，不再有其他想法。

"云子"，是云南生产的围棋棋子，是棋中上品。云子在唐、宋时期已经很有名。白子晶莹似玉，温润柔和，古人把好米煮出来的饭称为"云子饭"。杜甫《与鄠县源大少府宴渼陂》诗："饭抄云子白，瓜嚼水精寒。""雪儿"，是宋、元时对女子的普通称呼。宋刘克庄在《题刘澜乐府》中说："词当叶律，使雪儿、春莺辈可歌，不可使气为色。"

有云子饭可吃，有雪儿歌可听，难怪诗人会有"老子婆娑"之感了。

双调·折桂令／《鉴湖小集》　　张可久

　　写《黄庭》换得白鹅，旧酒犹香，小玉能歌。命友南山，怀人北海，遁世东坡。昨日春今日秋清闲在我，百年人千年调烦恼由他。乐事无多，良夜如何。去了朱颜，还再来么？

　　鹅，是曾经被当作宠物来养过的。古时候爱鹅的人很多，最著名的，大概要算是王羲之了。王羲之爱鹅，与一般人还是有一点不同的。一般人爱鹅，是爱它优美的身姿和在水面游弋时的高贵潇洒。而王羲之爱鹅，却是从鹅掌拨水中悟到了笔法。清代著名书法家包世臣有诗说："悟入鹅掌拨水势，始知五指齐力难。"王羲之的书法在当时名气就极大，要求得他的墨宝不是件容易的事。有一个山阴道士，知道王羲之爱鹅，就特地养了一群非常漂亮的白鹅。有一次，王羲之到山阴游玩，看见这群白鹅，非常喜爱，就要道士送给他。道士说，要白鹅也可以，但是要王羲之手书《黄庭经》来换。王羲之马上书写了一部《黄庭经》，送给道士，然后高高兴兴地"笼鹅而归"。李白有诗说："山阴道士如相见，应写《黄庭》换白鹅。"（《送贺宾客归越》）此曲中的"写《黄庭》换得白鹅"，说的也就是这件事。

　　"友南山"指陶渊明。陶渊明有著名的诗句"采菊东篱下，悠然见南山"（《饮酒》）。"北海"指东汉末孔融。他是孔子的第二十世孙，"建安七子"之首，曾任北海太守。"东坡"指宋代苏轼，这是尽人皆知的。他们都是元人眼中的高人。"清闲在我"，"烦恼由他"，原因还是在"乐事无多"。

最后一句很有点警世的味道。"去了朱颜，还再来么"，等于说年华逝去，还再来么，那就更应该及时行乐了。

越调·寨儿令／《鉴湖上寻梅》　张可久

　　　　贺监宅，放翁斋，梅花老夫亲自栽。路近蓬莱，地远尘埃，清事恼幽怀。雪模糊小树莓苔，月朦胧近水楼台。竹篱边沽酒去，驴背上载诗来。猜，昨夜一枝开。

"贺监"，指唐代贺知章；"放翁"，指宋代陆游。他们都是山阴（今浙江绍兴）人。贺知章八十多岁的时候，自感身体不太好了，就要求辞官归乡，唐玄宗答应了，并把鉴湖一角赏赐给了他。陆游晚年一直居住在山阴故乡，直到八十六岁去世。

"路近蓬莱，地远尘埃"，不是实际的地理，而是心中的地理位置。"近蓬莱"，"远尘埃"，是把鉴湖当作理想中远离尘世的神仙境界。

"雪模糊小树莓苔，月朦胧近水楼台"，是为自己，也为梅花营造了一个极有诗意的环境。而篱边沽酒、驴背诗成，正是这些隐居的读书人的理想生活。

结尾扣题，但出人意表，不是真的去寻梅，而是猜：昨夜风清月白，那一枝含苞的梅，今天应该盛开了吧。

名篇赏析

205

越调·寨儿令／《情梅友元帅席上》　　张可久

　　呆答孩，守书斋，小冤家约定穷秀才。踏遍苍苔，湿透罗鞋，不见角门开。碧桃香春满天台，彩云深人在阳台。漏声催禁鼓，月影转瑶阶，猜，烧罢夜香来。

　　这个情景，我们仿佛在李商隐的《无题》诗中见过，李后主的词中见过，在王实甫的《西厢记》里见过，在蒲松龄的《聊斋》中见过，在冯梦龙的"三言"、凌濛初的"二拍"中见过，写的是青年男女不敢公开的爱情。"昨夜星辰昨夜风，画楼西畔桂堂东"（李商隐《无题》），夜深人静，才能偷偷相会。李煜的《菩萨蛮》，是这一类题材的代表：

　　花明月黯笼轻雾，今宵好向郎边去！衩袜步香阶，手提金缕鞋。
　　画堂南畔见，一向偎人颤。奴为出来难，教君恣意怜。

　　《西厢记》中张生半夜赴崔莺莺的约会，是大家非常熟悉的："待月西厢下，迎风户半开。隔墙花影动，疑是玉人来。"
　　元散曲写这一类的题材，语言要生动风趣得多。
　　这首曲一开头，就为我们介绍了一位只知道读书、不解风情的书呆子，"呆答孩，守书斋"。但这样的书生，往往又很受少女们的喜爱，这一类的故事，在《聊斋》中太多了，所以，就有了下面的"小冤家约定穷秀才"。

这种约会，一般的描写都会是在夜深人静的时候，书生赴约来到花园外，到时候，会有一个丫鬟，悄悄地把角门打开，放他进来。这个"穷秀才"也来了，在角门外站了很久，"踏遍苍苔，湿透罗鞋"，但就是"不见角门开"。

"碧桃香春满天台，彩云深人在阳台"，用了刘、阮天台逢仙女和楚襄王巫山会神女的两个典故，都是男女欢会的，大概是这位"穷秀才"站在门外的胡思乱想。"漏声催禁鼓，月影转瑶阶"，等的时间太长，着急啊。究竟是来还是不来？门到底是开还是不开？"猜，烧罢夜香来"。他自我安慰说，小冤家肯定烧夜香去了，烧完夜香，就会来了。

究竟结果如何，不知道，其实也不必知道了。

双调·殿前欢 /《次韵酸斋》　张可久

　　钓鱼台，十年不上野鸥猜。白云来往青山在，对酒开怀。欠伊周济世才，犯刘阮贪杯戒，还李杜吟诗债。酸斋笑我，我笑酸斋。

张可久一生仕途不得意，沉沦下僚，但又为生计所困，到七十多岁了都还在做幕僚，八十岁左右还"监税松源"。大概只是在六十多岁的时候，在浙江德清隐居了三年。这首曲，是他和贯云石（酸斋）所作，曲的一开头就说"钓鱼台，十年不上野鸥猜"。"钓鱼台"，即严子陵钓鱼台。位于浙江省桐庐县城南十五公里的富春山麓，因东汉严子陵隐居于此得名。严子陵，名光，会稽余姚人，东汉初年隐士。

下面用了一个鼎足对，算是对自己的一个评价。

"欠伊周济世才"，伊是伊尹，商汤的重要谋臣；周是周公，辅佐成王取得天下。说自己没有他们那样的大才。"犯刘阮贪杯戒"，刘是刘伶，阮是阮籍，二人都是西晋"竹林七贤"中人，而且都嗜酒如命。"还李杜吟诗债"，李是李白，杜是杜甫。这三句是说自己没有经世济民的大才，不过是以诗酒自娱而已。

双调·庆东原／《越山即事》　张可久

庭前树，篱下菊，老渔樵相伴闲鸥鹭。听道士步虚，教稚子读书，引吟客携壶。借贺老湖船，访谢傅东山去。

这大概也是张可久归隐的三年中，住在德清县时所写。

庭前有树，篱下种菊，行动处与老渔樵相伴，与鸥鹭为友，大概就是他那一时期生活的写照。每天干什么呢？"听道士步虚"，"步虚"，又叫"步虚声"，是道士演唱经文和吟唱与道教思想有关的歌，相当于佛教的"梵呗"。"教稚子读书"，课子孙，是雅事，也是乐事。"引吟客携壶"，"吟客"，指吟诗作赋的同道中人。"携壶"，等于说"载酒"。与朋友登山临水，吟咏性情，是离不开酒的。

贺老，贺知章。唐玄宗把鉴湖一角赐给了他，所以这里说是"贺老湖船"。"谢傅"，东晋时名相谢安，曾隐于东山，后来出仕，说是"为苍生起"。

曲写得很潇洒，但实际生活未必那么清闲。

中吕·卖花声／《怀古》　张可久

　　美人自刎乌江岸，战火曾烧赤壁山，将军空老玉门
关。伤心秦汉，生民涂炭，读书人一声长叹。

这是元散曲中的名篇。

　　开头的鼎足对，是对历史上的成败兴衰的感叹。"美人自刎乌
江岸"，说项羽在垓下被刘邦打败，他最宠幸的虞姬自刎而死。其
实，没有多久，项羽也在乌江边自刎，结束了悲壮的一生，也结
束了秦末的大动乱。"战火曾烧赤壁山"，写孙、刘联盟，火烧赤
壁，大败曹操，最终形成汉末三足鼎立的局面。"将军空老玉门
关"，指东汉初名将班超，为开西域，在玉门关外生活了三十一年。
晚年要求调回，说："臣不敢望到酒泉郡，但愿生入玉门关。"张可
久借用了这三个历史人物，概括地表述了历史上的一切兴亡成败，
遭殃的都是老百姓。正像张养浩所说的"兴，百姓苦；亡，百姓苦"
一样。但是读书人又有什么办法呢？只能是一声长叹而已。

中吕·齐天乐过红衫儿／《道情》　张可久

　　人生底事辛苦，枉被儒冠误。读书，图驷马高车，
但沾着者也之乎。区区，牢落江湖，奔走在仕途。半纸
虚名，十载功夫。人传《梁甫吟》，自献《长门赋》，谁
三顾茅庐。　　白鹭洲边住，黄鹤矶头去。唤奚奴，鲙

鲈鱼，何必谋诸妇。酒葫芦，醉模糊，也有安排我处。

"道情"是元散曲常见的题目，一般还是说青天白云、远山近水的归隐之情，不过加上了一些道家的思想。

这是一首带过曲，上下两曲分开来说。

〔齐天乐〕实际上是自叹。叹什么？"枉被儒冠误。"儒家讲进取，是追求修身、齐家、治国、平天下的，当然，不排除荣华富贵、光宗耀祖、大济苍生、流芳百世这些因素在内。读书干什么？学成文武艺，货与帝王家，也为自己博得个封妻荫子、高车驷马。但是，成功之路艰难，成功之人少之又少，"牢落江湖，奔走在仕途"。结果是"半纸虚名"，就耗费了"十载功夫"。

《梁甫吟》是一首古诗，写春秋时齐国的晏婴二桃杀三士的故事。据说诸葛亮就特别喜欢这首诗。《三国志·蜀书·诸葛亮传》说他"躬耕陇亩，好为《梁父吟》（即《梁甫吟》），每自比于管仲、乐毅"。"自献《长门赋》"，写司马相如。汉武帝陈皇后阿娇失宠后，想再得到汉武帝的宠爱，就请司马相如写了一篇《长门赋》献给汉武帝。古人为了求仕，自己跑去给皇帝献赋的事很多。就连杜甫，都曾经向朝廷进献过《三大礼赋》，但有结果的少。像诸葛亮这样受到三顾的殊荣，风风光光地出山，辅佐明君，干一番轰轰烈烈的大事业，然后封侯拜相的人就更少了。这有一点像今天的人买彩票，常常都看到报纸上说有人中了几百万大奖，但自己和身边的人却是月月买，月月失望；年年买，年年失望。张可久也是买不中彩票的人，所以只能感叹"谁三顾茅庐"。其实意思就是说，谁也没有来三顾茅庐。

既然功名无望，富贵无望，那么，还是只有走老路，进而为儒，退而为道了。

〔红衫儿〕就写失望后的归隐之心。既然"帝乡不可期"（陶渊明《归去来兮辞》），那就去"白鹭洲边住"；既然"欲渡黄河冰塞川，将登太行雪满山"（李白《行路难》），那就不如"黄鹤矶头去"。"何必谋诸妇"用苏轼《后赤壁赋》中感叹"有客无酒，有酒无肴，月白风清，如此良夜何？"然后"归而谋诸妇。妇曰：'我有斗酒，藏之久矣，以待子不时之需。'"这里是说酒多得很，完全不必"归而谋诸妇"。所谓"自有安排我处"，也不过是日日醉乡里行而已。

中吕·山坡羊／《闺思》　张可久

　　云松螺髻，香温鸳被，掩春闺一觉伤春睡。柳花飞，小琼姬，一声雪下呈祥瑞，团圆梦儿生唤起。谁，不做美？呸，却是你。

这也是元散曲中的一首名曲，生动描写了闺中少妇慵懒娇憨的神态。

早春时候，一位松了云鬟发髻的少妇，正在春闺中"香温鸳被"，"一觉伤春睡"，大有"春眠不觉晓"（孟浩然《春晓》）的感觉。何以伤春呢？没有说。但下面说"团圆梦儿"，可见是与丈夫分别了。于是面对春光，更添惆怅，"还睡，还睡，解道醒来无味"（清纳兰性德《如梦令》）。刚在梦中与丈夫团圆，却被那个"小琼姬"，"一声雪下呈祥瑞""生唤起"。心里那个气呀。是谁这样"不做美"？一看，是小丫鬟，把飘飞的柳花当成了瑞雪，高兴得大叫。真是恨也不是，恼也不是，只好啐一声："呸！却是你这个丫头。"

读这首曲，有一点像读李清照早期的词。尤其是那首《如梦令》"知否，知否，应是绿肥红瘦"，不过散曲毕竟更要活泼一些。

越调·凭栏人／《江夜》　张可久

　　江水澄澄江月明，江上何人挡玉筝。隔江和泪听，满江长叹声。

这是一首无论是意境还是语言都极美的小令。

澄澄江水，朗朗江月，自然也少不了习习江风、淡淡江雾。隔江一阵筝声传来，不知道是谁在弹，也不知道她在哪里弹。但凄美的旋律，引来一江的叹息。"挡"是弹的意思。唐代教坊把入宫学习琵琶、三弦、箜篌、筝等的女子称为"挡弹家"。筝的声音较琴瑟高，音色要凄楚一些，所以有时称筝为"哀筝"。魏曹丕《与朝歌令吴质书》："高谭（谈）娱心，哀筝顺耳。"唐杜甫《秋日夔府咏怀一百韵》："哀筝伤老大，华屋艳神仙。"李商隐《无题》："何处哀筝随急管。"我们再来看一看晏几道的《菩萨蛮》：

　　哀筝一弄湘江曲，声声写尽湘波绿。纤指十三弦，细将幽恨传。当筵秋水慢，玉柱斜飞雁。弹到断肠时，春山眉黛低。

其意境与张可久的这首小令有一些相似，但这首曲中"隔江和泪听，满江长叹声"，其意境又超过前人。

南吕·阅金经/《闺情》　徐再思

　　一点事，两山眉上秋。拈起金针还又休。羞，见人
推病酒。恹恹瘦，月明中空倚楼。

　　题目是"闺情"，写的是相思。刻画细致入微，把闺中女子刻
骨相思，又无法在人前表露的心情表现得淋漓尽致。

　　"一点事"，没有说破，但又何须说破。因为愁思，眉头舒展
不开，向上皱起，就像两座小山一样。"拈起金针还又休"，非常
传神，心神不定，做什么都没有兴致。最苦的，是这相思还不能
告诉别人，羞！但人没有精神，病恹恹的消瘦，有人问，只好推
说是病酒。只有在夜深人静的时候，倚楼望明月，诉不尽心中的
苦，道不尽心中的情。

中吕·普天乐/《吴江八景·西山夕照》　徐再思

　　晚云收，夕阳挂，一川枫叶，两岸芦花。鸥鹭栖，
牛羊下，万顷波光天图画，水晶宫冷浸红霞。凝烟暮景，
转晖老树，背影昏鸦。

　　吴江，即今江苏吴江市。原作共八首，分咏吴江八景，"西山
夕照"为其中之一。

　　有些景，在不同的环境中有不同的美，比如月下、雨中、雪

名篇赏析

夜、晨曦。而夕阳照射、晚霞满天，也会给一些景色平添许多色彩，所以好多地方都有因夕照而出名的景点，如杭州的"西湖十景"中就有"雷峰夕照"，北京的"燕京八景"中就有"金台夕照"等。

徐再思笔下的"西山夕照"，为我们描绘的是一幅宁静的山水，点缀着的是枫叶、芦花、鸥鹭、牛羊、老树、昏鸦。这一切，都因为夕阳晚霞，被罩上了一层浓艳的色彩。万顷波光冷浸红霞，夕阳的光辉在老树上流转，树上的昏鸦，背带着落日余晖，此时此景，确实是令人陶醉的。

双调·沉醉东风／《春情》　　徐再思

一自多才间阔，几时盼得成合。今日个猛见他门前过，待唤着怕人瞧科。我这里高唱当时《水调歌》，要识得声音是我。

古时男女相恋，不像今天这样自由，尤其是见面不容易，所以李商隐才会有"相见时难别亦难"（《无题》）的感慨。就是见面，也要背着人，不能让人知道，所以也才会有那么多"月上柳梢头，人约黄昏后"（欧阳修《生查子》）的风流韵事。

这首曲的主人公，是一位陷入爱情的女子，与恋人分别后，不知道什么时候才能再见。我们可以想见在这漫长的离别中，她经历了怎样的感情煎熬。今天，突然看见心上人从门前经过，想叫他一声，又怕别人看见。不叫吧，他很快就会走过，那又不知道何年何月才会有这样的机会了。怎么办？这个女孩子是非常聪明的，她唱起了当时大家在一起的时候她常常唱的《水调歌》，她暗暗地祈求：情郎呀，你仔细听听，要听出这是我的声音呀！

这是元散曲中极饶趣味的一首，很能引起人们的共鸣。可能许多人都在猜测结果，他听出了恋人的声音吗？他们因此相会了吗？也许，也许他就这样走过去了。究竟会怎样，留给大家去猜，去想象吧。

双调·蟾宫曲／《春情》　徐再思

平生不会相思，才会相思，便害相思。身似浮云，心如飞絮，气若游丝。空一缕余香在此，盼千金游子何之。证候来时，正是何时？灯半昏时，月半明时。

徐再思不愧为题情的高手。这一首《春情》，也写得很好。

头三句都以"相思"作结。但你慢慢地去品，却很有味道。"平生不会相思"，相思有什么会不会的？她分明是在告诉别人，她从来就没有喜欢过谁，当然也就"不会相思"。接下来笔锋一转，说"才会相思"，呵呵，丫头爱上人了。这一爱就深沉，就执着，于是就"害"起了相思。

这相思病一害就还不轻，"身似浮云，心如飞絮，气若游丝"。空留下"一缕余香"，盼望的，是"千金游子"，也就是惹她害相思的那个人"何之"。"何之"，就是"之何"，到什么地方去了。但这里解作什么时候回来似乎更好一些。

接下来的描述极为有趣。"证候"是医学名词，指发病的样子。这里当然说的是相思病，"正是何时"，等于医生在问你，什

名篇赏析

215

么时候病发得厉害。回答也有趣极了："灯半昏时，月半明时。"

双调·水仙子／《夜雨》　徐再思

　　一声梧叶一声秋，一点芭蕉一点愁，三更归梦三更后。落灯花棋未收，叹新丰孤馆人留。枕上十年事，江南二老忧，都到心头。

此曲堪称元散曲中的精品。

雨，带给人许多喜，也带给人许多忧。在诗人笔下，描写雨的佳作秀句数不胜数。比如杜甫的诗歌中，既有《春夜喜雨》那样对好雨"随风潜入夜，润物细无声"的喜悦，也有《茅屋为秋风所破歌》中对"雨脚如麻未断绝"而使自己"床头屋漏无干处"，"长夜沾湿何由彻"的无奈。

不过，古人还是爱雨甚至赏雨的。雨可以看，唐人诗中就有"林下老僧来看雨"的句子（见明黄溥《闲中今古录》）。现在台湾歌手孟庭苇还有一首很有名的歌曲《冬季到台北来看雨》。雨可以听，李商隐有"秋阴不散霜飞晚，留得残荷听雨声"（《宿骆氏亭怀崔雍崔衮》）的诗句。宋蒋捷更有一首《虞美人·听雨》：

　　少年听雨歌楼上，红烛昏罗帐。壮年听雨客舟中，江阔云低，断雁叫西风。　　而今听雨僧庐下，鬓已星星也。悲欢离合总无情，一任阶前，点滴到天明。

用"听雨歌楼"，"听雨客舟"和"听雨僧庐"分别描写了自己少年、壮年、老年的不同人生感受。

雨打在芭蕉、梧桐一类的阔叶上，声音特别有味。温庭筠的《更漏子》"梧桐树，三更雨，不道离情正苦，一叶叶，一声声，空阶滴到明"，描写的就是这种情况。现在的广东音乐中，还有一首非常著名的《雨打芭蕉》。当然，还有"雨打孤篷酒渐消"（陆游《舟中感怀三绝句呈太傅相公兼简岳大用郎中》），"冷雨敲窗被未温"（《红楼梦》林黛玉《秋风辞》）等的描写。下面说"三更归梦三更后"，就点明了思乡思亲的主题。

"新丰孤馆人留"，用唐马周事。马周在唐太宗时曾经困居在新丰的旅馆中，后来受到唐太宗的赏识。这里借用马周的故事，写自己仕途的不得意。

"枕上十年事"，是枕上反思在外游荡十年的往事。"江南二老忧"，是二老忧多年在外的儿子，还是多年在外的儿子忧家中渐渐老去的父母，可能二者都有。在这风摇梧叶、雨打芭蕉的夜晚，全都涌上了心头，描写极为细腻生动。

双调·水仙子/《自足》　杨朝英

> 杏花村里旧生涯，瘦竹疏梅处士家。新耕浅种收成罢，酒新篘、鱼旋打，有鸡豚竹笋藤花。客到家常饭，僧来谷雨茶，闲时节自炼丹砂。

杨朝英这首曲，把隐居闲适生活写得很具体，如果真能做到，也确实是神仙日子了。

"杏花村"，因杜牧《清明》诗中"借问酒家何处有，牧童遥指杏花村"而闻名。这不一定是一个具体的地名，也许就是一个开满了杏花的村子。比如许浑《下第归蒲城墅居》"薄烟杨柳路，微雨杏花村"，薛能《春日北归舟中有怀》"雨干杨柳渡，山热杏花村"，都是泛指，许浑的诗尤其能说明。因为杜牧的诗，杏花村又和酒有了密切的关系。所以，这里所说的"杏花村里生涯"，就是指的酒中生涯。

瘦竹、疏梅，是说竹也不多，梅也不多。处士，即隐士。"新耕浅种收成罢，酒新篘、鱼旋打，有鸡豚竹笋藤花"写得很美，但都是套话。倒是下两句有点意思。

"客到家常饭"，不必特意去准备，倒说明来的都是老朋友，所以很随意了。

"僧来谷雨茶"，真正的高僧也就是高人，所以品茗而谈。"谷雨茶"，指谷雨前采摘的茶叶，因为采摘早，所以鲜嫩。现在的茶称"明前"，指清明前采摘的茶叶；称"雨前"，指谷雨前采摘的茶叶，即"谷雨茶"。

如果没有人来呢？那就自炼丹砂。道家讲究炼丹，即炼制丹药，希求吃了能长生，甚至飞升。杜甫《赠李白》诗说："秋来相顾尚飘蓬，未就丹砂愧葛洪。"李白本人就是道教徒。

双调·殿前乐／《梅花》　景元启

月如牙，早庭前疏影印窗纱。逃禅老笔应难画，别样清佳。据胡床再看咱，山妻骂，为甚情牵挂。大都来梅花是我，我是梅花。

梅花是高洁的象征，文人墨客常以之比喻自己的洁身自好、孤芳自赏。最早的一首咏梅诗，是南北朝时鲍照的《梅花落》，诗中说："中庭多杂树，偏为梅咨嗟。问君何独然？念其霜中能作花，露中能作实。"已经为后世咏梅定了个基调。后来爱梅、寻梅、访梅、咏梅、画梅之人很多，作品也很多。

松、竹、梅等的影子映在纱窗上，往往成为一幅极美的水墨画，而且奇趣天成，是任何画家用笔墨都描画不出来的。许多画家也因此受到启发。清代"扬州八怪"之一的郑板桥在一篇《题画》中就说："余家有茅屋二间，南面种竹，夏日新篁初放，绿阴照人……秋冬之际，取围屏骨子，断去两头，横安以为窗棂。用匀薄洁白之纸糊之，风和日暖……于时一片竹影零乱，非天然图画乎？凡吾画竹，无所师承，多得于纸窗粉壁，日光月影之中。"

"逃禅"，即宋画家杨无咎，他自号"逃禅老人"，善画墨梅。有的书因此说"逃禅"是逃避到佛教中去的人，说是一个画家想从窗纱上画梅的影子，都是郢书燕说，望文生义。"逃禅老笔应难画"，就是说梅在窗纱上的影子摇曳生姿，极为生动，连"逃禅老人"杨无咎这样的画梅大家都画不出来。

胡床，就是交椅，又称"交床"，类似今天的马扎。作者靠着胡床，欣赏了很久，引起了妻子的怀疑和呵骂，不知道他被什么东西迷住了。"咱"是语气词，大致相当于现代汉语中的"吧"，元杂剧和散曲中很常见。

古人爱梅，以梅自况。比如陆游，就特别爱梅，他在《咏梅绝句》中甚至说："何方可化身千亿，一树梅花一放翁。"作者在这里所说的"大都来梅花是我，我是梅花"，与陆游的诗是同一个意思。

双调·水仙子 / 《讥时》　张鸣善

　　铺眉苫眼早三公，裸袖揎拳享万钟，胡言乱语成时用，大纲来都是哄。说英雄谁是英雄？五眼鸡岐山鸣凤，两头蛇南阳卧龙，三脚猫渭水飞熊。

　　世上有没有英雄？有，当然有，但是现在没有。现在这些身居高位，享受高俸禄，过着奢侈生活的人，不过是一些金玉其外、败絮其中的草包，甚至是祸国殃民的蠹虫。

　　三公是高位，周代以太师、太傅、太保为三公，秦以丞相、太尉、御史大夫为三公，汉以大司马、大司徒、大司空为三公，此后历代又有些变化，但都是官居极品，位极人臣。但看一看这些"三公"们是什么德性呢？"铺眉苫眼"，不过是装模作样而已。

　　万钟，是极高的俸禄。古以六斛四斗为一钟。那么，这些享受万钟俸禄的又是什么样的人呢？"裸袖揎拳"，卷起袖子，露出拳头，比喻大吵大闹，粗俗不堪。

　　时用，即为时所用，即所谓能经世济民的人才。那么，这些"时用"的人又是什么样子呢？胡言乱语，吹得天花乱坠，其实一点都没有，更可怕的是把国家搞得一塌糊涂。

　　"大纲来都是哄"，意思是总的来说，都是哄骗胡闹。

　　下面用了一个鼎足对，再作了更具体的比喻。

　　据说周为诸侯时，曾经有凤鸣于岐山，后来，周果然不断发达昌盛，终于打败了商，建立了周朝。那么，现在这些自称为"岐山鸣凤"的是什么东西呢？五眼鸡。也就是民间所说的"乌眼鸡""杵眼鸡"，不过好斗的公鸡而已。

南阳卧龙是诸葛亮的号。那么现在这些自称为"卧龙"的又是什么呢？两头蛇。本是普通的动物怪胎，古人认为于人不利，看见两头蛇的人会死去。

渭水飞熊指姜太公吕尚，也就是民间所称的姜子牙，八十岁才遇到周文王，后来成为周文王和周武王最重要的谋臣，帮助他们战胜商纣，建立了周王朝。据说周文王曾经梦见一只飞熊落到大殿上，解梦的人说必得贤人，后来果然在渭水之滨遇到吕尚。

那么现在这些自称"渭水飞熊"的又是什么东西呢？三脚猫，俗语中指那些只有半罐水、成事不足、败事有余的人。

题目名叫"讥时"，也就是对当时的社会和达官显贵们进行了辛辣的讽刺，揭开了那些沐猴冠带、尸位素餐的权贵们的虚伪面纱。就像倪瓒在〔双调·折桂令〕《拟张鸣善》中所说的一样，"到如今世事难说，天地间不见一个英雄，不见一个豪杰"，斗争性是很强的。

中吕·红绣鞋 /《郊行》三首　周德清

茅店小斜挑草稕，竹篱疏半掩柴门，一犬汪汪吠行人。题诗桃叶渡，问酒杏花村，醉归来驴背稳。

穿云响一乘山箄，见风消数盏村醪，十里松声画难描。枫林霜叶舞，荞麦雪花飘，又一年秋事了。

雪意商量酒价，风光投奔诗家，准备骑驴探梅花。

几声沙嘴雁，数点树头鸦，说江山憔悴煞。

一年四季，闲暇之时，骑一头小毛驴，到郊外去踏青寻梅，茅店沽酒，驴背题诗，确实是非常惬意的事。

第一首没有说时间，但曲中提到桃叶渡、杏花村，应该是春季。"茅店小斜挑草苫"，"草苫"是什么东西？从前酒店都有标志，一般是高挑的酒旗，是一块高悬的白布或青布，上面可以写字，也可以不写字，又称为"青旗""酒幌""杏帘"等，如杜牧《江南春绝句》"水村山郭酒旗风"；辛弃疾《鹧鸪天》"山远近，路横斜，青旗沽酒有人家"；《红楼梦》中元春省亲时黛玉帮宝玉题"杏帘在望"（即后来李纨居住的"稻香村"）诗"杏帘招客饮，再望有山庄"。这种酒招，有时候还会用一些其他东西替代，比如挂一把笤帚。《水浒传》第四回："远远地杏花深处，市梢尽头，一家挑出个草帚儿来。智深走到那里看时，却是个傍村小酒店。"也有用草或禾秆捆成一定形状，就是"草苫儿"。元无名氏《盆儿鬼》杂剧第一折："定下些新鲜的案酒菜儿，挑出这草苫儿去，看甚的人来。"

"题诗桃叶渡，问酒杏花村，醉归来驴背稳"，古人写闲暇之行，往往用"骑驴"。骑着一头小毛驴，慢慢行来，别有一番趣味。如果换成高头大马，就不好了。古人说"诗思在灞桥风雪中驴子背上"（唐郑綮语，一说孟浩然语。见孙光宪《北梦琐言》）。诗人李贺每天骑一匹蹇驴，带一个小奚奴出游，去寻觅诗思，每得佳句，就写下来放入一个古锦囊中，晚上回去整理。宋陆游晚年居山阴，也常常骑毛驴到处游玩，他在诗中说自己"驴肩每带药囊行"（《山村经行因施药》）。骑驴出去的另一件事就是沽酒，张可久〔中吕·朝天子〕就有"蹇驴、和酒壶，风雪梅花路"语。

第二首写秋日郊行。"山笋"，即"山轿"，滑竿一类的抬人工具。"穿云响"，大概是形容抬"山笋"的人吆喝的号子。村醪，即乡村酒店自酿的酒。十里松声，枫林叶舞，荞麦飘香，好一幅大好秋光。

第三首写冬日郊行。"雪意商量酒价"，是说雪天沽酒不易，酒价可能会上涨了。"风光投奔诗家"，构思极巧。不说诗家因风光好而有了诗兴诗思，而是说风光自己跑到诗人家去请求描写。在古人眼中，骑着毛驴，踏雪寻梅，是极为风雅的韵事。据说唐代大诗人孟浩然就常常骑着毛驴，踏着白雪，去寻找梅花。但是冬天毕竟是寒冷的，是光秃秃、白茫茫的，所能听到看到的，也不过是"几声沙嘴雁，数点树头鸦"而已。结句也极有奇思，用拟人的手法，把冬天的萧瑟，比喻为江山的憔悴，很有新意。

中吕·朝天子／《书所见》　周德清

鬓鸦，脸霞，屈杀将陪嫁，规模全是大人家，不在红娘下。笑眼偷瞧，文谈回话，真如解语花。若咱，得他，倒了葡萄架。

这是作者为看见一个漂亮的陪嫁丫头而发的感慨。

古时有一点身份、地位、家财的人家嫁女，不但要陪送许多东西，叫作"陪奁"，还要陪送一些人，如仆人、丫鬟，尤其是贴身的丫鬟是不能少的，叫"陪嫁"。这种贴身丫鬟，有的在年龄大些以后就把她嫁了，有的就相当于姜，叫"通房丫头"。如果把时间推得再远一些，周代的贵族女子出嫁，需要同族的姊妹或姑侄

名篇赏析

陪嫁过去，叫作"媵"。后来称"妾媵"就是这样来的。

周德清大概在别人的婚礼上看见一位陪嫁的女子，长得非常漂亮，于是就"戏作"了这首散曲。

先说这个女子长得非常漂亮。"鬓鸦"，指头发黑。鸦即乌鸦，全身黑毛，所以黑色又被称作鸦色；"脸霞"，指脸蛋红通通的，呈现出一种健康的肤色，作为陪嫁太委屈了。她不但长得漂亮，而且"规模全是大人家"，即举止言谈都像一个很有修养的大家闺秀。把她和丫头们相比，不在红娘之下。周德清是元末人，那时王实甫《西厢记》已经风靡全国，红娘已经成为家喻户晓的人物。看着美，交谈时还识文，真像是解语花。"解语花"是唐明皇对杨贵妃的称赞。据《开元天宝遗事》记载："帝（唐明皇）与妃子（杨贵妃）共赏太液池千叶莲，指妃子与左右曰：'何如此解语花也。'"后来就用作对有修养、善解人意的美女的称呼。

结尾是真话，还是趣话？"倒了葡萄架"是当时流传的一个笑话。有一个官非常怕老婆，一天与老婆吵架，被老婆抓破了脸皮。第二天，太守看到他的脸，就问他是怎么搞的。他就撒谎说："昨晚在葡萄架下乘凉，葡萄架倒了，就把脸刮破了。"太守不信，说："肯定是你老婆抓破的，这还了得，我这就派衙役把你老婆拿来。"太守的太太正好躲在后堂偷听，听太守这样说，大怒，就在后堂咳嗽一声。太守慌忙对这个属官说："你暂且退下，我家的葡萄架也要倒了。"作者在这里开玩笑说，如果我能得到她，就算家里的葡萄架倒了也不怕。

双调·凌波仙/灯前抚剑听鸡声　　钟嗣成

　　　　灯前抚剑听鸡声，月下吹箫引凤鸣。功名两字原无命，学神仙又不成，叹吴侬何处归耕。日月闲中过，风波梦里惊，造物无情。

这首散曲说的全是老实话。

人人都说归隐。是主动，还是被动？是甘心，还是不甘心？

"灯下抚剑听鸡声"，什么意思？古人只要说看剑、抚剑（包括"吴钩"），都是希望建功立业，杜甫《夜宴左氏庄》诗："检书烧烛短，看剑引杯长。"岑参《登北城楼呈幕中诸公》诗："边城寂无事，抚剑空徘徊。""听鸡声"，用东晋祖逖和刘琨"闻鸡起舞"的故事。

"月下吹箫引凤鸣"，又是什么意思？月下吹箫很普通，但目的在"引凤鸣"，仍然有寻找知音赏识的意思。

只不过，这一切都是虚幻，都无由实现，只能归之于"命"。

那么退一步，求佛学道又如何？仍然不成。剩下的，就只有归隐一途了。

说归隐又谈何容易。诗文词曲里写了那么多秀丽的山水、静穆的田园，现实生活中未必人人都能拥有。"吴侬"这里指"我"。说归隐，我又归于何处？

"日月闲中过"，用今天的话来说，就是混混日子。"风波梦里惊"，就是这样，仍然担惊受怕，连梦里有时都不得安宁。最后，只能怨老天爷（造物）太无情了，给我安排了这样一个人生，而不给我丝毫的机会。

双调·水仙子 / 东风花外小红楼　倪瓒

东风花外小红楼，南浦山横眉黛愁，春寒不管花枝瘦，无情水自流。檐间燕语娇柔，惊回幽梦，难寻旧游，落日帘钩。

倪瓒是诗人、散曲家，更是一个画家，他是著名的"元四家"（元代最著名的四位山水画家黄公望、吴镇、王蒙和倪瓒）之一。

倪瓒是大画家，所以他的散曲对景的描写都极有画意。比如这首曲的前三句，就为我们勾画了一幅非常美的画卷。东风吹开了百花，百花丛中有一座小红楼，远处，南浦远山横卧，就像因愁而蹙的黑色的眉。一阵春寒，有不少花已摇落。春江水满，无情东流。

这些景的描写，是为情作烘托。檐间燕语，惊醒了幽梦，梦中的旧游，旧游中的恋人也被惊走。睁开眼看，天尚未黑，落日的余晖，正照着帘钩，更增添了满怀的愁绪。

双调·折桂令 /《忆别》　刘庭信

想人生最苦离别，唱到《阳关》，休唱三叠。急煎煎抹泪揉眵，意迟迟揉腮搵耳，呆答孩闭口藏舌。情儿分儿你心里记者，病儿痛儿我身上添些，家儿活儿既是抛撇，书儿信儿是必休绝，花儿草儿打听得风声，车儿马儿我亲自来也。

刘庭信一共写了十二首〔双调·折桂令〕《送别》，每一首都以"想人生最苦离别"开头。这是其中的一首。

这是妻子送丈夫远行的叮嘱。

"唱到《阳关》，休唱三叠。"《阳关》，就是唐王维那首著名的《送元二使安西》：

渭城朝雨浥轻尘，客舍青青柳色新。
劝君更进一杯酒，西出阳关无故人。

又叫《渭城曲》，唐人演唱此曲，中间有几句要重唱，所以又名《阳关三叠》，简称《阳关》，这是古人送别的名曲。为什么说"唱到《阳关》，休唱三叠"呢？因为按后人的考证，唱此曲时第一句不叠，后三句每句唱两遍。第三叠就是最后一句"西出阳关无故人"，这是全诗中最让人伤怀的一句，所以这里说"休唱三叠"。

"急煎煎"是催别，"意迟迟"是惜别。"抹泪揉眵"，就是抹眼泪。"眵"是眼屎。"揉腮挼耳"，揉脸腮，搔耳朵，心中烦乱。"呆答孩"，发呆的样子。"闭口藏舌"，说不出话来，不知道该说什么才好。

前面这一部分描写了分别时依依不舍的情状，极为生动传神。后面是对丈夫的叮嘱。

前两句说要记得夫妻的情分，说你走后我会思念你，甚至会想出病来。中二句说虽然你抛撇了家里的事外出，但书信是一定要多写多寄的。最后两句表现出了女主人公的性格。"花儿草儿"，是指丈夫如果在外面拈花惹草，移情别恋。如果被我听到了风声，"车儿马儿我亲自来也"，不管你在什么地方，我会坐着车儿找来。在元散曲题情送别的作品中别具一格。

双调·湘妃引／《送友归家乡》　汤式

绯榴喷火照离筵，紫楝吹花扑画船，绿莎带雨迷荒甸。望乡关归路远，恼人怀休怨啼鹃。南陌笙歌地，西湖锦绣天，都不如松菊乡关。

汤式是元末明初人，他的散曲，今存小令一百七十多首、套数六十八，在元散曲家中，是作品传世很多的作家。但因为他大部时间生活在明代，所以，有时又把他归入明代散曲家。这首〔湘妃引〕，送友人归乡，表露的，还是对田园生活的赞美。

前三句依次写饯别友人的"离筵"，送友人上归乡的"画船"，分别之处的"荒甸"。分别用了"绯榴"，即绯红的石榴；"紫楝"，即紫色的楝花；"绿莎"，即绿色的莎草。即表明了季节是在夏季，又增加了环境描写的美感。三句中三个动词"照""扑""迷"用得极好。

用"照"描写榴花，把"榴花似火"写活了。盛开的榴花，似乎发出熠熠的光彩。

用"扑"写楝花，既有动感美，又有人情味。楝花随风飘飞，飞到画船上，本来是极平常的事，但在诗人眼中就不一样了，"扑"，就带有主动性了。大概楝花也舍不得与友人分别，专门赶来送别了。

用"迷"写莎草，有一种朦胧的美感。一望无际的是碧绿的莎草，江边的"芳甸"都显得迷迷蒙蒙了。

曲的最后，还是归结到"南陌笙歌地，西湖锦绣天，都不如松菊乡关"。既是对与松菊为邻的隐逸生活的向往，也是对朋友的安慰。

正宫·叨叨令 /绿杨堤畔长亭路　无名氏

绿杨堤畔长亭路，一樽酒罢青山暮，马儿离了车儿去。低头哭罢抬头觑，一步步远了也么哥，一步步远了也么哥，梦回酒醒人何处？

现存元人散曲，有许多不知道作者是谁。一种情况，是在传播的过程中，作者的姓名渐渐失传了，古诗词中这种情况也很多；另一种情况是它本来就来自民间，它的作者就是人民大众。这些作品，因为更接近人民大众的生活，更接近散曲的原始状态，所以往往更质朴、更生动、更大胆、更风趣，用今天的话来说，更接近"原生态"，具有很高的艺术价值和欣赏价值。

这是一首写送别的散曲，以一位女子的口吻，描写了离别时的情景和感受，非常真实感人。

长亭，本是供路人休息的，但也成为送别时饮宴或分手的地方，在文学作品中，说到长亭，就几乎和离别联系在一起。比如李白的《菩萨蛮》"何处是归程，长亭更短亭"；柳永的《雨霖铃》"寒蝉凄切，对长亭晚，骤雨初歇。都门帐饮无绪，留恋处、兰舟催发。执手相看泪眼，竟无语凝噎。念去去、千里烟波，暮霭沉沉楚天阔"。王实甫《西厢记》中写得最好，最感人的，就是《长亭送别》。"绿杨堤畔长亭路"，一开始就把大家带到一个充满了离情别绪的地方。离别酒，一直喝到"青山暮"，不得不分别了，于是"马儿离了车儿去"，人终于还是走了。

当抬起泪眼一看，爱人"一步步远了"，这是怎样凄凉的景象啊。今天晚上，梦中醒来，他不知道已经在什么地方了。

我们再来看一看王实甫《西厢记》中《长亭送别》的几段文字：

〔四边静〕霎时间杯盘狼藉，车儿投东，马儿向西，两意徘徊，落日山横翠。知他今宵宿在那里？在梦也难寻觅。

〔三煞〕笑吟吟一处来，哭啼啼独自归。归家若到罗帏里，昨宵个绣衾香暖留春住，今夜个翠被生寒有梦知。留恋你别无意，见据鞍上马，阁不住泪眼愁眉。

〔一煞〕青山隔送行，疏林不做美，淡烟暮霭相遮蔽。夕阳古道无人语，禾黍秋风听马嘶。我为甚么懒上车儿内，来时甚急，去后何迟？

〔收尾〕四围山色中，一鞭残照里。遍人间烦恼填胸臆，量这些大小车儿如何载得起？

这首〔叨叨令〕与之有异曲同工之妙。

中吕·朝天子/《志感》　无名氏

　　不读书有权，不识字有钱，不晓事倒有人夸荐。老天只恁忒心偏，贤和愚无分辨。折挫英雄，消磨良善，越聪明越运蹇。志高如鲁连，德过如闵骞，依本分只落得人轻贱。

"不读书有权，不识字有钱，不晓事倒有人夸荐"，世有治乱，理有顺逆，不必大惊小怪，不必牢骚满腹。唐人章碣《焚书坑》诗说：

　　竹帛烟销帝业虚，关河空锁祖龙居。

　　坑灰未冷山东乱，刘项原来不读书。

"老天只恁忒心偏，贤和愚无分辨。折挫英雄，消磨良善，越聪明越运蹇"，让我们想起了关汉卿《窦娥冤》中窦娥临刑前那一段有名的〔滚绣球〕：

　　有日月朝暮悬，有鬼神掌着生死权，天地也，只合把清浊分辨，可怎生糊涂了盗跖颜渊：为善的受贫穷更命短，造恶的享富贵又寿延！天地也，做得个怕硬欺软，却原来也这般顺水推船。地也，你不分好歹何为地？天也，你错勘贤愚枉做天！哎，只落得两泪涟涟。

名篇赏析

231

鲁连，即鲁仲连，战国末期齐国人，他在强秦的威胁下，游说赵、魏等国联合抗秦。史书上称赞他"义不帝秦"。

闵骞，即闵子骞，孔子的弟子，在孔门中与颜回以德行并称。他又是孝子，连孔子都称赞他说："孝哉，闵子骞！人不间于其父母昆弟之言。"据《史记·仲尼弟子列传》载，子骞少时为后母虐待。冬天，后母用芦花给闵子骞做衣服，而用丝绵做衣服给自己所生的两个儿子穿。闵子骞寒冷不禁，他的父亲不知道真情，反而骂他懒惰，用鞭子打他，衣服打破了，芦花飞出来，父亲才知道冤枉了他，再一看后母所生的两个儿子，穿的都是厚棉衣，于是要休掉后妻。闵子骞跪下为后母求情说："母在一子寒，母去三子单。"父亲这才饶恕了后妻。从此以后，继母对待闵子骞如同亲生儿子，全家和睦。后人把这一故事称为"单衣顺亲"，是"二十四孝"之一。

但就算是和鲁仲连、闵子骞一样又如何？如果老实本分，一样被人轻贱。作者显然是一个失意之人，所以难免会有些牢骚，有些愤激之言。

双调·十棒鼓／将茅庵盖了　无名氏

将茅庵盖了，独木为桥。提一壶好酒，闲访渔樵。洞门儿半掩，关掩无锁钥，白云笼罩。香风不动松花落，平生欢笑。松林下饮酒，饮得沉醉倒。山声野调，衲被蒙头直到晓，有甚烦恼。

仍然是归隐山林的题材，不过写得具体，或者说是为自己设计了一幅归隐图。

先盖个茅庵，大概盖在水边。于是修一座独木桥往来。闲暇时候，提一壶好酒，去找隐于渔樵的朋友闲话。朋友住的地方比如神仙洞府，洞门半掩，没有锁，笼罩在白云之中。四川都江堰二王庙旁，有一小屋，以石为门，大概原来也属道观，门上有一副对联：

道院有尘清风扫

玄门无锁白云封

对仗不是很工稳，但意境大概和此曲中所说差不多，确实有点飘然出尘、仙风道骨的味道。

松下饮酒，也许就是和寻到的渔樵。松花飘落，直饮到酩酊大醉。归去后，满耳是"山声"，是山间的溪涧潺潺、竹韵松涛；是"野调"，即山民所唱的山歌。

曲牌选萃

　　明代朱权《太和正音谱》，根据元代（包括一部分明代）杂剧和散曲实际所用，共收入黄钟、正宫、大石调、小石调、仙吕、中吕、南吕、双调、越调、商调、商角调、般涉调等十二个宫调的曲牌三百三十五个。但在实际使用中，常用的也不过几十个，而且散曲较之杂剧，使用的曲牌又要少一些。还有一些曲牌，仅见于套数中，很少单独使用。我们在介绍的时候，尽量选取比较常用的曲牌，标明其格律和变化。学习写作散曲的朋友，选用这些曲牌就基本够用了。至于喜欢猎奇，愿意采用比较生僻的曲牌，可以自己到明朱权的《太和正音谱》、明末清初李玉的《北词广正谱》、清王奕清等人编著的《康熙曲谱》中去搜寻，然后照谱填制就行了。

　　下面，我们就介绍一些常用曲牌的格律，为了方便使用，仅按宫调排列，不按字数多少，也不按用韵规律，但在每一词牌名后面注明用韵情况，以提起注意。

　　这些曲牌的格律，基本上以《太和正音谱》为准，但曲律比较诗律和词律要自由得多，尤其是它的用韵接近于今天的普通话；它的用语接近于生活；它的用韵可以不分平仄；它的字数可以因加入衬字而自由。所以我们在学习写散曲的时候，大致按照曲律的要求就可以了。

　　还有一点需要说明的，也是宽严的问题。散曲在元代是要唱的，所以对平仄要求还是比较严的。比如仄声，有时候要分上、去、入。但是，现在的散曲已经不再演唱，对平仄要求可以适当放宽一些，所以，上、去、入三声一律标为仄声。但必须区别使用上、去、入声的地方，则直接注明上、去。如果有人非要严格区分上、去、入，可以去参看朱权的《太和正音谱》。

加圈表示该字可平可仄，如"⊕"，表示该字本应是平声，但也可以用仄声字。加方框表示韵，如"囝""囚"。另有一种平、上通押的，加圆圈和方框，如"⊕"。例文则在字下加点表示韵脚，如"天"。
·

例曲中的衬字，加圆括号（）。如：朝云暮雨，（都变了）梦里阳台（贯云石［殿前欢］），"都变了"三字是衬字。

散曲分小令和套数两种，有的曲牌只用在小令，有的曲牌只用在套数。也有一些曲牌小令和套数兼用。我们先介绍小令类，再介绍一些最常用的套数。

小令（包括小令和套数兼用者）

黄钟类

节节高

仄平平仄，	雨晴云散，
仄平平囚。	满江明月。
	·
平平仄仄，	风微浪急，
平平仄囚。	扁舟一叶。
仄仄平，	半夜心，
平平仄，	三生梦，
仄仄囚，	万里别，
仄仄平平去囝。	梦倚篷窗睡些。
	·

（卢挚《题洞庭鹿角庙壁》）

此调一二句、三四句宜对。三字句三句鼎足对。一般用全用上声韵或去声韵。

人月圆　　又名［青衫泪］

⊕平⊠仄平平⊠，	松风十里云门路，
⊠仄仄平⊞。	破帽醉骑驴。
⊠平⊠仄，	小桥流水，
⊠平⊠仄，	残梅剩雪，
⊠仄平⊞。	清似西湖。

［幺篇］

⊕平⊕仄，	而今杖履，
⊠平⊠仄，	清霞洞府，
⊠仄平⊞，	白发樵夫，
⊠平⊕仄，	香炉峰下，
⊠仄平⊞。	吾爱吾庐。

（张小山）

此调首两句律句。后面三组四字句宜鼎足对。

贺圣朝

⊠仄⊞，	春夏间，
仄⊠平平仄⊞，	遍郊原桃杏繁，
⊠仄平平⊠仄⊞。	用尽丹青图画难。
仄⊠平平仄仄⊞，	道童将驴备上鞍，
⊕⊞仄仄平⊞，	忍不住恁般顽，

仄平平仄仄平。　　　（将一个）酒葫芦（杨）柳上栓。

（无名氏）

正宫类

叨叨令

平平仄仄平平仄，　　　白云深处青山下，
平平仄仄平平仄，　　　茅庵草舍无冬夏，
平平仄仄平平仄，　　　闲来几句渔樵话，
平平仄仄平平仄。　　　困来一枕葫芦架。
仄仄也么哥，　　　（你）省的也么哥，
仄仄也么哥，　　　（你）省的也么哥，
平平仄仄平平仄。　　　风波千丈担惊怕。

（邓玉宾）

此调限用去声韵。可与〔折桂令〕为带过曲。通首多作对仗，或两句对，或四句对，或五句全对。

鹦鹉曲　　又名〔黑漆弩〕〔学士吟〕

平平仄仄平平仄，　　　侬家鹦鹉洲边住，
仄仄平仄平平。　　　是个（不）识字（的）渔父。
平平平、仄仄平平，　　　浪花中、一叶扁舟，
仄仄平平平仄。　　　睡煞江南烟雨。

〔幺篇〕

仄平平、仄仄平平，　　　觉来时、满眼青山，

仄仄仄平平仄。　　抖擞绿蓑归去。

仄平平、仄仄平平，　　算从前、错怨天公，

仄仄仄、平平仄仄。　　甚也有、安排我处。

（白贲）

　　此调必带［幺篇］。前篇结句例用上声韵，［幺篇］结句例用去声韵。七字句全为律句。

塞鸿秋　亦入仙吕、中吕

平平仄仄平平仄，　　断桥流水西林渡，

平平仄仄平平仄。　　暗香疏影梅花路。

平平仄仄平平仄，　　蹇驴破帽登山去，

平平仄仄平平仄。　　夕阳古寺题诗处。

平平仄仄平，　　树头啼翠禽，

仄仄平平仄，　　水面飞白鹭，

平平仄仄平平仄。　　伤心和靖先生墓。

（张可久）

　　此调五个七字句平仄全同。七字句可以为上三下四，也可以为律句的上四下三。一般要求押去声韵。除结句外，多作对句。

醉太平　又名［凌波曲］，亦入仙吕、中吕

仄平仄仄，　　《黄庭》小楷，

仄仄平平，　　白苎新裁，

平平仄仄仄平平，　　一篇闲赋写秋怀

仄平仄平。　　　　　　　（上）越王古台。

⊕平④仄平平仄，　　　半天虹雨残云载，

⊕平④仄平平仄，　　　几家渔网斜阳晒，

⊕平④仄仄平平，　　　孤村酒市野花开，

平平仄平。　　　　　　长吟去来。

（张小山）

　　此调四字句可全改为五字句。首二句可对可不对。五、六、
七句宜作鼎足对。第一、四、八句若押仄韵，例用上声字。

甘草子

⊕平仄，　　　　　　　金风发，

④仄⊕平，　　　　　　飒飒秋香，

④仄⊕平平仄。　　　　冷落在阑干下。

仄④平，　　　　　　　万柳稀，

平⊕仄。　　　　　　　重阳暇。

平⊕仄，　　　　　　　看红叶，

仄⊕平。　　　　　　　赏黄花。

④仄⊕平平④仄，　　　促织（儿）啾啾添潇洒，

④④平平仄仄。　　　　陶渊明欢乐煞。

④仄平平⊕仄仄，　　　耐冷迎霜鼎内插，

④仄平平。　　　　　　（看）雁落平沙。

（薛昂夫）

　　此调有第三句作五字者，句式为"④仄平平仄"。第四、五
句，第六、七句应对。

仙吕类

寄生草　亦入商调

平平仄，	（长醉后）方何碍，
仄仄平。	（不耐时）有甚思。
平平仄仄平平仄，	糟腌两个功名字，
平平仄仄平平仄，	醅淹千古兴亡事，
平平仄仄平平仄。	曲埋万丈虹霓志。
平平仄仄仄平平，	（不）达时皆笑屈原非，
平平仄仄平平仄。	（但）知音尽说陶潜是。

（白朴）

此调七字句多用律句。除首二句外，其余句子多作对仗。

一半儿　即［忆王孙］

平平仄仄仄平平，	藕丝纤细织春愁，
仄仄平平仄仄平，	粉线轻盈惹暮秋，
仄仄平平平仄平。	银叶拭残香脸羞。
仄平平，	玉温柔，
（一半儿）平平（一半儿）仄。	一半儿啼痕一半儿酒。

（王举之《手帕》）

此调前四句一般押平声韵，但也有前三句押上声韵的。最后一句一般押上声韵，押平声的极少。第一、二句可对。"一半儿"三字为定式，不可改变或删替，两个"一半儿"的文义必须是相反或相对的。

此调将"一半儿"换成其他内容，即为［忆王孙］。

后庭花　　*亦入商调*

平平仄仄平，	孤身万里游，
平平仄仄平。	寸心千古愁。
仄仄平平仄，	霜落吴江冷，
平平仄仄平。	云高楚甸秋。
仄平平，	认归舟，
平平仄仄，	风帆无数，
平平仄仄平。	斜阳独倚楼。

（吕止庵）

此调小令押平声韵，套数中第一、二、四、七句可押上声韵。套数中可增加句数。一、二句和三、四句宜对仗。

醉中天　　*亦入越调、双调*

仄仄平平仄，	疑是杨妃在，
仄仄仄平平。	怎脱马嵬灾。
仄仄平平仄仄平，	曾与明皇捧砚来，
仄仄平平仄。	美脸风流杀。
仄仄平平仄仄，	巨耐挥毫李白，
仄平平仄，	觑着娇态，
平平仄仄平平。	（洒）松烟点破桃腮。

（白朴《佳人脸上黑痣》）

此调首两句宜对。

241

元曲小百科

中吕类

迎仙客　亦入正宫

仄仄平，	钓锦鳞，
仄平平，	棹红云，
平平仄平平仄平。	西湖画舫三月春。
仄平平，	正思家，
平仄平。	还送人。
平仄平平，	绿满前村，
平仄平平去。	烟雨江南恨。

（张可久）

此调一、二句，四、五句均须对仗。第一、三、五句可用上声韵，但最后一句限用去声韵。

醉高歌　亦入正宫

平平仄仄平平，	十年燕月歌声，
仄仄平平仄仄。	几点吴霜鬓影。
平平仄仄平平仄，	西风吹起鲈鱼兴，
仄仄平平仄仄。	已在桑榆暮景。

（姚燧《感怀》）

此调常与［喜春来］［摊破喜春来］为带过曲。

齐天乐　亦入正宫

平平⊗仄平囟，	人生底事辛苦？
⊗仄平平囟。	枉被儒冠误。
平囲，	读书，
囲，	图，
⊗仄平囲，	驷马高车。
⊗平平、仄仄平囲。	但沾看、者也之乎。
平囲，	区区，
⊗仄平囲，	牢落江湖，
平平仄囲。	奔走仕途。
仄仄平囲，	半载工夫，
⊗仄平，	（人传）《梁父吟》，
平平囟，	（自献）《长门赋》
⊗仄平囲。	（谁）三顾茅庐？

（张可久《道情》）

此调不单用，须与［红衫儿］合为带过曲。

红衫儿　可单独使用，也可和套。亦入黄钟、商调

⊗仄平平囟，	白鹭洲边住，
⊗仄平平囟。	黄鹤矶头去。
仄囲平，	唤下奴，
仄囲平，	鲙鲈鱼，
⊗仄平平囟。	何必谋诸妇。
仄囲平，	酒葫芦，

元曲小百科

仄⊕平，　　　　　　　　醉模糊，

⊗仄⊕平⊗囝。　　　　　也有安排我处。

　　　　　　　　　　　　　　　（张可久《道情》）

　　此调一般接［齐天乐］为带过曲，不单独使用。首二句和三字句要对仗。

卖花声　又名［升平乐］［秋云冷］。亦入双调

⊕平⊗仄平平囝，　　　　十年落魄江滨客，

⊗仄平平⊗仄⊕，　　　　几度雷轰荐福碑，

⊕平⊗仄仄平⊕。　　　　男儿未遇暗伤怀。

⊕平⊗仄，　　　　　　　（忆）淮阴年少，

⊕平⊗囝，　　　　　　　灭楚为帅，

⊗平⊕、仄平平囝。　　　气昂昂、汉坛三拜。

　　　　　　　　　　　　　　　（张可久《客况》）

　　此调首句一般用仄声韵，也可不入韵。首二句多作对仗，也可以与第三句合为鼎足对。

山坡羊　又名［苏武持节］。亦入黄钟、商调

平平平囝，　　　　　　　天津桥上，

平平平囝，　　　　　　　凭阑遥望，

平平⊗仄平平囝。　　　　春陵王气都凋丧。

仄平平，　　　　　　　　树苍苍，

仄平⊕，　　　　　　　　水茫茫，

平平⊗仄平平囝，　　　　云台不见中兴将，

囚仄⊕平平仄囚。   千古转头归灭亡。

平，   功，

⊕仄⊞。   （也）不久长。

平，   名，

⊕仄⊞。   （也）不久长。

          （张养浩《洛阳怀古》）

此调可与［青哥儿］为带过曲。

第一、二句，四、五句宜对。本曲格律较严，第一、二、三、六句必须押去声韵，第八、十两个一字句，可押韵，也可不押韵，但不能一押一不押。

满庭芳   又名《满庭霜》。亦入正宫、仙吕

平平仄囚，   秋江暮景，

⊞平囚仄，   胭脂林障，

囚仄平⊞。   翡翠山屏。

⊞平囚仄平平囚，   几年罢却青云兴，

囚仄平⊞。   直泛沧溟。

⊞⊞仄、平⊕仄囚，   卧御榻、弯的腿疼，

⊞⊞仄、囚仄平⊞   坐羊皮、惯得身轻。

平平仄，   风初定，

平平仄⊞，   丝纶慢整，

囚仄仄平⊞。   牵动一潭星。

          （乔吉《渔父词》）

此调第二、三句，六、七句应对。

快活三　亦入正官

246 元曲小百科

平平仄仄平，
仄仄仄平平。
平平仄仄仄平平，
仄仄平平仄。

梨花白雪飘，
杏萼紫霞消。
柳丝舞困小蛮腰，
显得东风恶。

（胡祗遹）

此调不单独使用，一般与〔朝天子〕合用，成带过曲。此调变格较多。

朝天子　又名〔朝天曲〕〔谒金门〕，亦入正官、双调

仄平，
仄平，
仄仄平平仄。
平平仄仄仄平平，
仄仄平平仄。
仄仄平平，
平平平仄，
平平仄仄平。
仄平，
仄平，
仄仄平平仄。

挂冠，
弃官，
偷走（了）连云栈。
湖山佳处屋两间，
掩映垂杨岸。
满地白云，
东风吹散，
却遮（了）一半山。
（严子陵）钓滩，
（韩元帅）将坛，
那（一）个无忧患。

（张养浩）

此调可独用，也可放在〔快活三〕后成带过曲。

五、七言句一般用律句。二字句宜对，并可用上声韵。结尾当用去声韵。

十二月　亦入正宫

平平仄仄（韵），	清明禁烟，
仄仄平平（韵）。	雨过郊原。
平平仄仄（韵），	（三四株）溪边杏桃，
仄仄平平（韵）。	（一二处）墙里秋千。
平平仄仄（韵），	（隐隐的）如闻管弦，
仄仄平平（韵）。	（却原来是）流水溅溅。

（张养浩）

此调须带〔尧民歌〕为带过曲。第一句可押上声韵。

尧民歌　亦入正宫

平平仄仄仄平平（韵），	人家浑似武陵源，
仄仄平平仄平平（韵）。	烟霭朦胧淡春天。
平平仄仄仄平平（韵），	游人马上袅金鞭，
仄仄平平仄平平（韵）。	野老田间话丰年。
平平（韵），	山川，
平平仄仄平（韵），	都来杖履边，
仄仄平平仄（韵）。	称了平生愿。

（张养浩）

此调无独用，接〔十二月〕后为带过曲。五、七字句宜律句。　247

曲牌选萃

248　结句限用去声韵。

元曲小百科

红绣鞋　　又名［朱履曲］。亦入正官

仄仄平平平仄，	船系谁家古岸，
平平仄仄平平，	人归何处青山，
平平平仄仄平平。	且将诗作画图看。
仄平平仄仄，	雁声芦叶老，
仄仄仄平平，	鹭影蓼花寒，
平平平仄仄。	鹤巢松树晚。

（张可久）

此调第一、二句，第四、五句须对。后三句也可以作鼎足对。

喜春来　　又名［阳春曲］［惜芳春］。亦入正官

平平仄仄平平仄，	几枝红雪墙头杏，
仄仄平平仄仄平，	数点青山屋上屏，
平平仄仄仄平平。	一春能得几清明。
平仄仄，	三月景，
仄仄仄平平。	宜醉不宜醒。

（胡祇遹）

此调常与［普天乐］作带过曲。

此调可将第三句改为六个三字句，即为［摊破喜春来］。句式为"平平仄、仄平平。平平仄、仄平平。平平仄、仄平平"。

普天乐 亦入正宫

仄⊕平，	老梅边，
平⊕仄。	孤山下。
⊕平仄仄，	明桥蟏蛛
仄仄平平。	小舫琵琶。
仄仄平，	（春残）杜宇声，
平⊕仄。	（香冷）荼蘼架。
仄仄⊕平平⊕仄。	淡抹浓妆山如画。
仄平平，	酒旗边，
仄仄平平。	三两人家。
⊕⊕仄⊕，	斜阳落霞，
⊕⊕仄仄，	娇云嫩水，
仄仄平平。	剩柳残花。

（张可久）

此调常与〔喜春来〕为带过曲。除七、八两句外，其余均可对仗。

南吕类

感皇恩

仄仄平平，	茶灶尘凝，
仄仄平平。	墨水冰生。
仄平平，	掩幽扃，
平仄平，	悬瘦影，
仄平平。	伴孤灯。

元曲小百科

平平仄仄， 　　　　琴（已）亡伯牙，

仄仄平平。 　　　　酒（不）到刘伶。

仄平平， 　　　　　策短藤，

平仄仄， 　　　　　乘暮景，

仄平平。 　　　　　放吟情。

　　　　　　　　　　（张可久《杨驹儿墓园》）

　　此调一、二句，六、七句须对。三、四、五句，八、九、十句作鼎足对。但也可以八、九句对，或九、十句对。第四句例押上声韵。

四块玉

仄仄平， 　　　　　睡海棠，

平平仄， 　　　　　春将晚。

仄仄平平仄平， 　　（怪）不得明皇掌中看，

平平仄仄平平仄。 　霓裳便是中原患。

仄仄平， 　　　　　（不因）这玉环，

仄仄平， 　　　　　（引起）那禄山，

平仄平。 　　　　　（怎知）蜀道难。

　　　　　　　　　　　　　　（马致远）

　　此调第二、六、七句如用仄声，便用上声韵。末三句可作鼎足对。

干荷叶　又名［翠盘秋］。亦入中吕，双调，
　　　　　一般作联套用

平平仄，	干荷叶，
仄平平，	色苍苍，
仄仄平平仄。	老柄风摇荡。
仄平平，	减（了）清香，
仄平平。	越添黄。
平平仄仄仄平平，	都因昨夜一场霜，
仄仄平平仄。	寂寞秋江上。

（刘秉中《春感》）

玉娇枝　又名［玉交枝］

平平平仄，	山间林下，
仄仄平平平仄。	（有）草舍蓬窗幽雅。
平平仄仄平平仄，	苍松翠竹堪图画。
仄平平、平仄平。	近烟村、三四家。
平平仄仄平仄平，	飘飘好梦随落花，
平平仄仄平平仄。	纷纷世味如嚼蜡。
仄仄平平仄平。	（一）任他苍颜白发。
仄平平平仄仄。	（莫）徒劳心猿意马。

（乔吉）

可带［四块玉］为带过曲。末二句也可作六字句。

元曲小百科

双调类

折桂令　又名［蟾宫曲］［蟾宫引］［步蟾宫］［秋风第一枝］

仄平平、仄仄平平，	朝瀛洲、暮叙湖滨，
仄仄平平，	（向）衡麓寻诗，
仄仄平平。	湘水寻春。
仄仄平平，	泽国纫兰，
平平仄仄。	汀洲搴若，
仄仄平平。	谁与抬魂？
仄平平、平平仄平。	空目断、苍梧暮云，
仄平平、仄仄平平。	黯黄陵、宝瑟凝尘。
仄仄平平，	世态纷纷，
仄仄平平，	千古黄沙，
仄仄平平。	几度词臣。

（卢挚《长沙怀古潭州》）

此调第一、七、八句也可改用六字句。此调常与［水仙子］为带过曲。［正宫·叨叨令］可以带此调为带过曲。

太平令　亦入正宫

平仄仄、平平平仄，	丹脸上、胭脂匀腻，
仄平平、仄仄平平。	翠盘中、彩袖低垂。
仄仄平、平平平仄，	宝髻上、金钗斜坠，
平仄仄、平平仄仄。	霞绶上、珍珠络臂。

仄⊞,　　　　　　　　（见娘行）舞低，

仄⊞,　　　　　　　　羽衣，

仄⊞,　　　　　　　　整齐，

⊞仄⊠、⊞平平囵。　　欢喜煞、唐朝皇帝。

（无名氏）

此调如用于套数，例接在［沾美酒］后。

碧玉箫

⊠仄平⊞,　　　　　　怕见春归，

⊠仄仄平⊞。　　　　　枝上柳绵飞。

⊠仄平⊞,　　　　　　静掩春闺，

⊠仄仄平⊞。　　　　　帘外晓莺啼。

⊞平⊞仄⊞。　　　　　天涯锦字稀。

⊞平⊞仄⊞。　　　　　才郎翠被知。

平仄⊞,　　　　　　　宽尽衣，

⊠仄平平囵。　　　　　一搦腰肢细。

⊞,　　　　　　　　　痴，

⊠仄平平囵。　　　　　暗暗添憔悴。

（关汉卿）

此调可独用，也可接于［清江引］后作带过曲。首四句宜用隔句对。

拨不断　又名 [续断弦]

仄平㊀，　　　　　　布衣中，

仄平㊀，　　　　　　问英雄，

㊀平㊁仄平平㊁。　　王图霸业成何用？

㊁仄平平㊁仄㊀，　　禾黍高低六代宫，

㊀平㊁仄平平㊁，　　楸梧远近千宫冢，

仄平平㊁。　　　　　一场噩梦。

　　　　　　　　　　　　　　　　（马致远）

此调首二句宜对，中间三个七字句或两句对，或鼎足对。

殿前欢　又名 [凤将雏] [燕引雏]

仄平㊀，　　　　　　　怕秋来，

㊀平㊁仄仄平㊀。　　　（怕）秋来秋去感秋怀。

㊀平㊁仄平平㊁，　　　（扫）空阶落叶西风外，

㊁仄平㊀。　　　　　　独立苍苔。

平平平仄㊀，　　　　　（看）黄花谩自开。

平平㊁，　　　　　　　人安在？

㊁仄平平㊁。　　　　　（还）不彻相思债。

㊀平㊁仄，　　　　　　朝云暮雨，

仄仄平㊀。　　　　　　（都变了）梦里阳台。

　　　　　　　　　　　　　　　　（贯云石）

此调第五、六、七句常全作五字句，但须用鼎足对。

庆宣和

⊕仄平平⊕仄平，	云影天光乍有无，
⊕仄平平。	老树扶疏。
⊕仄平平仄平平，	万柄高荷小西湖，
仄平，	听雨，
仄平。	听雨。

（张可久）

此调末二句如用仄声，则例用上声韵。

楚天遥

⊕仄仄平平，	屈指数春来，
⊕仄平平仄。	弹指惊春去。
平平仄仄平，	蛛丝网落花，
⊕仄平平仄。	也要留春住。
⊕仄仄平平，	几日喜春晴，
⊕仄平平仄。	几夜愁春雨。
⊕仄仄平平，	六曲小屏山，
⊕仄平平仄。	题遍伤春句。

（薛昂夫）

此调全为五字句，与词《生查子》同。宜用律句。此调可带
[清江引] 为带过曲。

沉醉东风

仄仄平平仄仄,	万树枯林冻折,
平平仄仄平仄。	千山高鸟飞绝。
仄仄平,	兔径迷,
平平仄。	人踪灭。
仄平平仄平仄仄。	载犁云小舟一叶,
仄仄平仄仄平仄,	蓑笠翁耐冷的别,
仄仄平平仄仄。	独钓寒江暮雪。

（乔吉《题扇头隐括古诗》）

此调首二句须对。

得胜令　又名［阵阵赢］［凯旋回］

仄仄仄平平,	名利酒吞蛇,
仄仄仄平平。	富贵梦迷蝶。
仄仄平平仄,	蚁阵攻城破。
平平仄仄平。	蜂衙报日斜。
平平,	豪杰,
仄仄平平仄。	几度花开谢。
平平,	痴呆,
平平仄仄平。	三分春去也。

（乔吉）

此调各句可对可不对。可押平声韵，也可押仄声韵。末句例押上声韵。此调可与［雁儿落］为带过曲。

水仙子　又名 [凌波仙] [凌波曲] [湘妃怨]
[冯夷曲]

平平仄仄仄平平，	天边白雁写寒云，
仄仄平平仄仄平，	镜里青鸾瘦玉人，
平平仄仄平平仄。	秋风昨夜愁成阵。
平平平仄平，	思君不见君，
平平仄仄平平。	缓歌独自开樽。
平平仄，	灯挑尽，
仄仄平，	酒半醺，
仄仄平平。	如此黄昏。

（张可久）

此调首二句宜对，前三句也可以作鼎足对。第六、七句宜对。

越调类

小桃红　又名 [武陵春] [绛桃春] [采莲曲]
[平潮乐]

平平仄仄仄平平，	一城秋雨豆花凉，
仄仄平平仄。	闲倚平山望。
仄仄平平仄平仄，	不似去年鉴湖上，
仄平平，	锦云香，
平平仄仄平平仄。	采莲人语荷花荡。
平平仄平，	西风雁行，
平平仄仄，	清溪渔唱，
仄仄仄平平。	吹恨入沧浪。

（张可久）

第一、二句和末句宜用律句。第二、三、五句限用去声韵。

元曲小百科

天净沙　又名［塞上秋］

囨平囚仄平囨，　　　　　　枯藤老树昏鸦，

囨平囚仄平囨，　　　　　　小桥流水人家，

囚仄平平囚囚。　　　　　　古道西风瘦马。

囚平平囚，　　　　　　　　夕阳西下，

囨平囚仄平囨。　　　　　　断肠人在天涯。

（马致远《秋思》）

此调首二句宜对，也可以前三句作鼎足对。

凭栏人

囚仄平平平仄囨，　　　　　瘦马驮诗天一涯，

囚仄平平平仄囨。　　　　　倦鸟呼愁村数家。

囚平平仄囨，　　　　　　　扑头飞柳花，

囚平平仄囨。　　　　　　　与人添鬓华。

（乔吉《金陵道中》）

此调一、二句，三、四句宜对仗。一、二句用律句。

塞儿令　又名［柳营曲］

囚仄囨，　　　　　　　　　贺监宅，

仄平囨，　　　　　　　　　放翁斋，

㊤平仄平平仄㊀。　　　梅花老夫亲自栽。

⊗仄平㊀，　　　　　　路近蓬莱，

⊗仄平㊀，　　　　　　地远尘埃，

⊗仄仄平㊀。　　　　　清事恼幽怀。

仄㊀平、⊗仄平㊀。　　雪模糊、小树莓苔。

仄㊤平、⊗仄平㊀。　　月朦胧、近水楼台。

㊤平平仄⊗，　　　　　竹篱（边）沽酒去，

⊗仄仄平㊀。　　　　　驴背（上）载诗来。

㊀，　　　　　　　　　猜，

⊗仄仄平㊀。　　　　　昨夜一枝开。

　　　　　　　　　　　（张可久《鉴湖上寻梅》）

套数

　　套数创作必须遵循的原则主要有：第一，必须是同一宫调（有一种比较特殊的情况是宫调不同，而管色相同的可以"借宫"，但不多见）；第二，按照约定俗成的习惯；第三，必须一韵到底；第四；一般要用［尾煞］［尾］等结束。明王骥德《曲律》"论套数第二十四"中说套数"有起有止，有开有阖。须先定下间架，立下主意，排下曲调，然后遣句，然后成章。切忌凑插，切忌将就。务如常山之蛇，首尾相应；又如鲛人之锦，不著一丝纰颣。意新语俊，字响调圆，增减一调不得，颠倒一调不得。有规有矩，有声有色，众美具矣"。

　　套数的组合并没有非常严格的规定，一般以首调曲牌命名。

常用散套结构

散曲套数一般为散曲专用，但也有一部分既可用于散曲，也可用于杂剧。常用散套如下：

黄钟宫：［醉花阴］［愿成双］［侍香金童］［女冠子］［文如锦］（其中［醉花阴］为散、杂通用）

正　宫：［端正好］［月照庭］［菩萨蛮］（其中［端正好］为散、杂通用）

仙　吕：［点绛唇］［八声甘州］［翠裙腰］［六幺令］［祆神急］（其中［点绛唇］［八声甘州］为散、杂通用）

南　吕：［一枝花］（散、杂通用）

中　吕：［粉蝶儿］［古调石榴花］（其中［粉蝶儿］为散、杂通用）

大石调：［念奴娇］［六国朝］［好观音］［青杏子］［蓦山溪］（其中［念奴娇］［六国朝］为散、杂通用）

小石调：［恼杀人］

般涉调：［哨遍］［耍孩儿］

商　角：［黄莺儿］

商　调：［集贤宾］［二郎神］［定风波］［玉抱肚］［水仙子］［河西后庭花］（其中［集贤宾］为散、杂通用）

越　调：［斗鹌鹑］［梅花引］［南乡子］［金蕉叶］（其中［斗鹌鹑］［梅花引］为散、杂通用）

双　调：［新水令］［行香子］［蝶恋花］［朝元乐］（其中［新水令］为散、杂通用）

以上三十八支曲牌，是散套的基本定型。其中散、杂通用的十二曲最为常用。此外，[大石调·青杏子] [商调·二郎神] [双调·行香子] 等使用也较多。

套数除了首曲和尾曲之外，中间各曲的使用和排列有大概的规律，但变化很大，初学者可以参考元散曲作品去体会。下面所列，只是最常见的排列形式。

（1）[黄钟·醉花阴] 后例接 [喜迁莺] [出队子]，[出队子] 多接 [刮地风]。

（2）[正宫·端正好]，后多联 [滚绣球]，[滚绣球] 后常联 [倘秀才]；[脱布衫] 常带 [小梁州]，[小梁州] 之后必带 [幺篇]。

（3）[仙吕·点绛唇] 后例用 [混江龙]，[混江龙] 后多用 [油葫芦] [天下乐]；[天下乐] 多联 [哪吒令] [鹊踏枝] [寄生草]，[六幺序] 必带 [幺篇]；[后庭花] 多带 [青哥儿]。

（4）[南吕·一枝花] 后多联 [梁州第七]，[骂玉郎] 常联 [感皇恩] [采茶歌]；[哭皇天] 必带 [乌夜啼]。

（5）[中吕·粉蝶儿] 后多用 [醉春风]，[上小楼] 多带 [幺篇]；[十二月] 必带 [尧民歌]，借 [般涉·煞]，前必用 [耍孩儿]。

（6）[双调·新水令] 后多用 [驻马听] [沉醉东风] [步步娇]，[雁儿落] 常带 [得胜令]；[沽美酒] 常带 [太平令]，[侧砖儿] 常带 [竹枝歌]；[甜水令] 常带 [折桂令]，[川拨棹] 常与 [七兄弟] [梅花酒] [收江南] 连用。

（7）[越调·斗鹌鹑] 后例接 [紫花儿序]，[紫花儿序] 后多用 [小桃红]；[麻郎儿] 必联 [幺篇]，[秃厮儿] 多带 [圣药王]。

（8）[商调·集贤宾] 后多联 [逍遥乐]。

这里所举的，仅仅是几个比较常见的例子。

常用散套格律

[黄钟·醉花阴]

醉花阴　套数首牌

仄仄平平仄平仄，	雪浪银涛大江迥，
仄仄平平仄仄，	举目玻璃万顷。
仄仄仄平平，	天际水云平，
仄仄平平，	浩浩澄澄，
仄仄平平仄。	越感的人孤另。
仄仄仄平平，	一叶片帆轻，
仄仄平平田去仄。	直赶（到）金山不见影。

（宋方壶《走苏卿》）

此调第四句可押韵也可不押韵，其余各句都入韵。仄声韵例用上声韵。

此调有古、近两体。从上例后三句中任减两句，即为古体。与 [喜迁莺] 连用时，有时将 [喜迁莺] 首二句移入，即为近体。

喜迁莺

平平平仄，	更阑人静，
仄田平、仄仄平田。	强披衣、出户闲行。
平田，	伤情，
仄平平仄，	越添（了）孤另，

仄仄平平仄仄平。　　　黯黯愁云锁凤城。

平仄平，　　　　　　　心绪凉，

平平仄仄，　　　　　　新愁易积，

仄仄平平。　　　　　　旧约难凭。

　　此调与［醉花阴］连用，不能单用。有古、近两体。古体十
句，若与［醉花阴］连用，首二句被移入［醉花阴］中，即为近
体。须注意的是，两调同用时，必须同为古体或同为近体，不能
一近一古。

　　此调末二句对仗。

出队子　　小令、套数兼用

平平平仄，　　　　　　阑干斜凭，

平平平仄平。　　　　　强将玉漏听。

平平仄仄仄平平，　　　十分烦恼恰三停，

仄仄平平平仄平，　　　一夜恓惶才二更，

仄仄平平平仄仄。　　　暗屈春纤紧数定。

　　此调可带［幺篇］。第三、四句宜对，或与第五句成鼎足对。

刮地风　　偶作小令

仄仄仄平平平仄平，　　（当初）啜赚我（的）言辞
　　　　　　　　　　　　都是谎，

仄仄平平。　　　　　　（害的人）倒枕垂床。

平平仄仄平平仄，　　　鸾台（上）尘锁无心傍，

仄仄平平。　　　　　　有似儿狂。

仄平平仄，　　　　　　（寂寞了）绿窗朱幌，

仄平平仄。　　　　　　（空闲了）绣榻兰房。

仄仄平，　　　　　　　（行时思坐时想甚）时撇样，

仄仄平，　　　　　　　（你比那题桥的）少一行，

平仄平仄。　　　　　　（闪的我）独自孤孀。

仄平平，　　　　　　　望禹门，

仄仄仄，　　　　　　　（三汲）桃花浪，

仄仄平平。　　　　　　你（为功名）纸半张。

（荆干臣）

此调第五句、第七句可不韵。

[正宫·端正好]

端正好

仄平平，　　　　　　　小庭幽，

平平仄，　　　　　　　重门静，

平平仄、仄仄平平。　　东风软、膏雨初晴。

平平仄仄平平仄，　　　（猛听得）卖花声过天街应，

仄仄平平仄。　　　　　惊谢芙蓉兴。

（薛昂夫）

此调例作首曲。第一、二句对仗。

滚绣球

仄仄平,	（黄芦岸）似锦绣,
仄仄平,	（白萍渡）如雪馍,
平仄平、	野鸥闲、
平平仄仄,	自来自去。
平仄平、	暮云闲、
仄仄平平。	或转或舒。
平仄平,	日已无,
平仄平,	月渐出,
平仄平、	映蟾光、
平平仄仄,	满川修竹,
平仄平、	助风声、
仄仄平平。	两岸黄芦。
平平仄仄平平仄,	收纶罢钓寻归路,
仄仄平平仄仄平。	酒美鱼鲜乐有馀。
仄仄平平。	此乐谁知。

（张可久《渔乐》）

此调首句可押韵也可不押韵。

倘秀才

平平仄、平平仄仄,	睡时节、（把）扁舟（来）缆住,
仄仄仄、平平仄平。	觉来也、（又流在）芦花浅处。
仄仄平平仄仄平,	荡荡悠悠无所拘,
平仄仄,	市朝远,

仄平平，　　　　　　故人疏，

平平仄仄。　　　　　（有）樵夫（做）伴侣。

　　　　　　　　　　　　　　（张可久《渔乐》）

此调与［滚绣球］可多次连环使用，即所谓"子母调"。

脱布衫　小令兼用

仄平平、仄仄平平，　　（常记的）五言诗、暗寄回文，

仄平平、仄仄平平。　　千金夜、占断青春。

仄平平、平平仄仄，　　厮陪奉、娇香腻粉，

仄平平、仄平平仄。　　喜相逢、柳营花阵。

　　　　　　　　　　　　　　（吴昌龄《美妓》）

此调例与［小梁州］合用。第一、二句，三、四句对仗。

小梁州　带［幺篇］。小令兼用

仄仄平平仄仄平，　　　（他便似）柳毅传书往洞庭，

仄仄平平。　　　　　　千里独行。

平平仄仄仄平平，　　　吹箫伴侣冷清清，

平平仄，　　　　　　　（我待学孟姜女般）真诚性，

仄仄仄平平。　　　　　（我则怕）啼哭倒（了）长城。

［幺篇］

平平仄仄平平仄，　　　京娘怨杀成孤另，

仄平平、仄仄平平。　　（怨你个）画眉的、张敞杂情。

仄仄平、平平仄，　　　　（揣着）窃玉心、偷香性，
平仄仄平，　　　　　　　（我则学）举案齐眉，
仄仄仄平平。　　　　　　贤孝牌（上立个）清名。

此调在套数中，均在［脱布衫］之后。作小令时，或单用，或与［脱布衫］作带过曲。单用时必带［幺篇］，合用时不带。

［南吕·一枝花］

一枝花

平平仄仄平，　　　　　　长天落彩霞，
仄仄平平仄。　　　　　　远水涵秋镜。
平平平仄平，　　　　　　花如人面红，
仄仄仄平平。　　　　　　山似佛头青。
仄仄平平，　　　　　　　生色围屏，
仄仄平平仄，　　　　　　翠冷松云径，
平平平仄平。　　　　　　嫣然眉黛横。
仄平仄、仄仄平平，　　　但携将、旖旎浓香，
仄平仄、平平仄仄。　　　何必赋、横斜瘦影。

此调例作首调。第一、二句，第三、四句须对仗。第六、七句可对可不对。

梁州第七　亦称［梁州］

仄仄平、平平仄平，　　　挽玉手、留连锦英，
仄平平、仄仄平平，　　　据胡床、指点银屏，
平平仄仄平平仄。　　　　素娥不嫁伤孤另。

元曲小百科

平平仄仄，	（想）当年小小，
仄仄平平。	（问）何处卿卿，
平平仄仄，	东坡才调，
仄仄平平。	西子娉婷。
仄平平、仄仄平平，	总想宜、千古留名，
平平仄、仄仄平平，	吾二人、此地私行。
仄仄平、仄仄平平，	六一泉、亭上诗成，
平仄仄、平平仄平。	三五夜、花前月明，
仄仄平、仄仄平平。	十四弦、指下风生。
仄平，	可憎，
仄平。	有情。
平平仄仄平平仄，	（捧）红牙合和伊州令。
仄仄仄平仄。	万籁（寂）四山静。
仄仄平平仄仄平，	幽咽泉流水下声，
仄仄平平。	鹤怨猿惊。

（张可久）

此调多对句。一、二句，四、五句，六、七句须对。十、十一、十二句为鼎足对。

［仙吕·点绛唇］

点绛唇

仄仄平平，	金凤钗分，
平平仄仄，	玉京人去，
平平仄。	秋潇洒。

⊠⊠平平，　　　　　晚来闲暇，
⊠仄平平⊠。　　　　针线收拾罢。

（白朴）

此调为套数首曲。后多接〔混江龙〕

混江龙

⊞平⊞仄，　　　　　断人肠处，
⊞平⊞仄仄平⊞。　　天边残照水边霞。
⊞平⊞仄，　　　　　枯荷宿鹭，
⊠仄平⊞。　　　　　远树栖鸦。
⊠仄⊞平⊞仄仄，　　败叶纷纷拥砌石，
⊞平⊞仄仄平⊞。　　修竹珊珊扫窗纱。
平平仄，　　　　　黄昏近，
⊞平⊞仄，　　　　　愁生砧杵，
⊠仄平⊞。　　　　　怨入琵琶。

（白朴）

此调例接〔点绛唇〕后。第三、四句，第五、六句，第八、九句须对仗。

油葫芦

⊠仄平平⊞仄⊞，　　荷月锄田夜始归，
⊞仄⊠，　　　　　（有欢迎）童仆随，
⊞平⊞仄仄平⊞。　　侯门稚子笑牵衣。

⊕平⊛仄平平仄，　　　（栽）五株翠柳笼烟密，

⊕平⊛仄平平⊠。　　　（种）一篱黄菊凝霜媚。

⊛仄⊕，　　　　　　　（三径边）虽就荒，

⊕仄⊕。　　　　　　　（两乔松）喜不移。

⊕平⊛仄平平⊠，　　　（盼）庭柯木叶交苍翠，

⊛仄仄平⊕。　　　　　（我则是）常把笑颜怡。

　　　　　　　　　　　　（张可久《翻归去来辞》）

此调变格较多。第四、五句，第六、七句须对。

天下乐　又名［红锦袍］

⊛仄⊕平⊛仄⊕，　　　虽设柴门镇掩扉，

平⊕，　　　　　　　　无为，

⊛仄⊕。　　　　　　　交暂息。

⊕平平仄⊛仄⊕。　　　（既）世情人我心愿违。

⊛仄⊕，　　　　　　　（看山岫）云始归，

⊛仄⊕，　　　　　　　（美知还）鸟倦飞，

⊕平⊕仄⊠。　　　　　（抚）孤松心似水。

　　　　　　　　　　　　（张可久《翻归去来辞》）

此调第二句两字中常加"也波"二字。第五、六句宜对。

哪吒令　小令兼用

仄⊕，　　　　　　　　（露春纤）玉葱，

⊕平仄⊠。　　　　　　（扫）眉尖翠峰。

仄平，　　　　　　　　（清香含）玉容，

平平仄平。　　　　　（整）花枝翠丛。

仄平，　　　　　　　　（插金钗）玉虫，

平平仄平。　　　　　（裉）罗衣翠绒。

平仄平，　　　　　　（镂金妆）七宝环，

平仄仄，　　　　　　（玉簪挑）又珠凤，

仄仄平平。　　　　　（比西施）宜淡宜浓。

（于伯渊）

此调变格多，第二、四、六句，第七、八句宜对。

鹊踏枝　<small>小令兼用</small>

仄平平，　　　　　　　　（探花人）气如虹，

仄平平。　　　　　　　　（状元郎）怒填胸。

仄仄平平，　　　　　　榜眼哥哥，

仄仄平平。　　　　　　尚自冲冲。

仄仄仄、平平仄仄，　你也哝、恩多爱浓，

仄仄仄、仄仄平平。　想从前、错怨（了）天公。

（顾德渊《四友争春》）

此调第三、四句宜对仗。

寄生草　<small>小令兼用</small>

平平仄，　　　　　　渺（苍海之）一粟，

仄仄平。　　　　　　哀（吾生之）几场。

曲牌选萃

271

平⃝平仄⃝仄平平仄⃞，	（举）匏樽痛饮偏惆怅，
平⃝平仄⃝仄平平仄⃞，	（挟）飞仙羽化偏舒畅，
平⃝平仄⃝仄平平仄⃞。	（泝）流光长叹偏悒怏。
平⃝平仄⃝仄仄平平，	当年不为小乔娇，
平⃝平仄⃝仄平平仄⃞。	只今唯有长江浪。

（孙季昌《集赤壁赋》）

此调第一、二句，第六、七句须对。第三、四、五句须鼎足对。

［双调·新水令］

新水令

平⃝平仄⃝仄仄平平⃞，	楚台云雨会巫峡，
仄平⃝平、仄平平仄⃞。	赴昨宵、约来（的）期话。
平⃝平平仄仄，	楼头栖燕子，
仄⃝仄仄平平⃞。	庭院已闻鸦。
仄⃝仄平平⃞，	料想他家，
仄⃝仄仄平仄⃞。	（收）针指晚妆罢。

（关汉卿）

此调为套数首调。第三、四句宜对仗。

驻马听

仄⃝仄平平⃞，	心事匆匆，
仄⃝仄平平平仄仄⃞；	斜倚云屏愁万钟；

平平仄仄仄， 襟怀冗冗，

平平仄仄仄平平。 半欹鸳枕恨千重。

平平仄仄仄平平， 金钗剪烛晓犹红，

平平仄仄平平仄。 胆瓶盛水寒偏冻。

仄平仄， 冷清清，

平平仄仄平平仄。 （掩）流苏帐暖和谁共。

（姚燧《冬怨》）

此调首四句作扇面对。即第一句对第三句，第二句对第四句。

雁儿落　小令兼用，又名〔平沙落雁〕

平平仄仄平， 闲怀双泪涌，

仄仄平平仄。 限锁两眉纵。

平仄仄平平， （自从）执手河梁送，

仄平平仄仄。 离愁天地永。

（姚燧《冬怨》）

此调第一、二句，第三、四句宜对。例带〔得胜令〕或〔清
江引〕〔碧玉箫〕为带过曲。

得胜令

仄仄仄平平， 书信寄封封，

仄仄仄平平。 烟水隔重重。

仄仄平平仄， 夜色巴陵下，

平平仄仄平。 秋风渭水东。

元曲小百科

平平，	相逢，
仄仄平平仄；	枕上欢娱乐梦；
平平，	飘蓬，
平平仄仄平。	天涯怅望中。

（姚燧《冬怨》）

此调可对可不对。

　　散曲套数不少，而且组合非常自由，不能尽举，学习者可以参看专门讲元曲格律的著作，但最好的办法是直接从元（包括明、清）散曲中学习体会。